# 中國語言文字研究輯刊

三　編

許　錟　輝　主編

第 **10** 冊

古文字中的注音形聲字研究

馬 嘉 賢 著

花木蘭文化出版社

國家圖書館出版品預行編目資料

古文字中的注音形聲字研究／馬嘉賢 著 — 初版 — 新北市：
花木蘭文化出版社，2012〔民 101〕
目 2+190 面；21×29.7 公分
（中國語言文字研究輯刊 三編；第 10 冊）
ISBN：978-986-322-055-8（精裝）
1. 中國文字 2. 聲韻

802.08 101015992

ISBN-978-986-322-055-8

9 789863 220558

中國語言文字研究輯刊
三 編 第 十 冊　　　　ISBN：978-986-322-055-8

# 古文字中的注音形聲字研究

作　　者　馬嘉賢
主　　編　許錟輝
總 編 輯　杜潔祥
出　　版　花木蘭文化出版社
發 行 所　花木蘭文化出版社
發 行 人　高小娟
聯絡地址　新北市永和區中正路五九五號七樓之三
　　　　　電話：02-2923-1455／傳真：02-2923-1452
網　　址　http://www.huamulan.tw 信箱 sut81518@gmil.com
印　　刷　普羅文化出版廣告事業
初　　版　2012 年 9 月
定　　價　三編 18 冊（精裝）新台幣 40,000 元

# 古文字中的注音形聲字研究

馬嘉賢　著

**作者簡介**

馬嘉賢，臺中大甲人，暨南國際大學中國語文學系學士、中興大學中國文學系碩士，目前就讀於彰化師範大學國文學系博士班，現爲修平科技大學兼任講師。主要研究領域爲戰國簡帛文獻。著有《古文字中的注音形聲字研究》、〈上博八《成王既邦》考釋一則〉等古文字相關論文。

**提　　要**

　　本論文的研究主題，鎖定形聲結構中的「注音形聲字」。研究範疇限定在古文字材料，但未包含小篆。在論述過程中，由形、音、義三方面切入，檢視就被注字與增繁聲符的關係，確認該字是否爲注音形聲字，進而對注音形聲字作全面性的研究與討論。

　　第一章「緒論」，說明本文的研究方法和研究範圍，針對「注音形聲字」的定義加以界說，說明注音形聲字產生原因，並對前人研究成果展開評述

　　第二章到第三章，將前人提出的注音形聲字相關例證加以考察，並據注音形聲字的被注字性質分爲「表意結構上產生的注音形聲字」、「形聲結構上產生的注音形聲字」。

　　第四章對前輩學者有待商榷的注音形聲字論述加以考辨、檢討，進行獻疑的工作。

　　第五章在注音形聲字例証的基礎上，以產生時間、後世存廢、構形調整、字義分化等不同角度，對注音形聲字展開討論。

　　第六章是「結論」。除了綜合敘述本文的主要論證外，並對相關研究未來可以繼續努力的論題及方向，提出個人的一些建議。

目

次

# 凡　例

一、筆者親炙的師長，行文中尊稱為「師」，其他學者一律不加任何敬稱，此外，本文標示參考資料出處時，一律不加尊稱。

二、本文第二、三、五章將論證中的對象，取其較清晰、典型的字形，和該字形出處製成一小表格，以方便讀者熟悉該字構形；又為利行文簡便，需要討論的字形暫以 A、B、C……等代稱。表格格式如下

例 1、鳳　　　←編號例字

←討論字形

A、粹 839　　←代號、字形出處

三、本文引用文字偏旁時，在偏旁出處後說明該旁為何字所從，如引陳侯午錞之「錞」字所從享旁時標示：（陳侯午錞，錞）。

四、為利行文簡便，並為明確字跟詞的區別，本文以{}來標明文中的詞。

五、本文論證字例之上古聲紐韻部根據郭錫良《漢字古音手冊》一書加以判定，對被注字與加注聲符的音韻遠近關係進行討論，則博採前輩學者上古音韻之研究成果。

六、本文所引銅器之名稱，根據殷周金文暨青銅器資料庫：https://db1.sinica.edu.tw%7Etextdb/test/rubbing/query.php。所引「簡帛研究」網文章，皆來自於：http://www.jianbo.org。

七、本文甲骨文分期判斷多根據《甲骨文合集》，青銅器之年代多根據「殷周金文暨青銅器資料庫」，簡帛文書資料的年代則多根據該批材料正式出版報告或著作。

八、本文所引甲骨文字形多引自孫海波《甲骨文編》，並根據該書引書簡稱，不再於「徵引書目簡稱表」中重複，金文字形則引自容庚《金文編》。石鼓文、詛楚文字形引自郭沫若《郭沫若全集・考古編・第九卷・石鼓文研究、詛楚文考釋》。包山簡字形引自張守中《包山楚簡文字編》。郭店簡字形引自張守中《郭店楚簡文字編》。睡虎地簡字形引自張守中《睡虎地秦簡文字編》。新鄭出土戰國銅兵器字形轉引自郝本性〈新鄭出土戰國銅兵器部分銘文考釋〉。

# 第一章 緒 論

## 第一節 研究動機、範圍、方法與章節架構

### 一、研究動機

　　形聲字爲漢字構字系統的主體，研究形聲字爲了解漢字結構相當重要的課題，以臺灣碩、博士論文爲觀察對象，目前學者對形聲字的研究成果，多以《說文》小篆的形聲字爲研究範疇，並且著重於共時研究，此類研究可分作幾個方面：其一綜論形聲字如張達雅《說文諧聲研究》（張達雅 1977）、鄭佩華《說文解字形聲字研究》（鄭佩華 1997）與莊舒卉《《說文解字》形聲考辨》（莊舒卉 1999）。其二以考辨形聲字形體結構爲主，對「形符」、「省聲」、「亦聲」等主題展開討論，如秦光豪《說文解字形聲字形符考辨》（秦光豪 1985）、劉雅芬《《說文》形聲字構造理論研究》（劉雅芬 1997）、劉承修《《說文》形聲字形符綜論》（劉承修 2001）、許育龍《《說文》亦聲字研究》（許育龍 2004）。其三討論形聲與其他六書之關係，尤其著重釐清與「會意」的關係，如金鐘讚《許慎說文會意字與形聲字歸類之原則研究》（金鐘讚 1991）、闕蓓芬《《說文》段注形聲會意之辨》（闕蓓芬 1993）與黃婉寧《《說文》誤形聲爲會意字考》（黃婉寧 2002）。

　　少數以歷時性觀點討論《說文》形聲字產生的途徑，如李玉珍《《說文》後起形聲字考辨》（李玉珍 1993）、林郁屏《《說文》無聲字聲化研究》（林郁屏 2003）。

　　學者以古文字的形聲字為研究範疇，所撰寫的博、碩士論文則有權東五《甲骨文形聲字形成過程研究》（權東五1991）、宋鵬飛《殷周金文形聲字研究》（宋鵬飛2002）、許文獻《戰國楚系多聲符字研究》（許文獻2001）、張美玲《甲骨文形聲字現象研究》（張美玲2003）與黃麗娟《戰國楚系形聲字研究》（黃麗娟2005）。

　　然而，無論根據《說文》或古文字為範疇的形聲字研究，討論形聲字產生途徑多是含括在綜論形聲字的著作之中，專門就形聲字產生途徑為主軸的碩博士論文更屬少數，僅有權東五《甲骨文形聲字形成過程研究》（權東五1991）、李玉珍《《說文》後起形聲字考辨》（李玉珍1993）、林郁屏《《說文》無聲字聲化研究》（林郁屏2003）與張美玲《甲骨文形聲字現象研究》（張美玲2003），這些論文所指出形聲字產生途徑，大抵即裘錫圭所說：「一在表意字上加注音符、二表把意字字形的一部分改換成音符、三在已有文字加注意符、四改換形聲字偏旁」。（裘錫圭1993：171-177）但其撰寫目的多在釐清研究材料中的形聲字類型，而且受到篇幅的侷限，因此多列舉具代表性之字例，並且多停留在研究範疇作共時性比較，對於形聲字不同的產生途徑，未能上下貫通展開歷時性的比較觀察，因此筆者擬在學者的研究成果上，對形聲字產生的途徑其中一類展開歷時、全面性的研究。

　　在既有文字上加注音符產生的注音形聲字，雖然和其他形聲結構相較，注音形聲字數量相對稀少，但黃德寬認為這類形聲字是形聲結構方式高度發展，記音表義成為漢字構形自覺要求的重要標誌。（黃德寬1996：22）注音形聲字具有不可忽略的重要性，但其相關研究僅零星出現於文字學通論著作或文字構形研究的專著中，只有少數幾篇論文是以注音形聲字為研究重心，鑒於注音形聲字之研究仍缺乏系統與全面性，本文擬以在古文字為範疇，考辨在既有文字上加注音符為產生途徑的注音形聲字，希冀對注音形聲字的規律性有所建構和釐清，並能形聲字產生途徑的歷時研究有所裨益。

## 二、研究範圍

　　本文研究材料基本上包含古文字材料為主，根據裘錫圭的意見，認為古文字起自殷商終於秦代，大約起自公元前14世紀，終於西元前3世紀末。（裘錫圭1993：55）其中包括甲骨文、金文、簡牘帛書、璽印、封泥、陶器等不同載

體上的文字。但將經過人爲整理、統一的《說文》小篆排除在研究範圍之外。

　　次者，如《汗簡》、《古文四聲韻》等後世字書所收古文字本文亦不納入研究範圍，這些字書僅收該字形，沒有上下文的辭例可供對照，無法根據詞義判斷字書的收字是否正確；這一類字書雖然可作爲古文字考釋的依據，但所收字形有不少是待議的，黃錫全認爲《汗簡》所收錄「古文」未能全部忠實於原形，次者，該書編纂時或後世傳抄過程中出現錯誤，再次，《汗簡》一書於宋朝編纂成書，離先秦時代已遠所收字形未必全然正確。（黃錫全 1990：18-21）這一類後代字書所收古文，其具有一定學術價值，可做爲考釋文字之依據，這是學界公認不容抹煞的，然而，將這類字書所收構形當作論證對象，並討論該字是否爲注音形聲字，其危險性亦不容忽視的，若要將這類古文字材料納入本文研究範圍，則必須通盤檢討這類字書所收字形，而其工程之浩大實非本文所能負擔，因此，爲了力求本文所收注音形聲字例証的正確性，暫將後世字書所收古文排除於本文研究範疇。

　　再次，對於人名、地名、國名、姓氏或單字等較無義可循之字，亦不納入研究材料之中，這類內容學者多是根據辭例推勘，確定該字性質，再將討論對象據形隸定，再根據其他資料以推論該字表示何人、何地，其推測性質濃厚，即便有些例字雖能和典籍資料相對應，但仍有極大的討論空間，如欒書缶銘文中的人名「欒書」，潘慧如認爲即是史籍所記載的春秋中期晉國的大將軍欒書。（潘慧如 1999：28）但是李學勤承何琳儀師以爲銘文的「欒書」未必即是史籍的欒書的說法，更進一步指出欒書缶的器主不僅不是晉臣欒書，而且不是欒氏，而是屬於楚國的蠻氏。（李學勤 2005：194）可見這類用字不確定極大，實不宜作爲考釋文字與研究構形演變之證據。不過有些人名、地名用字，其辭例屢見於傳世典籍之中，再配合出土地或內容等相關條件，得以了解該字的眞正意涵者，如齊國刀幣銘文有「節墨」，應即史籍所載的齊國城邑——「即墨」，則破例收入本文。

## 三、研究架構與方法

　　本文撰寫擬先搜羅學者研究認定是注音形聲字的字例，然後對論證對象進行形、音、義三方面的歷時性討論，以判斷該字是否爲注音形聲字，原本考慮將認定爲注音形聲字的例字，根據被注字性質爲表意字、表音字或形聲字，分

別獨立爲「表意字加注音符而形成的注音形聲字」、「表音字加注音符而形成注音形聲字」、「形聲字加注音符而形成注音形聲字」三章，但因爲表音字也就是傳統文字學所說的「假借」，其借用爲表音符號的對象，同時涵括表意字與形聲字，恐易造成混淆；次者，表音字在作爲注音形聲字的被注字後，詹鄞鑫認爲本無其字依聲託事的假借字既然已具表示借義的功能，就不應該把它具所具有的形符資格取消掉。（詹鄞鑫 1995：196）黃德寬亦言作爲被注字的表音字實記載了原有的假借義。（黃德寬 1996：61）也就是說表音字作爲注音形聲字的被注字後，其主要功能不是標示注音形聲字之語音，而是著重於其所表示假借義的功能。因此，本文不將表音字獨自成立爲一章，因此在考慮表音字構形實爲來源，借用表意字與形聲字，而且表音字作爲被注字後，其功能與表意字、形聲字差異不大，皆是變爲注音形聲字的形符。

此外，有少數的字本義或組成偏旁作用不明仍待商榷，由於數量稀少過於瑣碎，暫且根據組成偏旁分析法歸入表意字或形聲字中。

因此僅根據被注字結構是否具有純粹表音功能的聲符分爲第二章「表意字加注音符而形成的注音形聲字」與第三章「形聲字加注音符而形成注音形聲字」。

並將本文考辨判斷非注音形聲字的字例，匯集爲第四章「疑似注音形聲字考辨」，檢討學者所舉注音形聲字有疑義之字例，討論其得失，並說明本文質疑之原因。

本文考辨字例的方法主要有「歷時比較法」，指將該字置於歷史的長河中進行考察。可以用由上而下的順推法，也可以用由下而上的逆推法。（陳煒湛、唐鈺明 1988：38）注音形聲字爲繁化現象，倘若前無明確之字作爲被注字，繁化現象就不可能發生；次者，如果不審視該字歷時的演變，則可能該字已有先出具備音符且繁複的構形，總之，需透過歷史比較法選擇比較的基準字形，才不會發生錯誤的構形演變分析。考辨學者對文字構形是否正確時，則根據何琳儀師所提出「異域比較」、「同域比較」、「古文比較」等方式。（何琳儀 2003：266）對於論証對象做出作合理可信的釋讀。

被注字和聲符語音關係應是音同或音近之字，否則就不能稱爲形聲字。次者，本文對於聲韻採取從嚴態度，亦即聲韻皆須相近，或是可以透過音理、諧聲說明二者確實音近者，才足以稱爲注音形聲字，如果僅是聲韻其中一者相近，

但另一者卻十分疏遠，本文則持否定態度，認為該字不是注音形聲字。本文對
例字上古音聲韻之判定，根據郭錫良撰寫的《漢字古音手冊》一書。（郭錫良
1986），而被注字與聲符的語音關係否緊密，則根據王力《同源字典》所列的韻
部系統表和聲紐系統表。（王力 1982：13、18）

　　考釋字義時則使用「二重證據法」，即以地下之新材料與紙上之材料相互印
證。（王國維 1976：4794）藉由傳世典籍的紙上材料考釋古文字資料，尤其是
郭店簡與上博簡中有不少內容都與古籍得以相對應，因此可藉由文獻典籍為考
釋字義的重要方法，這也就是何琳儀師歸納釋讀文字方法中的「辭例推勘」法。
（何琳儀 2003：298）

　　其後將所收集的注音形聲字，依據不同角度、觀點進行深入討論，撰寫為
本文的第五章「注音形聲字綜論」。第六章則為「結論」

　　此外，現代科技的進步帶給古文字研究極大的便利性，電腦資料庫的建立，
將傳統十三經、二十五史、諸子典籍皆收入其中，對於徵引古籍有的便利性大
為提升，大大減少案牘勞形之苦，如中央研究院所建立的「漢籍電子獻資料庫」。
次者，除了傳世典籍的資訊化外，出土材料原始圖版亦被掃瞄建立資料庫，使
用者可以直接於螢幕上放大圖版，藉以觀察細微的筆畫，如成功大學建立的「甲
骨文全文影像資料庫」，與中央研究院歷史語言研究所所建立的「殷商金文暨青
銅器資料庫等。此外，還需利用電腦影像處理，在不失真的原則下，將圖版殘
泐不清之處去除，並去除圖版背景底色，而陰文的璽印文字與青銅器拓印下來
的字形，則一律反白處理，使之文字構形皆以黑色線條呈現。

## 第二節　研究現況述評

　　「注音形聲字」為吳振武在 1982 年〈古文字中形聲類別研究——論「注音
形聲字」〉一文中提出，本文無緣親睹文章，所幸吳振武另有〈古文字中的「注
音形聲字」〉〔註1〕彌補此一缺憾，該文曰：

> 從大量傳世和出土的古文字資料來看，不僅表意字可以加注音符，
>
> 　即使已是形聲結構的字，也仍可以再加注音符。通過加注音符而產

─────────────

〔註1〕　吳振武〈古文字中形聲字類別的研究─論「注音形聲字」〉一文，其出處為《吉林
　　　　大學研究生論文集刊》1982 年第 1 期。

生的形聲字，我們管它叫「注音形聲字」。（吳振武 2002：223）

可知，注音形聲字因爲被注字性質可區分爲二類，一類是在表意結構上加注音符，另一類是在形聲結構上加注音符。學者對於注音形聲字多有注意，但因爲研究重心相異有不同名稱，如分析形聲字產生的途徑時，裘錫圭以爲「在表意字上加注音符」，解釋注音形聲字如何產生。（裘錫圭 1993：171）或研究重點在討論漢字聲化方式，如雲惟利稱爲「注音的聲化」。（雲惟利 1973：81）用來說明象形字、象意字如何聲化。或研究重點爲文字構形演變時，何琳儀師稱爲「增繁標音偏旁」。（何琳儀 2003：222）分析被注字和注音形聲字構形差異如何產生。當然也有學者將注音形聲字當作文字結構的一種類型，如張建葆所謂「加形加聲字」中的「加聲字」。（張建葆 1993：83）王寧則稱爲「形音合成字」。（王寧 2002：57）

學者眞正將「注音形聲字」或「加注音符」爲研究重心並不多，楊樹達〈文字中的加旁字〉是較早以注音形聲字爲研究課題的文章，楊氏所謂「加旁字」分爲加形旁和加聲旁兩類，加聲旁者就是注音形聲字，他認爲注旁字不是形聲字，因爲形聲字一爲形，一爲聲，互相對待缺一不可，而加聲旁字本字和聲符爲附屬關係，雖無聲符對本字形義無害，加聲旁字和形聲字本質不同，應獨立於六書之外。（楊樹達 1971：202-207）黃德寬認爲「加旁」是形聲系統日益發展不可或缺的源泉之一，不宜將加旁字排除於形聲結構之外。（黃德寬 1996：20）誠如黃德寬所言，加旁字爲形聲結構重要來源之一，不可將之排除在形聲結構之外，兩者只是產生方式不同，其形聲結構仍是相同。雖然楊氏否定加聲旁字爲形聲字，但其謂加聲旁字無聲符對本字形義無害，正說明注音形聲字和被注字爲異體關係，這項觀察是完全正確的。

吳振武所撰〈古文字中形聲類別研究——論「注音形聲字」〉、〈古文字中的「注音形聲字」〉這兩篇文章，在前一篇文章中，主張注音形聲字、義類形聲字和注義形聲字爲形聲結構三種基本類型，[註2] 後一篇文章中指出無論是「表意結構」或「形聲結構」皆能作爲被注字，並列舉四十例注音形聲字以印證其說。（吳振武 2002：223-236）吳振武通過形聲結構產生途徑分析形聲結構類型，其說十分值得參考，所提出的「注音形聲字」即本文研究重心所在。次者，將

---

〔註2〕吳振武分形聲結構爲三種類型之說，轉引自黃德寬 1996：7。

注音形聲字根據被加注字性質分爲在「表意結構加注音符」和「形聲結構加注音符」兩類，爲本文之奠定研究的基石。

裘錫圭所撰《文字學概要》則明確指出：

> 加注音符而成的形聲字跟原來的表意字，一般是一字異體的關係。
>
> 加注音符的形式通行之後，原來表意字通常就廢棄了。（裘錫圭
> 1993：172）

此段話明確指出注音形聲字和被注字爲一字之異體，並揭示了注音形聲字產生之後，被注字多爲後世所淘汰的趨勢。

張建葆所撰〈說文中的加形加聲字〉一文：張建葆以《說文》本篆、重文爲研究材料，歸納出 167 個加形加聲字，和楊樹達的「加旁字」涵義相近，其中的「加聲字」就是本文所謂的注音形聲字，其謂加聲字是「可去掉聲符，而不影響它們原來的音義」，又說「加聲的字，其聲符大都是無義可說的」，說明注音形聲字和被注字間乃一字異體，彼此只有構形的差異，而無音義的分別。張建葆認爲加聲字與形聲字是「非常不同的」，其所謂的不同應是指形聲字產生途徑的不同，正與吳振武分析形聲結構類型時的依據不謀而合。

黃德寬所撰《古漢字形聲結構考論》一文：黃德寬參考吳振武對形聲字類型的分類，將注音形聲字稱爲「注聲式」形聲字，並對注音形聲字結構有深入討論，其對注音形聲字定義爲：

> 所謂的注音形聲字就是將已有字加附一個純粹表音的聲符，從而改
> 造原字，構成一個新字。由於這類型的結構包括一個明確無疑的聲
> 符，原字習慣性地繼承了其意義（甚至讀音），從性質看，它們應屬
> 於形聲結構的一類。（黃德寬 1996：16）

黃氏明確說明注音形聲字產生途徑，和注音形聲字繼承被注字的意義，對於注音形聲字有了清楚義界。次者，進一步論述注音形聲字的意義，認爲聲符的附加正反映了古人「以字記音的追求，是一個富有重大意義的變化」，認爲注音形聲字對漢字由表意結構轉爲形聲結構，具有重要的參考性。再次，黃德寬指出被注字加注聲符後，其構形會「省簡或類化或改換類爲比較抽象的形符」，指出注音形聲字產生後對內部構形的調整，爲本文觀察重點之一，黃德寬對注音形聲字做出系統、深入的分析，爲注音形聲字研究構成較完整的理論基礎。美中

不足的是，黃氏僅論述被注字是表意結構的注音形聲字，對於被注字爲形聲結構似未見討論。

許文獻所撰的〈戰國疊加勹聲符構形研究〉一文：許文獻實際分析戰國時期疊勹聲而成的注音形聲字，該文詳細論證雩、黿、旬三字構形歷時演變和音韻系統。（許文獻 2000：205-220）該文是少見以注音形聲字爲主題的研究實屬珍貴，但該文所舉黿字是否爲注音形聲字，本文則持保留態度，詳細論證請參閱後文。

許文獻所撰《戰國楚系多聲符字研究》一文：其所討論「多聲符字」中的「加注形音型多聲符構形」，就是指在形聲結構疊加聲符而成的注音形聲字；另一類「同取型多聲符字構形」缺乏早期相同用義之形構可資比較，因此無法判斷該字構形部件，何者是被注字，何者是加注的聲符。（許文獻 2002）許文獻能夠注重文字歷時演變，對於前無例證之字能夠歸於「同取」，而不加臆測組成構件性質是十分可取的，但有時不免拘泥古文字資料，本文以爲除了古文字資料外，尚可參考典籍文獻作爲比對標準，如「异」字郭店簡多用作自己之{己}和典籍文獻相同，因此本文將認爲异字是在表意結構的己字上，加注聲符丌聲而成的注音形聲字。

除了專以注音形聲字爲主題外，還有些文字學或文字構形研究的著作，對注音形聲字亦有相關討論，本文列舉較具代表性的著作略做評述。

唐蘭所撰《古文字學導論》中將形聲字分爲原始形聲字、純粹形聲字和複體形聲字，分析原始形聲字一類時，唐蘭已提及有一類形聲字是在形聲字上加注聲符而成。（唐蘭 1986a：上冊 48 葉）然而注音、注形的形聲字產生的途徑、性質是大不相同的，仍應加以區分；此外，複體形聲字亦點出形聲結構也有再疊加聲符的現象。

魯實先所撰《假借溯源》中指出形聲字的聲符有四類不示義，其中第二類「識音之字」中的「附加聲文」即是本文所謂的注音形聲字，該文共列舉了一百零八例識音之字，指出附加聲文的原因凡四，其一以象形、指事結構惟簡，附以聲文，俾之音讀，其二本字形似他字，因此改益形聲，以示形聲有別，其三本字借爲它義，因此改益形聲，以示形聲有別，其四以爲方俗殊語，略異中夏雅言，亦增聲文，其與方言相合。（魯實先 1973：39-44）魯實先點出注音形

聲字聲符不示義，這一項和同取式、注形式形聲字的根本不同，又列舉注音形聲字產生之原因十分有見解，極具參考價值。

何琳儀師所撰《戰國文字通論》中以爲增繁標音偏旁現象區分「象形標音」、「會意標音」、「形聲標音」和「雙重標音」四項，前三項應是根據傳統六書理論將被注字性質分類，但六書理論較適用於小篆系統，對於古文字資料則多有侷限；次者，由於六書中的指事字少只能併入「象形標音」中，無法落實六書理論，因此本文認爲僅需將被注字分類爲「表意結構」和「形聲結構」，將兩類被加注字的最大不同標示出來。再次，何琳儀師將「雙重標音」列入增繁標音偏旁中，但「雙重標音」之字無法確認構成偏旁是被注字或是增繁的音符，而且不能排除該字是一次同取完成，是否經歷繁化的構形演變，因此將「雙重標音」納入增繁標音偏旁中恐有待商榷。

劉釗所撰《古文字構形研究》中，藉由被注字性質對注音形聲字分類，將在原本象形、會意或指事字上累加聲符爲「追加聲符」，在形聲字上再疊加聲符的音化現象爲「疊加聲符」。（劉釗 1991）劉釗根據被注字性質的分類，有助於說明注音形聲字產生途徑的不同，本文討論例字時，將從劉釗之說依被注字性質，分別以「追加聲符」和「疊加聲符」描述注音形聲字產生的途徑。

蔡信發所撰〈「象形兼聲」分類之商兌〉一文認爲「象形兼聲」只能稱爲象形加聲之字，主張「象形兼聲」就是魯實先所言「識音之字」的其中一種，並取魯實先、張健葆兩位先生文章中所舉的象形加聲之字，予以綜合，列舉二十六例的象形加聲字，提出對象形加聲字的十點基本認識與加聲之理由。（蔡信發 1999）該文說明「象形兼聲」的不合理性，正說明研究文字學時，若缺乏歷時性觀察容易產生錯誤，所幸今日出土文物漸多，提供不少寶貴的新文字材料，使我們得以由歷時性觀點研究注音形聲字。

學者討論注音形聲字較大歧異處爲：注音形聲字產生後，被注字的性質該如何看待，在表意結構或形聲結構產生的注音形聲字，造成一字中有兩個偏旁均可表音，產生多聲字的現象，但是被注字爲表意結構的注音形聲字，由於被注字具有強烈表義作用，其表音功能容易被忽略，這類注音形聲字多不會視爲多聲字，而是一形一聲的形聲字。但被注字爲形聲結構的注音形聲字，字形同時具有兩個純粹表音的偏旁，與漢字形聲字一形一聲的正例不同，引起不少學

者討論，認爲這是漢字特殊的多聲結構，以下列舉較具代表之研究，袁家麟所撰〈漢字純聲符字例證〉一文，將純聲符字分爲「人名或地名之專用字」、「在常用字上加注聲符」兩類。（袁家麟 1988：85-88）後面一類根據袁氏說法和所舉的㲄、㘝二字應即注音形聲字。

裘錫圭的《文字學概要》稱爲「二聲字」或「兩聲字」，但主張二聲字是極少見的，而且大概是由於在形聲字上加注音符而成的。（裘錫圭 1993：178）

陳偉武所撰〈雙聲符字綜論〉一文，指雙聲符字有一類是在形聲字基礎上加注聲符而形成的，認爲被注字是形聲結構產生的注音形聲字爲「雙聲符字」。（陳偉武 1999：331）

黃麗娟《戰國楚系形聲字研究》一文則將聲符加聲符的組合狀態稱爲「皆聲字」，這一類的前身有可能是象形文、指事文、會意字，所從部件皆可標音，皆是聲符，而加注聲符之前的原始初文仍可擔負後起形聲字中的形符之責。又將形聲字加注聲符的組合狀態稱作「二聲字」，認爲這一類的前身即是形聲字。（黃麗娟 2005：121）將被注字是表意結構的注音形聲字稱爲「皆聲字」，黃麗娟文中特別申明與段玉裁所謂的「皆聲」是同名異實，但在既定概念已經存在，最好不要混用以免造成讀者物誤解。

還有一類是在假借義的被注字上，加注聲符而成的注音形聲字，這一類被注字性質由表意字變爲表音字，往往變成雙聲字或是雙重標音字。

從平面結構來看，注音形聲字確實具有兩個聲符，因此學者稱爲「純雙聲符字」、「雙聲符字」、「二聲字」和「皆聲字」有其道理，但討論文字結構演變不可忽略歷時因素，因此有不少學者質疑所謂的多聲符字，認爲注音形聲字是一形一聲的形聲字，林澐曰：

> 在已經是形聲的字上再累加義符或是音符的現象也是存在的。不過，在這種增加音符或義符的時刻，被增加音符的原有部分是當作義符看待的，被增加義符的原有部分是當作音符看待的。新產生的字仍然被人們看成是形聲字。〔註3〕

詹鄞鑫討論被注字是形聲結構的注音形聲字時亦言：「這一類字往往被誤認爲兩個聲符，實際上應把除掉附加表音符號後所剩的形聲字當做一個整體符號看

---

〔註3〕林澐之說，轉引自陳偉武 1999：331-332。

待」。（詹鄞鑫 1995：197）黃德寬在討論少數借字加注聲符而成的注音字時也認為先在之「聲」，已習慣上記載原字義；後加之「聲」功能才在記音，前者已失去了記音功能，變為表示假借義的形符了。（黃德寬 1996：61-62）綜合林、詹、黃三人的說法，本文認為唯有透過歷時性的討論，才能釐清注音形聲字組成構件的真正功用，被注字本身所具備讀音，原來的表音功能隱沒不顯，只剩下表意功能只能看作注音形聲字的形符，後加注音符才是真正肩負表音功能的聲符。

　　綜合上述學者之討論，本文認為注音形聲字定義與義界應當如下：

　　　　所謂「注音形聲字」，就是在既有的字上加注標音偏旁構成的一個音
　　　　義無別的異體字。被注字可以是表意結構或表音結構，其加注標音
　　　　偏旁後由形、音、義完整的字淪為表義功能的形符，原先具的有表
　　　　音功能則由加注的標音偏旁取代。

通過本章對注音形聲字基本概念的討論，與對學者相關研究的商榷，在下面章節中，對所收集的注音形聲字進行討論。

# 第二章　表意字加注音符而形成的 注音形聲字

　　本章所欲討論的注音形聲字，其被注字均為表意字，其組成的偏旁部件多和文字所代表的詞在意義上有所聯繫，可能直接與詞義相關，或是用來指示詞義，但這些偏旁部件均與文字的語音關係疏遠，也就是不具有表音的功能，這些字也就是傳統「六書」觀念中的象形、指事、會意這幾類字。裘錫圭將表意字分為抽象字、象物字、指示字、象物字式的象事字、會意字和變體字六類。（裘錫圭 1993：133）抽象字、象物字與象物字式的象事字這三類表意字以單一的獨立偏旁來表示文字的詞義，其組成結構即所謂的「獨體表意字」。

　　指示字則是在象實物的形符上加注指示符號以示意，指示符號可以看作一種特殊的符號，因此可歸為準合體字中，這類字所要表示的事物很難跟它們的主體區分開來，所以需要再表示主體的字形相應部份加指示符號以示意。（裘錫圭 1993：143）本文亦將指示符號看作特殊義符歸入「合體表意字」之中。

　　而會意字則是會合兩個以上的意符表示一個跟這些意符本身的意義都不相同的字。（裘錫圭 1993：143）會意字的組成結構，與連繫文字詞義的方式皆異獨體表意字，兩者有顯著的差異，因此將這兩類字分為兩個小節討論，而這類字是由兩個以上偏旁所組成，可稱為「合體表意字」。

　　至於變體字則是改變一字之字形，這一類表意字則依據所改變的原字結構，分別歸入獨體表意字或是合體表意字之中。

## 第一節　獨體表意字加注音符而形成的注音形聲字

例1、「鳳」字

例2、「觀」字

| | |
|:---:|:---:|
| | |
| A、粹839 | B、合集27459 |

鳳字甲骨文作（菁5.7）、（後2·39·10）、（鐵97·1），前人多以為「鳳」字初文即象鳳鳥之形，頭上所從類似「丵」形，象鳳頭上叢毛之冠，而非《說文》所言的「丵」字。（李孝定1965：1367）甲骨文鳳字多假借為風，如{大風}、{小風}、{菁風}等，未見本義鳳凰之{鳳}之用例。

鳳字在甲骨文第三期時，出現追加凡聲的鳳字作（粹839）、（後1·14·8），〔註1〕上古音鳳字為並紐冬部，凡字為並紐侵部，聲同韻近。次者，詩經有冬、侵通韻之例，如《詩·秦風·小戎》二章：「騏騮是中，騧驪是驂」，「中」、「驂」相押，《詩·豳風·七月》八章：「二之日，鑿冰沖沖。三之日，納于凌陰」，「沖」、「陰」二字相押，《詩·大雅·公劉》四章：「食之飲之。君之宗之」，「引」、「宗」相押。總之無論由音理、押韻來看「凡」確實可以作為「鳳」字聲符。

鳳字加注凡為音符，謝信一以為由於語音演變，鳳與風讀聲音有了較大的差異，而凡字的音恰巧較鳳更接近風，於是加上凡旁作為聲符。（謝信一1965：1972）謝氏對鳳字加注凡聲的原因，雖有一定的道理，但不免流於主觀，受限今日上古音研究的侷限，難以直接證明鳳字上古音的演變，因此，謝氏無法獲得證實。

張美玲則指出除了標音的需求外，亦可能是鳳字初文和佳、鳥等字混同，所以造字者有意識的追加聲符凡，以示區別。（張美玲2003：85）鳳、佳和鳥三字本來就是禽鳥之屬，字形相近，確有可能產生混同情形，然而，甲骨文鳳字，「鳳」字從鳥為義符的例子十分罕見，據《甲骨文編》收錄的鳳字下部皆表示羽毛華麗的特徵，鳳頭上絕大多數有叢毛之冠，其與鳥、佳二字的區別十分清楚，因此為了避免它們形近混同而加注「凡」聲的說法，顯然有待商榷。相

---

〔註1〕此說根據《類纂》所收的鳳字，有加注聲符之鳳字皆在第三期後才出現。

反的，鳳字加注凡聲以後，人們可藉由音符凡判斷鳳字，鳳鳥之形慢慢被簡省、類化爲「鳥」旁取代，兩者順序不可倒置。

　　甲骨文中又有 B 字作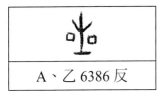（合集 27459），甲骨文中僅見此例，屈萬里隸定作觀，謂即後世的颮或飆字。（屈萬里 1984：819）此版卜辭云：「癸亥卜狄貞又大 B/癸亥卜狄貞今日亡又大 B」，季旭昇師以爲 B 字若釋「大風」，則「大觀」釋爲「大暴風」，似疊複無理。（季旭昇 2002a：295）

　　徐中舒認爲鳳或加凡、兄表音。（徐中舒 1988：428）但是鳳字上古音屬並母冬部、兄字屬曉母陽部，脣、喉二紐聲韻關係疏遠，鳳字以兄旁作爲聲符似有不妥。

　　張政烺則以爲甲骨文「鳳」字兼有鳳凰二音：

> 鳳是象形字，有鳳凰二音，後來象形字形聲化，造字者重視前音（鳳），故加凡爲聲符，也有人重視後音（皇），遂加兄爲聲符。鳳音在前容易被人注視，所以加兄聲的字行不開，但是在語言裏皇音並非不存在，字仍舊讀鳳凰二音，只是皇音輕短不甚引人注意罷了。《毛詩》、《尚書》、《孟子》等典籍中有「鳳皇」一詞，説明那時鳳字已是單音，故用借音字皇增注其後。（張政烺 2004a：671）

張氏認爲「鳳凰」爲聯綿詞，注重前音鳳聲的就加注凡聲，注重後音皇聲的就加上兄聲。皇、兄均爲舌音，且同爲陽部字，兄聲應當可以來標明皇聲的。張氏之説，合理可從。

## 例 3、「星」字

|   |
|---|
| <br>A、乙 6386 反 |

　　晶字甲骨文作（合集 9615）、（合集 11503 反）、（合集 11505）、（合集 29696），象天上繁星之形，爲星字之初文；或作（乙 6386 反）、（前 7・26・3），可隸定爲曐，應是在晶字上加注生旁作爲聲符，所象繁星數目或有增減。從卜辭文例來看，晶字文例爲「大晶」（合集 11503 反、合集 11505、合集 29696），A 字有相同文例「大 A」（合集 11502、合集 11506 反），

兩字有相同之用例。

就語音來看，上古音晶字屬精紐耕部，生字屬山紐耕部，兩字聲紐皆爲齒音可通，韻部疊韻，晶、生二字語音關係頗近，生字可標注晶字之音讀。

綜合上述，A字即是疊字，應是在晶字基礎上，加注生聲而成的注音形聲字，晶、疊、星爲一字之異體。

例4、「裇」字

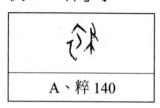

A、粹140

甲骨文獨體的卒字，裘錫圭認爲共有三種構形，第一類作 （鐵23‧2）、 （前511），在「衣」形以交叉斜線表示衣服已經縫製完畢的，其本義爲「终卒」，此種構形當是卒的初文。第二類作 （合集36511），字形與「衣」的構形相同，黃組卜辭的卒都作此構形。第三類作 （甲1549）、 （燕45），衣形末端有一上鉤尾巴，表示衣服縫製完畢可以折疊起來的意思。（裘錫圭1990：10）

甲骨文還有A字作 （粹140）、 （京津43600），孫海波隸定爲裇。（孫海波1965：356）裘錫圭根據卜辭文例「A彡」、「A彡日」亦作「卒彡」「卒彡日」，「彡A」亦作「彡卒」，或「翌日A」亦作「卒翌日」，斷定A字即卒字，並分析A字爲從衣、聿聲。卒、聿二字，上古韻部同在物部，但聲母精、余二紐稍嫌遠隔，然而聿字中古爲余母，用余母字和精母相諧例子不少，如酒、醬、酋（取即由切之音）等字聲母爲精紐，其聲符「酉」的聲母則爲以母。（裘錫圭1990：11）據此，A字應釋作{卒}，係由最初 、 的指事字，加注聿聲變爲注音形聲字的結構。

例5、「甾」字

A、京津5336

災字甲骨文第一期至三期作 （甲1005）、 （京津1926）、 （燕392）、

⑪（粹 932），隸爲巛，象水壅塞之形，川壅則爲巛也。（羅振玉 1981：中卷 10 葉）河川水流氾濫爲水災，往往重創人類身家性命，是上古人類恐懼的災害夢魘，因此災字正象水氾濫之形，本義當爲水災，其後引申爲災害之統稱。災字河川氾濫之形有橫置和豎立之別，爲造字者取象不同，二形實無差別。卜辭第三期後有 A 字構形作⽱（京津 5336）、⽱（明藏 7450），李孝定以爲 A 字構形是由象形的巛變爲從水，才聲的形聲結構。（李孝定 1965：3404）首先，由字義方面討論，卜辭巛字多用引申義災禍，不用其本義水災，多出現於貞問是否有災害，習見於田獵卜辭如「往來無巛」、「湄日無巛」，或逕稱亡巛。（陳偉湛 1983：152）這些貞問有無災害的用語在第一期至第三期多用巛字，第三期後則改用 A 字，巛、A 二字有相同用例。

　　次者，由語音方面討論，上古音巛字爲精母之部，才字爲從母之部，聲母均爲齒音旁紐可通，韻部則同在之部屬疊韻，兩字音理相近，才字可用爲巛字的聲符。

　　綜合上述，災字本象水壅之形，其後加注才旁爲聲符，變爲從巛、才聲的注音形聲字。

## 例 6、「翌」字

|  |
|:---:|
| A、京津 4581 |

　　甲骨文有⑪（乙 7766）、⑪（甲 465）、⑪（京津 4581），王國維據石鼓文遷字所從鼠旁作⑪，以爲⑪字象毛髮鼠鼠之形，爲鼠字之初文。（王國維 2002：173）然而⑪字與鼠旁上部構形實不相類，故不宜釋爲鼠。

　　于省吾則指⑪字與金文羽字不類，認爲⑪字實象古刀形，古籍昱亦作翌，翌從羽乃刀形之譌變，並舉金文⑪（刀爵）、⑪（父乙爵）、⑪（父辛卣）爲例，卜辭假刀爲昱。〔註 2〕李孝定以爲羽字形體詭變至繁，但能和刀形相合者卻不多，只依據少數金文字形就將⑪字釋爲刀，仍有可商之處，至於甲骨文⑪字與金文羽字不類，李孝定認爲金文「羽」字文字化程度已深，羽字的甲骨文、金

---

〔註 2〕于省吾之說法出自《雙劍誃殷契駢枝》，轉引自《甲骨文字詁林》頁 1863。

文字形遂不相類。（李孝定 1965：2207）李孝定由字形與文字演變兩方面辯駁于說，當可信從。

唐蘭根據卜辭 A 字即爲後世之翊字，所從偏旁應是羽字，其構形亦與金文羽旁相同如（宰椃角），羽字構形正是象鳥羽之形，因爲後世務趨簡約，在不妨礙辨識前提下字形發生省變，導致羽字構形變化至多，到了戰國羽字與甲骨文慧字混同，羽字小篆的字形則又是形之變。（唐蘭 1986b：21-22）唐蘭透過後世翌字從「羽」旁與金文羽字構形的比對，將字釋爲「羽」字初文其說頗有道理。

然而，字在卜辭中多假借翌日之{翌}，作爲記時之稱，訓爲明日，有時也泛指二、三日之後如：「乙酉卜，賓貞：羽丁亥不其暘日」（粹 605），翌字上古音爲余母職部，羽字則爲匣母魚部，兩字聲紐皆爲喉音可通，但是韻母職部、魚部卻遠隔，張美玲對於羽、翌韻部遠隔解釋到：

> 「羽」這個字從商代到周秦一定發生過變化，所以才會在商代音近可以假借，到了周秦時韻部卻不合，這種變化當然不是一朝一夕的猝變，從卜辭二、三期從日羽聲的「𣅳」字漸漸消失，從羽聲從立聲的「翊」字被使用，可以推斷在當時「羽」字的聲韻漸漸產生變化，和作爲明日義的「翌」字聲音漸行漸遠，所以作爲形聲字的「𣅳」字，不能表達「翌」這個聲音，所以消失了，取而代之的是標音更爲強烈从「立」聲的翊字。（張美玲 2003：80-81）

張美玲根據甲骨文中𣅳、翊的用字情形，推論羽字可能在商代時發生音變，到了周秦時代已經和羽、翌的韻部遂已遠隔，今日以周秦音爲依據的上古音研究，才無法說明紀錄商代語言的羽、翌二字的韻部關係，其說雖然有一定的道理，但仍推屬推論之詞，並無其他堅實的證據足以證明羽、翌二字商代音近，因此，將字釋爲「羽」雖然和小篆翌字從羽相合，但從羽、翌語音關係疏遠，將字釋爲「羽」稍嫌美中不足。

唐蘭將釋爲「羽」之前，曾釋羽翼之形，即「翼」之本字，〔註3〕雖然唐氏後來推翻其說，並指翼字「用字不繁，形複難象」，因此當非翼字。（唐

〔註 3〕唐蘭之說轉引自《甲骨文字詁林》頁 1858。

蘭1986b：21）然而翼字乃指鳥禽之翅膀乃具象之物，應不至於如唐蘭所言「形複難象」，而「用字不繁」亦不知從何可證，因此唐蘭推翻 🪶 爲翼之說法，恐怕還是考量後世之翌字從羽旁，故改釋 🪶 爲羽。

　　若由 🪶 字卜辭中多用爲「翌」加以考量，翼、翌二字上古音均爲余紐職部，將 🪶 釋爲翼之初文，假借爲翌日之翌，在音理顯然較釋 🪶 爲羽爲佳。次者，季旭昇師則言 🪶 甲骨文中兼有羽、翼二義，甲骨文字構形較接近圖畫，鳥類翅膀上的羽毛即稱爲「羽」，羽、翼部位十分相近，由此考慮，先人造「羽」字時往往將翅膀的部份一併畫出，反之，造「翼」字之時亦將翅膀上附著的鳥羽在字形上呈現。〔註4〕季旭昇師以羽、翼二字造字因素相似，使得甲骨文羽、翼二字產生了同形現象，據此甲骨文中讀爲翌日之 🪶 字，本文以爲應釋爲「翼」，甲骨文之後 🪶 形漸爲羽字爲專用，後世之人不知翌字本是假借翼字而來，遂使今日之翌字均從羽旁。

　　甲骨文又有 🪶 （甲 465），隸作昱，加日旁爲義符，表示昱字意義和時間日期相關，由假借象形之翼字，變爲從日、翼聲的形聲字。

　　A 字構形作 🪶 （京津 4581），隸作翊，加注立旁爲聲，〔註5〕上古音翌字爲余母職部，立字爲來母緝部，聲母方面，上古余、來二母的關係密切，李方桂說：

　　　喻母四等（案即余母）是上古時代的舌尖前音，因爲他常跟舌尖前塞音互諧。如果我們看這類字很古的借字或譯音，也許可以得到一點線索。古代台語 TaiLanguage 用 *r- 來代替酉 jiKu 字的聲母，漢代烏弋山離去譯 Alexandria，這就是說用弋 jiKk 去譯第二音節 lek，因此可以推測喻母四等很近 r 或 l……。（李方桂 1980：13）

李方桂從域外的借字和譯音證明余母音與 r-或 l-關係密切，因此「翌」以來母「立」爲聲符，在語音上是可以成立的。龔煌城則透過漢藏語的比較，指出漢語來母字對應的是藏語的 r-，余母字則對應藏語的 l-，並且推論余母 l-音消失後，來母字發生 r- > l-的語音變化，應是在上古漢語以前發生。（龔煌城 2002：34-35）透過李方桂、龔煌城分別由譯音、漢藏語比較，可知來、余二紐聲值確

〔註4〕　季旭昇師認爲 🪶 可同釋爲羽、翼的說法，在本文口考時口授。

〔註5〕　王襄《古文流變臆說》頁 21-22，轉引自《甲骨文字詁林》頁 1857。

實十分接近。韻部方面，陳新雄以先秦韻文、聲訓推斷職部和緝部韻尾雖異而主要元音相同，故旁轉甚眾也。（陳新雄 1972：1066）我們也可以從緝部的「澀、澀」與職部的「濇」爲同源關係，佐證緝部的「立」字，可以作爲職部的「翌」字的聲符。

西周早期的小盂鼎的{翌}字作，更同時增繁日旁與立聲。

經由上述討論，翌字是在最初假借爲{翌}的翼字上，加注立聲而成的形聲字。

## 例7、「皀」字

A、花 14

皀字甲骨文作（甲 878）、（存下 764），象盛裝穀黍之類的器皿，即簋字初文，在花東甲骨有 A 字作（花東 3）、（花東 14），隸爲皀，黃天樹分析 A 字是在皀上加注聲符「丂」，A 字文例爲「乙酉卜：既 A，往遊，覲豕」（花東 14），卜辭內容指貞問簋祭後前往打獵，能否碰見野豬，A 字在此可釋爲{簋}。而皀字（簋）在見紐幽部，丂字在溪紐幽部，聲母同爲牙音，韻部疊韻，故 A 字可以加注丂聲。（黃天樹 2005：339）黃天樹從音、義討論 A 字構形，頗有道理可從。

## 例8、「鬳」字

A、甲 2082

鬳字甲骨文作（前 7・5・2）、（後 27・15），上形如鼎，下形如鬲，即甗字初文。（羅振玉 1981：中卷 38 葉）雖然鬳字在卜辭中未見本義的用法，但由甲骨文字形可知鬳字當象器具之形。甲骨文又有 A 字作（甲 2082），學者多以爲即《說文》的鬳字，張世超等以爲鬳字初文增加「虍」旁以標聲。（張世超等 1996：2408）首先就語音關係討論，上古音鬳字疑紐元部，虍字爲曉紐魚部，聲母疑、曉二紐旁紐可通，魚、元二部主要元音相同可通轉，兩部語音關係

雖較爲疏遠，但由從虍得聲的虧、戲二字韻屬歌部，而歌、元二部對轉語音關係密切，虍聲可諧歌部之字；次者，從虍聲的獻字與元部的善字古籍有通用之例，《逸周書・王會解》：「其幹善方」，「善」字郭璞注《山海經・西山經》引作「獻」，又從虍聲的巘字與元部的鮮字古籍有通用之例，《爾雅・釋山》：「小山別於大山，鮮」，《詩・大雅・公劉》：「陟則在巘」，毛亨傳：「小山別於大山也」相對的，可知魚部虍字常與元部相通，綜合上述，虍旁應該能作爲元部膚字之聲符。

就字義來看，A字文例爲「乙卯卜狄貞A羌其用辛卉」（甲2082），膚字文例爲「乙卯貞其尊膚又羌」，膚字初文、A字有相同用法，均讀爲「進獻」之{獻}。（姚孝遂1999：2718）再看，西周金文的A字文例，A字多出現在器主自名該器名稱之處，即用甗器之{甗}的本義。

經過上文討論，A字構形是在膚字初文上加注虍聲而成，由原本象形字變爲注音形聲字。

## 例9、「雚」字

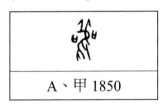

| A、甲 1850 |
| --- |

甲骨文萑字作 （甲3001）、 （燕789），雚字作 （甲1850）、 （寧滬1・286），兩字構形相似，差別在於雚字多了「吅」的部件。郭沫若以爲「萑」借作「禍」。（郭沫若1976：406）陳夢家釋「萑」爲「穫」之初文。（陳夢家2004：535）；姚孝遂承陳夢家之說，進一步指出萑即「鴟屬」，用爲{穫}，而雚爲「小爵」，多用作動詞「觀」，或間用作祭名，「萑」、「雚」形義俱別當非一字。（姚孝遂1999：1691、1695-1696）上述諸家皆以爲兩字構形不同，用法也不同，是不同的字。

張美玲根據《類纂》所收辭例，指出卜辭中「酓萑」、「典其萑」與「萑歲」，亦作「酓雚」、「典其雚」與「雚歲」。次者《類纂》又有將「萑」直接隸定作「觀」者，如「己亥卜…萑耤」（合集5603）、「己亥卜，王往萑，耤延往」（合集9501），或萑、雚用法類似的例子，如「王往萑□」（合集9591）和「王其往雚于」（合集24425），這些萑可釋作觀的例子都是賓組字，正好彌補「雚」字在賓組的缺

空，因此萑、雚當爲同一字。（張美玲 2003：49）張氏以卜辭文例證明萑、雚
爲同一字，其說當可採信。

李孝定認爲指出萑爲原始象形字，雚爲後起形聲字，到了金文就只剩下雚繼
續使用。（李孝定 1965：1300）萑、雚、吅三字上古音聲母均屬牙音，韻部同
屬元部，故雚字當是萑字追加吅聲而成的注音形聲字。

## 例 10、「必」字

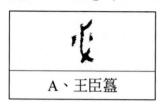

A、王臣簋

必字殷商西周文字作 𠂤（乙 3069）、𠂤（簠人 46）、𢆶（王臣簋）、𢆶（五
年師旋簋），郭沫若據西周金文以爲：「必即柲字，弋象柲形，八聲。然形聲字
之字後於象形，則弋又古必字，必其後起者矣」。（郭沫若 2002a：482）裘錫圭
以爲弋、必二字聲韻皆遠無從相諧，而且弋字構形作 ✛（癲鐘），和必字構形
有明顯的區別，弋、必當非一字。（裘錫圭 1992c：17）從上古音來看，弋字爲
余紐職部，必字爲幫紐脂部，必、弋聲韻皆遠，且字形有別，裘錫圭之說信而
有徵，弋字當非必之初文。其進一步指出必本象古代矛、戟、戈等武器的柄，
爲柲字象形初文，而甲骨文常在兩側增添小點因此變爲 𠂤 形，次者，裘錫圭舉
出從必的盬、宓，甲骨文時都從 𠂤，且諸字卜辭中皆可通讀。（裘錫圭 1992c：
18）將必字釋爲柲字初文，在字形有很好的解釋，又能從後世諧聲字得到證明，
必字爲柲字初文確實可信。

必字構形由甲骨文構形演變爲西周金文，前引郭沫若文中指必字是加注八
聲的後起形聲字，其說當是可信的。首先就字義而言，必字西周金文辭例「厚
必」如王臣簋、五年師旋簋，必字釋爲{柲}，指戈、矛等兵器之長柄，正是使
用必字本義。

次者，就語音而言，上古音必爲幫紐脂部，八字爲幫紐職部，兩字聲母均
爲幫紐雙聲，韻部脂、職對轉可通，語音關係相近。

綜合上述，必字應爲柲字初文，西周金文的必字是在甲骨文象形初文上，
加注八聲作爲聲符而成形聲字。

## 例 11、「夜」字

A、效卣

　　夕字殷商西周文字作 )（甲 616）、 )（鐵 16‧1） )（瘐篹）、 )（㠱公鐘），象新月之形，夕之初義同於夜，故假月字以見義。（李孝定 1965：2256）西周金文有 A 字作 夾（效卣）、 夾（啓卣）、 夾（番生篹），即隸楷之夜字，是在夕字基礎上，加注亦聲而成的注音形聲字。從字義來看，西周金文常見「夙夕」一詞，亦寫爲「夙 A」，夕、A 有相同用例。在語音方面，夕字古音爲邪紐鐸部，夜字爲余紐鐸部，亦字在余母鐸部，韻母疊韻可通；聲母方面，上古音邪、余二母接觸頻繁，李方桂指出余、邪二母很相似，邪母常跟舌尖塞音及余母互諧，一個字往往有邪母跟余母的兩讀，並主張邪母只是較余母多了三等介音-j-。（李方桂 1980：14）可見，夕、亦、夜語音相似。

　　夕、夜二字音義皆近，夜字是在夕字上加注亦聲而成的注音形聲字。

## 例 12、「參」字

A、大克鼎

　　參字殷商文字作 （參父乙盉），西周金文作 （袤衛盉）、 （大克鼎），林義光以爲參字從人、齊，彡聲。〔註 6〕朱芳圃以爲象曑宿三星在人頭上，光芒下射之形。（朱芳圃 1972：37）何琳儀師則分析參字是從卩從星，會意，用來表示人上三星之意，彡形部件爲西周時所疊加的三聲。（何琳儀 1998：1419）林義光等人將參字主體（指不包含彡旁）拆爲兩個部件，林清源師以爲殷商西周時期的參字，形體筆劃緊密相連，構成一個整體，應該是個獨體表意字，不能切割爲兩個部件。（林清源 2002：287）因此，上述三人參字整體的分析是不能成立的。

　　約齋以爲參字主體象人體頭上帶著珠寶的飾物，彡形部件用來表示身上繁

---

〔註 6〕林義光分析參字構形之說法，轉引自《金文詁林》頁 4282。

盛裝飾的指事符號。（約齋 1992：160）趙平安進一步指出主體部分乃象人頭上
戴簪笄之形，彡形部件是爲了字形勻稱美觀才增添的羨畫。（趙平安 1995：168）
將參字主體解釋爲人頭上戴著飾物，但所戴飾物爲何難有確證；次者，林清源
師以爲兩人說法，無法解釋絕大多數從參得聲之字的字義來源問題，以及這些
字的字義聯繫問題。（林清源 2002：287）由從參得聲諸字的意義來源考慮，將
參字釋爲人頭頂上戴著珠寶和簪笄，缺乏可靠證據，仍待商榷。

　　林清源師分析從參得聲諸字，多與「修長」、「下垂」、「眾多」、「雜亂」、「混
雜」等義有關，進一步推論參字當象人的長髮捲曲之形，或是繫結髮飾之形，
爲了有明顯的形體特徵，才誇張地把長髮末端寫作圓圈形，參字爲鬖字初文。（林
清源 2002：288）林清源師由參字構形、字義連繫，指出參字象人的長髮捲曲
之形，或是繫結髮飾之形，其說頗有道理，爲目前分析參字諸多說法中，最爲
可靠之說。

　　西周金文後的參字多增添彡形部件，若林清源師釋鬖之說不誤，則朱芳圃
指彡形部件象星光照射的光芒，或約齋所謂的指事符號，便無法自圓其說。趙
平安以爲彡形部件是爲求字形勻稱美觀而加的羨畫，古文字中雖屢有增添羨畫
的現象也有其一定的道理，但就字形分析而言，不免顯得消極。何琳儀師以爲
彡形部件是後加的三聲。但彡形部件爲三斜畫，或三曲畫、或類似小字的形體，
而三字皆爲三道等長的橫畫，兩者構形特徵差距頗大，因此參字並非從三得聲。
（林清源 2002：287）林清源師由三字、彡形部件構形相左，論述西周金文參
字非三聲，其說頗有道理，加注三聲之說不可信。

　　彡形部件當如林義光所言，爲西周時期加注的彡聲，古音參、彡同在山紐
侵部，彡旁可用來作爲參字聲符。參字遂由初文的象形字，增繁彡聲標音，由
會意結構變爲注音形聲結構。

例 13、「盾」字

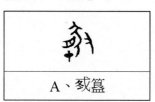

A、祋簋

盾字殷商西周文字作 （甲 3113）、 （粹 1288）、 （小臣宅簋），象

方盾之形，盾形有空廓、填實二形。西周金文又有 A 字作 （戜簋），可隸爲
酘，容庚分析爲從盾，豚聲。（容庚 1985：242）A 字應是在盾字上加注豚聲而
成的注音形聲字，A 字文例爲「俘戎兵 A 矛戈弓」，和兵器一同出現，可釋爲
盾牌之{盾}。就語音來看，上古音盾、豚二字同屬定紐文部，語音關係相同。
綜合上述，A 字應是在盾字上加注豚聲而成之字。

例 14、「𣓤」字

| A、虢叔旅鐘 |

西周金文有 A 字作 𣓤 （叔鐘）、𣓤 （虢叔旅鐘）、𣓤 （士父鐘），隸爲
「𣓤」字，由向、林二旁組成，A 字文例爲「大 A 龢鐘」、「寶 A 鐘」、「大 A
鐘」，即典籍《國語・周語》：「王將鑄無射而爲之大林」，《左傳・襄公十九年》：
「季武子以所得于齊之兵作林鐘而銘魯功焉」中所記載的「大林」、「林鐘」。張
世超等以爲 A 字有異體作 𣓤、𣓤 （兮仲鐘）、𣓤 （楚公豪鐘）、𣓤 （柞鐘），
這些字皆從向旁得聲，進而推論 A 字是在向字上增繁林聲而成。（張世超等
1996：1491-1492）然而，這些字省略「林」旁，都較 A 字多了金、禾、米、
泉或攴等不同偏旁，除了從金旁能解釋爲標明鐘的質料外，其他偏旁和「林鐘」
之義並無關係，這些字應是同樣從向得聲遂能通讀，未必是 A 字異體。

劉釗根據 A 字典籍寫爲「林」，推測 A 字是在林字上追加向聲而成。（劉釗
1991：126）雖然古文字資料中，林字未見用爲「林鐘」，但《左傳・襄公十九
年》：「季武子以所得於其之兵作林鐘，而銘魯功焉」，「林鐘」即「林鐘」，本文
根據文獻「𣓤鐘」寫爲林字，次者，林、向二字均爲來紐侵部，語音相近，本
文暫從劉釗之說，認爲 A 字構形是在林字上，加注向聲而成的新字。

例 15、「鼏」字

| A、多友鼎 |

甲骨文有 ⚍（鐵 191·1）、⚎（鐵 200·3）（下文以 B 代表此形），唐蘭釋爲{而}象頰毛之形。（唐蘭 2000：58 葉）于省吾進一步指出而字象須（鬚）形，而與須本爲一字，後來加注頁旁產生須字，其後遂分化爲兩字。（于省吾 1979：144）後世學者多從此說。〔註7〕不過，B 字在卜辭中主要有兩種用法，不論爲方國名或祭名，〔註8〕都爲假借用法，未見而字「頰毛」本義的用法，若逕自將 B 釋爲「而」，就辭例而言似乎不妥，誠如季旭昇師所言「唯其說釋 B 爲而，其實並無確證」。（季旭昇 2003：632）總之將 B 字釋爲{而}，在字義上無法得到印證。

李圃據多友鼎馘字作 ⚌，逆推 B 即爲馘字初文，象倒首長髮之形，古代戰爭割敵首以計戰功之行爲，《合集》36481 版：「小臣牆從伐，擒嚴美…B 一千五百七十…」，正記載了小臣牆征伐嚴美，馘首一千五百七十人的戰功。（李圃 1989：168）除了多友鼎外，金文的馘字作 ⚌（小盂鼎）、⚌（彧簋）、⚌（虢季子白盤），下部和 B 旁構形相類似，契文中又有較明確的用例，雖然僅是孤證而略顯美中不足。季旭昇師對此以爲「而」、「馘」二字不排除可能「同形」。（季旭昇 2004：90）在未有新出證據之前，季旭昇師以爲「同形」之說當可信從。

本文暫據李圃說法，B 字爲「馘」字初文，則多友鼎銘文的「馘」字，是在 B 字的象形基礎上，加注或聲以標示讀音。（李圃 1989：168）馘字上古音爲見紐職部，或字則爲匣紐職部，聲紐皆屬牙音，韻部同在職部疊韻，或旁確實可作爲馘字的聲符，遂由象形結構變爲形聲結構。

## 例 16、「荆」字

A、過伯簋

荆字西周金文作 ⚍（鼏簋）、⚍（堆叔簋），劉釗指象以刀斫草之形，爲荆字初文。（劉釗 1991：120）西周金文又有 A 字作 ⚍（過伯簋）、⚍（馭

---

〔註7〕將甲骨文此字從唐蘭、于省吾釋爲{而}的學者如李孝定（2004：144-145）、張世超等（1996：2354）、姚孝遂（1992：1339）。

〔註8〕此說從姚孝遂之說，讀 B 爲脢，爲祭名的一種（姚孝遂 1999：3445）。

戜簋），隸爲荆，劉釗分析 A 字是在荊字初文上加注井聲。（劉釗 1991：281）
從語音上來看，上古音荊字爲見母耕部，井字爲精母耕部，見、精二母語音
關係稍遠，但張世超等指出從井得聲的耕字爲見母耕部，與荊字聲韻俱同；
次者，從井聲得聲之字，往往與從𡉡得聲之字，有所往來。（張世超等 1996：
1039-1040）張世超等指出井字和見母耕部來往密切，証明井、荊二字聲母雖
然稍嫌疏遠，但井字仍可標注荊字音讀。從銘文辭例而言，𣂑、𣂑二者均
有用爲荊楚之{荊}，二字有相同用法。因此，A 字當是在荊字初文基礎上，
加注井聲而成的新字。

例 17、「裘」字
例 18、「裘」字

| | |
|---|---|
| A、次卣 | B、五祀衛鼎 |

裘字甲骨文作 （前 6・7・3）、 （後 2・8・8），象皮衣之形。西周金
文有 A 字作 （次卣）、 （芈伯歸夆殷），於裘字象形初文加注「又」聲。
（楊樹達 1997：179）上古音裘字群紐之部，又字爲匣紐之部，兩字音近可通，
裘字遂由初文的象形字變爲形聲字。

或有 B 字作 （五祀衛鼎）、 （大師虘殷），在裘字初文上加注求聲，
上古音裘字爲群紐之部，求字爲群紐幽部，兩字雙聲，韻部之幽旁轉可通，因
此求字可用來標注裘字音讀。

戰國時期，裘字構形以加注求聲爲主，如 （隨縣 22）、 （睡・日乙
189），小篆裘字亦承襲加注求聲的構形。

例 19、「禽」字

| |
|---|
| A、多友鼎 |

禽字甲骨文作 （甲 2285）、 （鐵 1174），可隸爲屰，唐蘭以爲象罕形，

即今日干字。(唐蘭 2000：57-58 葉) 李孝定認爲干是盾的別名,與網類爲不一樣的事物,因此𢎫不能釋爲干字,而應釋爲{罕},爲禽字初文。(李孝定 1965：2560) 李氏之說甚塙,甲骨文𢎫即爲罕,象捕獵的網子。西周金文作𢾅 (多友鼎)、𢾿 (不嬰簋),是在初文上加注今聲而成。(唐蘭 2000：58 葉) 從字義方面論之,𢎫、禽均用爲「禽獲」之義,如《合集》37375 版:「𢎫茲獲兕四十鹿二狐一」,《合集》3839 版:「乙𢎫有兕」,多友鼎:「休,不逆,有成事,多禽」,麥方尊:「王射大𪊽,禽」,上述𢎫、禽皆釋爲「擒」,兩字有相同用例。

從語音方面論之,禽字爲群紐侵部,今字爲見紐侵部,聲母同在牙音,韻部疊韻,禽、今二字聲韻關係極近,今聲可標注𢎫(禽)字音讀。

綜合上述,禽字是在初文𢎫字基礎上,加注今聲而成的注音形聲字。

## 例 20、「盧」字

A、十七年趞曹鼎

盧字甲骨文作𤳯 (鐵 12‧4)、𤳯 (前 4‧28‧7),于省吾以爲上象鑪之身,下象欵足,爲盧與鑪之初文。(于省吾 1979：30) 在卜辭中多和豕字連用作「盧豕」,朱歧祥師以爲「盧豕」即用盧承豕以獻鬼神,當爲熟牲之祭。(朱歧祥 1989：287) 西周金文有 A 字作𧆠 (十七年趞曹鼎),隸爲虘字,是在盧字初文加注庀聲而成的注音形聲字,從文例看,A 字文例爲「王射于 A」,A 字釋爲{盧},盧字正從盧得聲,A 字應可釋爲盧。次者,就語音關係討論,盧字上古音在來紐魚部,庀字爲曉紐魚部,來、曉二紐語音關係稍嫌遠隔,但同從庀諧聲的慮、虜亦爲來紐,可見庀聲應能標注盧字音讀。A 字是在盧字初文上加注庀聲而成的注音形聲字。

此字又作𧇄 (伯公父簋),即今日的盧字,在 A 字基礎上加注義符皿,鑪形漸趨訛變。春秋金文則作𧇄 (王子嬰次盧)、𧇄 (郘令尹者旨型盤),隸爲盧,改從膚聲,爲盧字異體。

## 例 21、「旂」字

A、頌簋

西周金文有 A 字作 （孟鼎）、（頌簋）、（毛公鼎），即隸楷之旂，A 字構形應是在㫃字上加注斤聲而成之字。（劉釗 1991：131）由字義而言，A 字文例有作爲「鑾 A」如強伯師𨞓簋、頌簋，和休盤的㫃字文例「鑾㫃」相合，可見 A、㫃均指旗幟。由語音關係視之，上古音㫃字爲影紐元部，而斤字爲見紐文部，聲母喉、牙可通，韻部則爲元、文旁轉，兩字聲音亦近。因此，A 字可釋爲旂，乃是在㫃字上加注斤聲而成的注音形聲字。

## 例 22、「鼻」字

A、郭店・五行 45

自字殷商西周文字作 （甲 192）、（河 678）、（令鼎）、（毛公鼎），象鼻子之形，西周晚期自字下端的鼻孔之形，筆畫相連作一弧筆。甲骨文中的  字用作本義{鼻}，如「有疾 」（合集 11506）， 字還有兩類用法，其一用作表自己的{自}，如「叀王  征刀方」（合集 33035），其二用作表自從的介詞{自}，清人徐灝《說文解字注箋》說自字：「人之自謂或指其鼻，故有自己之稱」。林澐承徐灝之說以爲自字可用爲鼻子之{鼻}與代詞自己之{自}，是因爲兩個詞的詞義都和  形有聯繫。（林澐 1998a：38）

戰國自字作 （楚王酓章鎛）、（包山 197）、（侯馬 305），或作 （郭店・五行 45）、（睡・日甲 70 反），於自字上加注畀聲。上古音鼻字在並紐質部，畀在幫紐質部，兩者聲母均爲脣音，韻部同在質部，畀旁可以用來標注鼻字音讀。

由字義觀之，郭店簡〈五行〉45 簡文爲：「耳目 A 口手足六者」，A 字與耳、目等人體器官並列，睡虎地簡〈日書甲〉738 簡反：「盜者大 B 長頭」，記

錄盜者長相有大大的鼻子；將 A 字釋爲{鼻}字當無疑義。

　　殷商文字自字象人的鼻子之形，[註9] 戰國時期在象形的自字上加注畀聲，由象形結構變爲形聲結構。

## 例23、「罔」字

A、睡‧日乙 19

　　网字甲骨文作 ☒（甲 3113）、☒（乙 3947 反），爲網字之初文，甲骨文多用爲動詞，表示以網獵捕，如「网鹿」、「网雉」等。戰國秦系文字有 A 字作 ☒（睡‧日乙 19）、☒（睡‧秦律 5），在甲骨文网字基礎上加注亡聲，即隸楷的罔字。《說文》亦言：「网或加亡」，以爲罔字乃网字或體。從用例方面觀之，罔字在睡虎地簡中屢屢用爲「網」字，如〈日書〉乙種 19 簡：「A 獵獲」，〈田律〉5 簡：「置窘 A」，其他資料中亦常見罔字用爲網之例如《史記‧平準書》：「網疏而民富」，《漢書‧食貨志》網作罔，《老子》七十三章：「天網恢恢，疏而不漏」，漢帛書乙本「網」作「罔」，由上可知罔、網在出土或典籍文獻中經常相通。

　　綜合上述，戰國秦系的网字加注「亡」作爲聲符，遂產生「罔」這一個注音形聲字。

## 例24、「閔」字

A、兆域圖銅版

　　門字殷商西周文字作 ☒（甲 840）、☒（前 416‧1）、☒（格伯簋）、☒（頌簋）象門戶之形。戰國文字作 ☒（包山 33）、☒（上博‧詩 4），與殷商文字一脈相承。戰國又有 A 字作 ☒（兆域圖銅版）、☒（璽彙 2563）、☒（璽

<hr />

〔註9〕　姚孝遂《殷墟甲骨刻辭類纂》、季旭昇師《說文新證》以爲《甲骨文編》所收字頭 0478 即是從自，畀聲之「鼻」字，然而，該字頭所收之字均爲地名用字，故存而不論。

彙 3077），即今日閔字，A 字出現的兆域圖銅板爲墓域建築平面圖，A 字出現在兩道城垣之間，出現位置即城門所在可釋爲{門}，徐在國將《璽彙》2563 的璽文釋爲「典南門」，指守門的官員所使用的璽印，屬三晉官璽。（徐在國 1999：83）《璽彙》3077 的璽文爲「下西閔」其辭例與《璽彙》2563 一致，應是管理下西門這個地方的官員用印。閔字在今日可見的出土資料中，均當釋讀爲「門」字。朱德熙、裘錫圭遂以爲戰國文字多假借閔字爲門。（朱德熙、裘錫圭 1999a：107）《說文》釋閔字形、義爲：「弔者在門也。從門，文聲。」《說文》對閔字的說解，顯然爲了符合「閔」字古籍中多爲傷痛、悼喪之意，所以將閔字強加比附人爲的弔喪，把「門」旁當作義符，但門字在傳世典籍、出土文獻中，多指建築物的入口；或引申爲 1、比喻事物的關鍵；2、家族，門第；3、學派，宗派。門字未見當作「弔喪之事」的用法，因此，《說文》對閔字的釋形、釋義皆待商榷。次者，「文」字亦未見與「弔喪之事」相關義項，閔字所從文、門二旁，都和「弔喪」關係薄弱應是假借而來。

再次，閔字古文作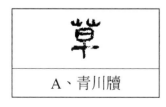，從思，民聲，指人類的傷痛、悼喪的思緒，故從思旁，閔字的古文構形才符合形聲相益的造字原則，而且從民聲的愍字亦有傷痛之義，上古音民字在明紐眞部，閔字在明紐文部，閔字可能就是和、愍等字通假，遂有傷痛、悼喪等假借義。

何琳儀師以爲閔字，從門，文爲疊加音符。門之繁文。（何琳儀 1998：1365）如上文所述，今日可見的戰國「閔」字均釋爲門戶之{門}，且門、文二字皆爲明紐文部，因此，閔字當是門字加注「文」聲而成的注音形聲字，其後假借憐憫之憫，本義遂隱滅不顯。綜合上述，A 字即閔字，爲門字加注文聲而成的注音形聲字。

例 25、「草」字

| 草 |
|---|
| A、青川牘 |

艸字商周文字未見獨體字，多用作草本植物字的偏旁，其字形從二屮，會百草之意。戰國秦系有 A 字作草（青川牘）、草（睡・法 210），即《說文》

的「草」字，何琳儀師分析草字構形是在「艸」字基礎上，加注「早」旁爲聲符。（何琳儀 1998：230）從字義來看，A 字在出土簡牘的文例爲「鮮草」或「百草」，泛指草本植物，在典籍文獻中「草」字亦爲草本植物的統稱，如《詩經·小雅·谷風》：「無草不死，無木不萎」，無論在出土文獻或傳世典籍中，「艸」、「草」二字的意義皆十分相近。

從語音來看，上古音艸字清紐幽部，早字精紐幽部，聲母清、精旁紐可通，韻部同屬幽部，二者語音關係密切，早字可作爲艸字聲符。

綜合上述，草字應是在艸字基礎上，加注早聲而成的注音形聲字。

## 例 26、「齒」字

| | |
|---|---|
| A、睡·爲 17 | B、中山王𧻚壺 |

齒字甲骨文作（甲 2319）、（乙 316），象口中牙齒之形。戰國秦系文字作（睡·爲 17）、（睡·日乙 255），季旭昇師以爲齒字加注之聲，經過隸化後，之聲簡化爲止旁。（季旭昇 2000：225）然而，秦系文字從「之」旁的字隸化後，多訛作「土」或「士」形如：志、寺，未見「之」旁隸化爲「止」字之例。

因此，秦系齒字當如同《說文》所言：「象口之形，止聲」，在象形的齒字上加注止旁爲聲符，爲小篆齒字所承。

六國文字作（中山王𧻚壺）、（隨縣 18）、（郭店·唐 5），許學仁、陳立從《說文》之說，以爲齒字加注止聲表音。（許學仁 1983：84；陳立 2004：211）季旭昇師以爲之、止二字構形有別，止字筆畫都作三筆，之字則作四筆。（季旭昇 2002a：97）據此原則六國的齒字應非加注止聲，而是加注之聲。

由語音方面觀之，上古音齒字爲昌紐之部，止、之二字均爲章紐之部，聲母章、昌二紐旁轉可通，韻部疊韻，之、止均可作爲齒字之聲符。

戰國時期，齒字秦系加注止聲，六國則加注之聲，由殷商時期的象形字變爲形聲字。

例27、「𡴎」字

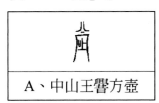

A、中山王𰯽方壺

上字殷商西周文字作 **二**（甲1164）、**〜**（前7‧32‧4）、**二**（啓卣）、**二**（虢叔旅鐘），以一長橫畫爲識，有一短橫在其上，表示「上下」之「上」。春秋戰國文字作 **丄**（蔡侯盤）、**上**（包山79），「上」字加一豎筆，以避免與「二」字混淆。中山國文字另有A字作 **𡴎**（中山王𰯽方壺），可隸定爲𡴎。張政烺以爲是尚字加注上聲。（張政烺 2004b：476）黃錫全則以爲是上字加注尚聲。（黃錫全 1986：146）A字文例爲「A逆於天，下不順於人也」，A字與下字相對，又出現於「A覲於天子之廟」中，就字義而言A字均宜釋爲{上}，因此分析A字爲上字加注尚聲較爲合理。

進一步由語音關係視之，上、尚二字古音同在禪紐陽部，而且兩字經常通假如《老子》三十一章：「吉是尚左，凶事尚右」，帛書甲本、乙本尚作上，又《左傳‧昭公二十六年》：「寡人今而後聞此禮之上也」，《晏子春秋‧外七篇》上作尚。上、尚古音聲韻皆同，又常互爲異文，尚聲當能標注上字音讀。綜合音、義兩方面，A字是加注尚聲的上字異體。

例28、「刕」字

A、古幣33

戰國齊系貨幣有A字作 **刕**（古幣33），歷來學者多釋爲化，讀爲貨幣之{貨}，如朱活（1984：120）、張頷（1985：32）、徐中舒（1982：324）均持此說。吳振武以爲古文字的化字爲一正人旁和一倒人旁構成，A字右旁和倒人之形的結構差異頗遠，A字不宜隸釋爲化字。（吳振武 1983：307）吳振武將A字隸爲「刕」，以爲是在象形的「刀」字上，加注「乇」的注音形聲字，刕字讀爲「刀」，訓爲貨幣名稱。（吳振武 1983：308）戰國從乇之字作 **乇**（郭店‧老乙

16)、（郭店・成 33）、商（陶徵 16），毛字構形和 A 字右旁相似，將 A 字右旁釋爲毛旁應是可信的。

就語音方面而言，上古音刀字爲端紐宵部，毛字爲端紐魚部，二字雙聲，宵、魚二部旁轉，兩字聲音相近。

綜合上述，A 字應隸爲氈，釋爲{刀}，爲齊國貨幣名稱，是在刀字基礎上加注毛聲而成的注音形聲字。

## 例 29、「」字

A、睡・秦律 4

在殷商西周文字中，未見獨體的卵字。在甲骨文中有（前 4・38・7）、（京津 2841），何琳儀師以爲兩字所從旁，象睪丸之形。（何琳儀 1998：1035）戰國文字卵字作（包山 265）、（望山二 35）、（睡・日甲 74），截取甲骨文部分形體，並將睪丸之形填實來區別「卵」字。（何琳儀 1998：1035）秦系卵字或作（睡・秦律 4），增繁　旁爲卵字聲符。（何琳儀 2003a：223）就意義方面觀之，A 字文例爲「不夏月，毋敢夜草爲灰，取生荔、麛、A、鷇」，該句記載秦國田律禁止在夏季前運作的事項，A 字讀爲「卵」字，指夏季之前不准拿取鳥卵。（睡虎地秦墓竹簡整理小組 2001：20）

以語音方面觀之，古音卵、戀二字均爲來母元部，戀旁確實能夠標注卵字音讀。A 字爲卵字加注戀聲而成的注音形聲字。

## 例 30、「麠」字

A、上博・詩論 23

鹿字商周文字作（甲 1223）、（貉子卣）、（命簋），正象鹿角、目、身、四足之形。戰國文字作（包山 190）、（石鼓・吳人），鹿形或有簡省，大體承襲商周鹿字構形。在上博簡有 A 字作（上博・詩論 23），隸爲麠。

從鹿、彔二旁，彔爲聲符。（馬承源 2001：152）從文例來看，A 字文例爲「鹿鳴」，和傳世《詩經》中的〈鹿鳴〉篇名相同，將 A 字釋爲「鹿」字應無問題。

　　鹿字加注彔聲以標音，在音理也是可以說得通的，上古音鹿、彔二字均屬來母屋部；次者，從鹿旁與彔旁之字有互作之例，如《周禮‧地官‧序官》：「每大林麓，下士十有二人。」《釋文》：「麓本亦作㯟」，又《說文》：「漉或作淥」，由文獻從鹿、彔二字互換的情形看來，兩字語音相近。

　　綜合文義、語音和典籍文獻三方面，「麗」字是在「鹿」字上加注「彔」聲標音，由初文的象形結構變爲注音形聲字結構。

例31、「夾」字

A、中山王䇓鼎

　　鄰字甲骨文作口口（乙 5823），象二城相鄰之形，爲鄰之初文。（何琳儀1998：1149）戰國文字作（中山王䇓鼎）、𠭤（郭店‧老甲 9），何琳儀師認爲 A 字當隸定爲夾，是在會意字吅的基礎上，增繁文聲所成的形聲字。（何琳儀 1984：7）從辭例而言，中山王䇓鼎爲「A 邦難親」，指鄰國，郭店簡〈老子甲〉9 簡：「猶乎其若畏四 A」，對照今本老子作「猶兮，若畏四鄰」，A 字仍應釋鄰，指躊躇猶如害怕四周鄰邦」；在中山王䇓鼎與〈老子甲〉9 簡中，A 字都可釋作{鄰}。

　　次者，就語音方面而言，上古音鄰字爲來紐眞部，文字爲明紐文部，聲紐來、明二母爲複輔音*ml 可通，眞、文旁轉，聲韻皆近，因此 A 字是加注文聲而成的注音形聲字。其後另造從邑、粦聲的形聲字，即隸楷之後的「鄰」字，會意結構的吅字以及注音形聲字結構的夾字，遂湮滅不再通行。

例32、「雞」字

𩐋

A、包山‧257

雞字甲骨文作（掇 259）、（佚 740），象雞有高冠修尾之形。（羅振玉 1981：中卷 32 葉）甲骨文雞字構形圖畫意味濃厚，爲典型象形字。戰國楚系的雞字作（包山 257）、（包山 258），秦系文字的雞字則作（睡・秦 63）、（睡・日乙 76），皆增繁「奚」字作爲聲符，上古音雞字在見紐支部，奚字在匣紐支部，聲母見、匣旁紐可通，韻部疊韻，奚字確實可作爲雞字聲符。雞字由甲骨文的象形字，到了戰國時變爲形聲字。

例 33、「𪚔」字

A、𪓐鎛

春秋戰國有 A 字作（𪓐鎛）、（中山王譽鼎）、（者瀘鐘），〔註 10〕學者多隸作「𪚔」，王國維引《周禮・天官》：「𩵋人」，《釋文》本或作「魰」人，𩵋、魰應是同字，因此 A 字爲魚字之繁文。（王國維 2002：813-814）A 字多通假爲第一人稱代名詞「吾」，如𪓐鎛：「保 A 子性」、中山王譽鼎：「A 先考成王」，而敦煌寫本《商書》：「魚家旄孫于荒」，與日本古寫本《周書》：「魚有民有命」，這裡的「魚」字都假借爲「吾」。（王國維 2002：814）高鴻縉分析 A 字是增加「虍」聲的魚字。（高鴻縉 1992：84）何琳儀師亦舉《戰國策・燕策》二：「吾不必聽眾口與讒言」，漢帛書吾字寫作魚，認爲 A 字從魚，虍爲疊加聲符。（何琳儀 1998：503）前人博引典籍文獻中魚字讀爲吾之例，A 字是魚字繁文具有道理。

然而，楚系文字中有一虗字，在近出郭店簡與上博簡中亦用作第一人稱代詞「吾」，如郭店簡〈老子甲〉30 簡：「虗何以知其然也」、郭店簡〈魯穆公問子思〉3 簡：「嚮者虗問忠臣於子思」，虗字構形爲（郭・魯 3）、（郭・老甲 30），季旭昇師以爲虗字即虎字繁文，虎字戰國時象身、足、尾的部位多省簡爲人形作（包牘 1）、（石鼓・鑾車 2P23），人形部件下部往往增添一橫畫，或是在人形豎畫上添加短橫畫，於是虎字所從人形部件遂變爲壬旁，這類構形演變可由聖字得到平行例證，聖字甲骨文作（乙 5161），春秋戰國時

〔註 10〕西周晚期的兮甲盤銘文有字，亦隸定爲𪚔，然而該字爲地名用字，故保留不論。

作 （王孫鐘）、聖（包山 84），聖字初文所從人旁亦演變為壬旁，與虎字變為虍字的演變狀況相同，僅差別於聖字與演變後的壬旁有語音關係，虍字和壬旁無語音關係。

因此，虍字實為虎字異體，根據郭店簡與上博簡大量虍字假借為「吾」的例子，我們應可推論：戰國時期至少楚系習慣假借虎字作為第一人稱代詞「吾」，至於出土文獻和傳世典籍中均未見虎字假借為「吾」之用例，本文以為當是用字之人為了區別虎字同時有猛虎之{虎}與第一人稱代詞{吾}，因此有意將假借為第一人稱代詞的虎字寫作「虍」字，或是寫作 A 字。

不同時代用字有不同的習慣與規律，因此，根據當時用字習慣作為判斷被注字的根據，應較以後世典籍之文字來的準確，因此文認為 A 字應是從虎，加注魚聲而成的注音形聲字。

## 例 34、「𦳊」字

A、中山王礜方壺

古文字的立、位在戰國之前皆同形，如指所在位置的「即位」一詞，在頌鼎、衛簋、大克鼎等器作「即立」，又如指地位的「王位」一詞，在番生簋蓋、班簋皆作「王立」，位字構形作 ⚊（甲 820）、⚊（頌鼎）、⚊（番生簋蓋）、⚊（秦公鎛）、⚊（中山王礜方壺），立字構形《說文》分析為「從大立一之上」，象人立於地上之形。

戰國時期立、位構形開始有別作 ⚊（包 224）、⚊（郭店・老丙 10）、⚊（郭店・緇 25），即今日立字，加注人旁為義符。或作 ⚊（包 205）、⚊（包 206），加注示旁作為義符。又有 A 字作 ⚊（中山王礜方壺），隸定為𦳊，以胃旁為聲符加於立字之旁，產生從立，胃聲之形聲字。（張政烺 2004b：479）就音韻關係而言，位、胃上古音同在匣紐物部。就意義而言，A 字辭例為「遂定君臣之 A」，同器銘文有「臣主易立」，兩者辭例相似，皆可釋為「身分地位」之{位}。A、位二字音義接近，A 字是立（位字初文）上加注胃聲而成的注音形聲字。

例35、「翆」字

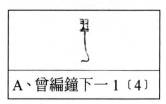

A、曾編鐘下一 1〔4〕

　　戰國楚系文字有 A 字作 <!-- glyph --> （曾編鐘下一 1〔4〕）、<!-- glyph --> （包山 254），隸爲翆，林清源師指 A 字是在羽字上增繁于聲，仰天湖 30 簡有「羽膚」，包山 253 簡作「A 膚」，在隨縣簡文例如「紫翆」（隨縣 6）、「玄翆」（隨縣 79）、「蒙翆」（隨縣 81），A 字都用作「羽毛」義。A 字亦假借爲音階名的{羽}音，如「文王冕爲濁」（雨臺山竹律管）、「新鐘之渚翆」（曾編鐘下一 1〔4〕）等，在典籍中則寫作羽字。就語音而言，羽、于二字上古音同爲匣紐魚部，因此 A 字爲羽字繁體。（林清源 1997：88）林師由形音義三方面論證 A 字是羽字繁體，其說甚塙。因此，翆字是羽字增繁于聲而成的注音形聲字。

例36、「壺」字

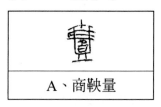

A、商鞅量

　　壺字殷商西周文字作 <!-- glyph --> （乙 2924）、<!-- glyph --> （番匊生壺）、<!-- glyph --> （史僕壺）、<!-- glyph --> （鄧孟壺），正象壺器之形體，上有壺蓋，蓋旁二耳，壺身中有腰，下部爲大腹，底部有圈足，西周壺字蓋部漸形訛爲「大」形，壺字多用爲「壺」器本義。春秋戰國文字作 <!-- glyph --> （鄭右口方壺）、<!-- glyph --> （東周左師壺）、<!-- glyph --> （睡・秦律 47）、<!-- glyph --> （詛楚文），象壺身部位之處訛形爲「豆」形。此外，秦系文字又有 A 字作 <!-- glyph --> （商鞅量）、<!-- glyph --> （始皇詔銅橢量），即今日「壹」字，劉釗認爲「壹」字是在「壺」字上追加「吉」聲分化出來的新字。（劉釗 1991：248）從文例來看，壺字常用爲數目或「一」的{壹}，《睡虎地・秦律》簡 47「又益壺禾」，詛楚文「兩邦若壹」，秦駰禱病玉版「壺家」，這些壺字皆讀爲「壹」。〔註11〕

〔註11〕古文字資料的「壺」字可用作「壹」字，但上古音壺字匣紐魚部，壹字影紐質部，
　　　　兩字所屬韻部關係疏遠，壺、壹應非音近通假。次者，「器具」義的壺字和「專一」

　　次者，上古音壹字為影紐質部，吉字為匣紐質部，聲母喉牙音可通，韻部疊韻可通，吉字可作為壹字聲符。因此，壹字當是在「壺」字上加注「吉」聲所造出的新字。

## 例 37、「己」字

A、郭店‧緇 11

　　己字作 **己**（甲 2262）、**乌**（燕 2）、**己**（作冊大方鼎）、**己**（番匊生壺）、**己**（陳喜壺）、**己**（包山 65），林義光謂象詰詘可紀識之形。〔註 12〕詰詘之形是否真的易於辨識，此說不知有何根據，恐怕揣測成分居多，有待商榷。高鴻縉引朱駿聲之說，以為象縱橫絲縷有紀之形，為「紀」之本字。（高鴻縉 1992：136）甲骨文從糸之字，與己字構形全然不合。葉玉森舉甲骨文叔字作 **弔**（前1.39.3），弗字作 **弗**（鐵 103.2），指叔、弗兩字中間象綸索之形，其形與己字構形相似，葉玉森據此推論「己」字當象綸索之形。（葉玉森 1966：51）葉玉森謂己字象綸索，學者亦認為頗有道理，但礙於己字構形簡略，契文又多假為天干地支，因此囿於形、義兩項線索的缺乏，仍對「己」字之本義不敢遽下定論，〔註 13〕在無新材料出土作為證據下，本文亦對己字初形本義暫作保留。

　　戰國楚系有 A 字作 **己**（郭店‧緇 11）、**己**（郭店‧尊 5），隸作呂，第二個字形的己、丌二旁共用橫筆，呂字當是在己字上加注丌旁為聲符，上古音己、丌同在見紐之部，丌聲確實可以用來標注己字音讀。

---

　　義的壹字語意的亦無太深的聯繫。郭子直則認為壺、壹形近，秦系文字遂臨時以壺代壹字（郭子直 1986：188）。此說須面臨壹字意義抽象，沒有可供造字的具體參考，壹字如何造字以致構形和壺字相似？總之，若無法說明「壹」字形的由來，以為壺、壹形近，因此用壺字取代壹字的說法仍待商榷。雖然無法解釋壺字可用作壹字的原因，壺、壹兩字關係只得存疑待考，但從古文字資料可知，壺字可以用為壹字則是無庸置疑。

〔註 12〕林義光之說法引自《甲骨文字詁林》頁 3586。

〔註 13〕同意葉玉森謂「己」字象綸索之類的學者如李孝定（2004：4263）、季旭昇（2003：756）。

就字義而言，郭店簡〈緇衣〉11 簡 A 字文例爲：「古長民者，章智以昭百姓，則民致行 A 以悅上」，「行己」一詞意涵爲以君王之志作爲己之行爲準則。（劉信芳 2000a：169）〈尊德義〉5 簡 A 字文例爲：「學非改倫也，學 A 也」，所謂「學己」乃指「學習是爲了自己」，該句指學習不是爲了改變人的倫理，而是爲了自己能學到人的倫理。（劉釗 2003：126）郭店簡中的 A 字均讀爲自己之{己}。經上述討論後，A 字可隸爲𢀳，應是在己字上加注丌聲而成的注音形聲字。

例 38、「𡉀」字

A、叔家父簠

兄字殷商西周作（甲 2292）、（乙 7750）、（殳季良父壺）、（保卣），兄之本誼未可確指，應與「人」之形體、動作有關。（李孝定 1992：321）春秋戰國文字作（䱷鎛）、（侯馬 304）、（包山 138 反），所從口形或訛成廿形。春秋戰國文字又有 A 字作（叔家父簠）、（王孫遺者鐘）、（包山 227），可隸定爲𡉀，A 字文例爲「用樂嘉賓父A」、「從父A弟」，皆讀爲{兄}，《金文編》兄字條下引高景成之言：「兄、㞷同聲，古字恆增聲符」。上古音兄字在曉紐陽部，㞷字在匣紐陽部，曉、匣二紐同爲牙音，韻部均屬陽部，故兄字可增「㞷」字爲聲符產生𡉀字。

例 39、「羕」字

A、鄦子簠

永字的甲骨文構形十分複雜，作（甲 3333）、（京津 143）、（佚 644）、（前 2・16・6）、（甲 522）、（甲 641），《說文》分析永字曰：「長也。象水巠理之長」，以爲永字是象「水巠理」的獨體象形，但永字在卜辭第一期寫作「」，從彳、從人，兩相對照之下，《說文》說解顯然是錯誤的。

（劉釗 1989a：169）季旭昇師修正《說文》說法，以為永字從「彳」表示河水流行，「卜」形象水巠理衍長之貌。「卜」形或訛為人形。（季旭昇 2004：152）然而，河川水波流動為自然現象，先人卻以表示人為行動的彳旁作為偏旁，如此造字取象的方式罕見，亦缺乏合理性，以為彳旁表水行貌仍有商榷之空間。

高鴻縉據形，以為永字即潛行水中之義，為泳字初文。（高鴻縉 1992：309）將永字釋為泳字初文，從人、水、彳表示人在水中活動之義，正和泳字意義相符合，然而，較早期的永字無象徵水義的小點，缺乏泳字必須有的水旁；次者，永字除了從人形外，另有從「卜」之字，兩類先後關係難以釐清，倘若，從卜形部件的永字較早，則象人潛行水中之義，便無法成說；反之，若從人形的永字較早，就會面臨卜辭中人形多不訛變為「卜」形的困窘。因此，在永字早期構形不從「水」旁，也不能釐清永字從人形與卜形的先後關係前，將永字視為泳字初文，有其危險性。總之，永字本義為「象水巠理」和「泳」字初文的這兩種說法，都有其缺陷，永字本形、本義尚待研究。

西周金文作（召尊）、（剌鼎）、（柞鐘），承襲甲骨文中有小點的永字構形。春秋金文作（魯伯愈父鬲）、（杞伯簋），永字所從的小點連接，寫成了一道彎筆。此外，春秋時期另有 A 字作（鄜子簠）、（子季嬴青簠），楊樹達釋 A 字為「羕」，以為古代永、羕同字，「羕」於「永」字上加「羊」為聲旁。（楊樹達 1988a：104）該字出現辭例為「A 寶用之」，與永字作為銘文套語「永寶用之」相同，銘文中釋為永久之{永}；次者，《詩經‧周南‧漢廣》：「江之永矣」，《說文》羕字下引作「江之羕矣」，段玉裁注：「〈漢廣〉毛詩作永，韓詩作羕」，永、羕典籍中亦有通用之例。

就聲韻關係而言，上古音永字為匣紐陽部，羊字余紐陽部，兩字雖同在陽部，聲母所屬匣、余二紐，語音關係則稍嫌疏遠，但是，上古音羕、羊字同在余紐陽部，語音關係十分緊密；次者，《書‧盤庚中》：「丕乃崇降弗祥」，在漢《石經》祥字寫作永，可見永、羊二字聲音關係密切。因此，羕字當是永字加注羊聲而成的注音形聲字。

## 第二節　合體表意字加注音符而形成的注音形聲字

### 例40、「絮」字

A、甲3913

禦字甲骨文作（掇1‧415），裘錫圭以爲象一人抵禦另一持杖者的攻擊，卜辭文例爲「弜禦方」，乃貞問抵禦外族之事，爲防禦之{禦}字初文。（裘錫圭1992a：334）甲骨文又有A字作（甲3913），裘錫圭以爲是在禦字初文上，加注魚聲而成之形聲字。（裘錫圭 1992a：334）兩字構形上差別在是否從魚，在字義方面，A字文例爲「其有來方，亞旅其A，王受有祐」，用來貞問抵禦外族，王是否能夠受庇祐，和「弜禦方」爲相似用法，A字確實可釋爲抵禦之{禦}。

在語音關係方面，上古音禦、魚皆爲疑紐魚部，魚字可以標注禦字音讀是無庸置疑的。

綜合上述，A字構形是在禦字初文上加注魚聲而成的新字，禦字初文遂由會意結構變爲從魚聲的形聲結構。

### 例41、「皇」字

A、甲3510

甲骨文中有（明藏200）、（合集33210）、（甲3510），它們屢屢和田字連用，組成一個與農業生產相關的詞組「皇（或赤、皇）田」，如：

　　癸卯〔卜〕，賓貞：〔令〕單田于京　　（燕417）

　　貞：勿令單田　　（合集9475）

　　戊子卜，賓貞：令犬延族田于□　　（人文281）

　　乙丑貞：王令田于京　　（人文2362）

□卯貞：王令单〔圖〕田于京　　（佚250）

甲子卜，〔圖〕貞：令曼〔圖〕田于□，〔圖〕王事　　（前7‧3‧2）

癸□貞：□令曼〔圖〕〔田〕于羊侯。十二月　　（前6‧14‧6）

學者根據文例與構形，多認為此三字乃一字之異體，但對這三字的意義與構形，學者則各有不同的解釋，徐中舒引小篆貴字作〔圖〕，與《汗簡》遺字作〔圖〕，認為貴旁和〔圖〕字十分相似，因此以為〔圖〕即貴字。（徐中舒1955：83）但李孝定認為貴字均從貝，單獨的〔圖〕部件不能單獨視為貴字，次者，《汗簡》遺字所從貴旁雖與〔圖〕字略近，但仍多一「人」形部件。（李孝定1965：4005）李孝定由字形論述〔圖〕字不應釋為貴，其說至塙。

陳夢家隸為叁，象壅土之形，引《周禮‧草人》：「凡糞種」，《釋文》作叁，《說文》：「叁，埽除也……讀若糞」，《說文》的叁當是叁的譌形，即糞字。（陳夢家2004：538）李孝定以為叁是由苹增土，為糞之異文，不適宜拿來與「叁」相比附。（李孝定1965：4005）此說有其道理。次者，古文字經過隸定後字形多所變異，以唐代《釋文》所收字形作為佐證，亦欠周延，將A字釋為糞字是無法成立的。

于省吾指三字為圣字異體，據王宗涑之說，以為圣即墾字初文，墾字可訓為發田、起田，指開墾土地，而甲文圣田二字相連，即所謂「墾田」。A字中間從用旁，即今日的「桶」字，因為「墾田時需要剗高填低，故用桶以移土」，故在〔圖〕字上加注用旁。（于省吾1972：40-41）裘錫圭認為以人力移土，卻使用笨重的木桶不合常理，不宜將A字所從用旁釋作「桶」旁。（裘錫圭1992b：180）如同裘錫圭所言開墾田地搬移泥土，是十分勞累工作，應不會使用笨重的木桶，于省吾無法溝通A字和〔圖〕、〔圖〕二字構形關係，要將三字釋為墾字初文，就字形而言仍欠周延。

裘錫圭認為此字當釋為{壅}，其言古代稱在植物根部培土稱為壅，而從壅的雍、擁亦可訓為{聚}，再配合〔圖〕、〔圖〕字形，可知壅字本義當為「聚土」，進而引申出「填塞」之義，因此「壅田」當指去高填窪、平整土地和修築田壟等工作。而A字所增用旁，主要用來標注音之聲符。（裘錫圭1992b：180-181）裘錫圭將三字釋為壅田之{壅}，對於形、義皆有圓滿的解說，當可信從。

根據裘錫圭之說則〔圖〕、〔圖〕二字為會意結構，而A字則是在〔圖〕、〔圖〕字基

礎上加注用聲所產生之注音形聲字。

就文例而言，上文已述 A 字和 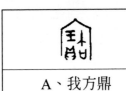、 字辭例相同，在卜辭中多用爲「壅田」。次者，由語音而言，上古音壅字爲影母東部，用字爲余母東部，則余、影二紐中古皆爲喉音，韻部同爲東部疊韻。

綜合上述，A 字可隸爲皇，是在埕或炗字的基礎上，加注用旁爲聲符，由會意結構變爲形聲結構，埕、炗、皇皆釋爲壅田之{壅}，三字實爲一字異體。

## 例 42、「寶」字

A、我方鼎

甲骨文寶字作 （甲 3741）、 （後 2・18・3）、 （粹 1489），從宀從貝從玉會意，貝、玉皆屬可寶之物。（姚孝遂 1999：1887）金文寶字多增加缶聲如 （乃孫作且己鼎）、 （我方鼎）、 （柞鐘），寶、缶二字古音同屬幫紐幽部，兩字雙聲疊韻，缶旁可以作爲寶字聲符，金文中甚至有一些「寶」字不從玉、貝，僅從宀，缶聲如 （姑詛母鼎）、 （仲叡臣盤）。總之，寶字在甲骨文多爲會意字，到了金文則多加注「缶」聲變爲注音形聲字。

## 例 43、「耤」字

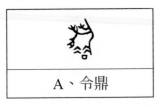

A、令鼎

耤字甲骨文作 （甲 3420）、 （乙 3290），象人持耒耜而操作之形。（郭沫若 2002b：80）西周金文有 A 字作 （令鼎）、 （戫簋），在耤字初文上加注昔聲，上古音耤字爲從紐鐸部，昔字爲心紐鐸部，所從聲紐均爲齒音，韻部同屬鐸部，可知昔、耤二字語音相近。西周 A 字常和田字連用作「A 田」，就是表示所謂的「耤田」，即種植農耕之義。綜合上述，A 字是在耤字初文上注昔聲而成的新字，由會意結構變爲注音形聲字。

例44、「鑄」字

A、小臣守簋

鑄字殷商西周文字作（金511）、（王七祀壺蓋）、（湯叔盤），可隸定為鬻，從臼持將軍鍋，下皿形為範，中從火。（季旭昇2004：246）鑄字初文將冶鑄時的情形仔細描繪，是一個很圖畫意味濃的會意字。又作（焂伯鬲），加注「金」旁作為義符，表明以金屬作為鑄器之材料。又作（周乎卣）、（小臣守簋），加注「㠯」（疇字初文）作為聲符，上古音鑄字在章紐幽部，㠯字在定紐幽部，聲母均為舌音，韻部則為疊韻，鑄字遂由會意結構變為形聲結構。鑄字更有金、㠯二旁均加之例，如（楚公豪鐘）。鑄字一邊增繁金旁、㠯旁外，亦同時刪減初文臼、火、皿等偏旁如（焂伯鬲）、（曾子斿鼎）、（師同簋）、（王人召輔盨），西周金文鑄字因為偏旁增繁與刪減，演變出許多不同異體字。

例45、「寮」字

A、矢令方尊

寮字甲骨文作（前4·31·5）、（續3·28·7），從宀，尞聲。西周金文或作（趠盂），承襲甲骨文寮字構形。或有A字作（矢令方尊）、（毛公鼎），多了8形部件，學者多釋為「寮」，但對A字構形則有不同的說法。王輝引述徐中舒之說，以為8形部件象火塘之形。（王輝2002：9）8部件由兩個圈形組成，圈形可代表的意義紛雜，難以判斷是不是象火塘之形，在沒有證據證明之前，將此說暫時保留。

吳其昌以為象於宮下燔寮之形。[註14] 宮、宀二字均為建築物，寮字由宀

---

〔註14〕西周金文的寮字象「宮下燔寮之形」，從吳其昌之說，詳見〈矢彝考釋〉，轉引自《古文字詁林》第八冊，頁654。

旁改從宮旁，於理可通；次者，宮字西周金文作 （矢令方彝）、（舍父鼎），和去除「寮」旁的寮字構形相似，將 A 字分析爲從寮、宮二旁，頗有道理。然而，A 字的宀旁和 8 形距離頗遠，和宮字的 8 旁包覆在宀旁裡，兩者構形並非全然相同，對於此說在構形仍稍感不安。

何琳儀師則以爲 A 字是在寮字上，疊加呂爲音符。（何琳儀 1998：316）從呂之字作 8（靜簋）、（叔尸鐘），與 A 字所從 8 形部件構形相同，8 形部件就字形而言，當可隸釋爲「呂」旁。

就語音而言，上古音寮字來紐宵部，呂字來紐魚部，兩字雙聲，宵、魚二部韻可旁轉，就音理而言，呂字可標注寮字音讀。

綜合上述，吳其昌以爲 A 字象「於宮中燔寮之形」，和何琳儀師主張 A 字是「加注呂聲的寮字異體」，兩種說法皆有可能成立，兩說暫且並存。

## 例 46、「履」字

A、五祀衛鼎

履字西周金文作（大簋蓋），象一人納足於履而步履踐踏之事。（張世超等 1996：2134）又有 A 字作（五祀衛鼎）、（格伯簋）、（散氏盤），裘錫圭釋爲{履}，以爲 A 字是在頁旁上，加了「眉」旁充當聲符，眉、履上古音都是脂部，眉字聲母爲明紐，履字聲母爲來紐，明、來二紐關係密切，如命與令，卯與柳、聊、留，翏與謬、繆，因此，眉字可作爲履字聲符。次者，裘錫圭全面性考釋西周履字，其言西周貴族在移轉土地的佔有權或使用權的時候，通常需要踏勘一次四界，實地把土地的正式範圍確定下來，這種踏勘地界的行爲就叫做「履」，西周履字除了用作地名外，都用作「踏勘」。（裘錫圭 1992d：364-365）裘錫圭從形、音、義三方面，對履字作了詳細的說解，言之有據，當可信從。A 字是在會意的西周履字基礎上，加注「眉」聲標音而成的注音形聲字。

例47、「霸」字

| |
|---|
| A、師奎父鼎 |

霸字西周金文作 （作冊大方鼎）、 （競卣）、 （兮甲盤），季旭昇師據甲骨文 （屯南873），以爲霸字本從月革，可能會月光盈虧變革之意。（季旭昇2002a：550）然而，《屯南》873版該字文例爲「于⋯⋯田  伐⋯⋯方擒栽不雉眾」，此字用義不詳，是否眞爲霸字待考。次者，在甲骨文中，革字是否已經有「變革」如此抽象的字義，亦是令人懷疑，總之，季旭昇師對霸字本義的分析仍有商量的餘地。

《說文》釋霸字構形曰：「從月，霝聲」，西周晚期的鄭虢仲簋有霸字作 ，僅從雨、革二旁，正和《說文》的霝字同形，季旭昇師以爲此乃假借霝字爲霸。（季旭昇2002a：550）季旭昇師之說雖有道理，但霝字僅存字書中，在傳世文獻似未有之，而且霸字在西周金文辭例十分固定作「既生霸」、「既死霸」，皆用來表示月相，因此文例制約下即使省略表意的月旁，亦不會對辨識霸字造成困難，在此理解下，鄭虢仲簋的此字爲霸字簡化月旁而成的異體字，而《說文》的霝字正是承襲該字形。

總之，西周金文霸字爲可見最早的霸字構形，由月、雨、革三旁構成，然其從革、雨所會何意仍待討論。

此外，又有A字作 （師奎父鼎），隸爲霸，從雨、革、帛，其文例爲「既生A」，和霸字用法相同，皆指月相而言，當爲霸字異體。劉釗以爲A字所從帛字應爲追加的聲符。（劉釗1991：126）霸字爲幫紐鐸部，帛字爲並紐鐸部，兩字聲皆唇音可通，韻部同在鐸部疊韻，因此帛聲可作爲霸字聲符。A字是省略月旁後，加注帛聲而成的霸字異體。

例48、「闆」字

| |
|---|
| A、侯馬338 |

　　釆字春秋戰國文字作（侯馬 338）、（十三上官鼎）、（眉脒鼎），朱德熙隸爲釆，釋爲{料}，訓爲「半斗」之義。（朱德熙 1999：27）張世超等進一步認爲釆即半字初文，從八從斗即取分斗之意，以表物量之半，其後斗旁訛變爲牛形，遂產生從八從牛的「半」字。（張世超等 1996：135）根據張世超等之說，釆字即爲半字。此外侯馬盟書有 A 字作（侯馬 338），張頷隸閗，釋爲{判}，文例「A 其腹心」意爲剖明心腹，布其誠意。（張頷 1995：52）雖然釆字即爲半字，但依據 A 字實際構形，本文仍隸定爲閗，何琳儀師分析 A 字偏旁從釆，門爲疊加音符。（何琳儀 1998：1057）從文例方面討論，侯馬盟書「A 其腹心」又作「釆其腹心」，釆、A 二字確有相同用例。次者，語音關係方面，上古音釆字爲幫紐元部，門字爲明紐文部，兩字同屬脣音，韻部文、元旁轉可通，門聲應可標注釆字音讀。

　　綜合上述，釆字從八從斗，即今日「半」字，A 字隸爲閗，是在 A 字基礎上加注門聲而成的形聲字。

## 例 49、「𦉜」字

|  |
| :---: |
|  |
| A、十年陳侯午錞 |

　　保字殷商文字作（合集 18970）、（保鼎），象人反手負子於背。（唐蘭 1986：59）爲保字最早的構形，或直接省略手臂，變爲從人從子，如（甲935）、（掇 2·10），兩周文字保字或省略手臂之形爲一小撇，如（孟鼎）、（格伯簋），或加玉旁作（作冊大方鼎）、（毛叔盤）。戰國的十年陳侯午錞有 A 字作，可隸爲𦉜，應是在保字加上缶聲，其文例爲「A 有齊邦」，A 字可釋爲{保}，而且保、缶古音俱在幫紐幽部，A 字應爲保字加注缶聲產生的注音形聲字。

## 例 50、「發」字

|  |
| :---: |
|  |
| A、工𢾅大子劍 |

發字甲骨文作 （後 1・1・68）、 （鐵 49・2），隸爲「弓」，從弓，旁邊有數小點，象弓弦被撥後不斷顫動之形。（裘錫圭 1992e：78）或作 （金 351）、 （粹 593），可隸定爲癹，加攴旁表示以手撥動弓弦之意，後一形則因爲加上攴旁後，發射之意已經顯豁，遂將表示弓弦顫動的小點省略，可以隸爲癹。卜辭中的弓大都作爲否定詞，或作爲人名與祭祀名。（裘錫圭 1992e：78）

癹字後來加上癶旁作爲聲符，發、癶二字上古音均爲幫紐月部，癶聲可作爲發字之音符。

癹字加上癶旁的時代，張美玲以爲可以上溯至甲骨文，其言曰：

（隸定作癹）則是在「癹」、「弢」的基礎上，先將聲符「發」字省去，再追加聲符「癶」……。（張美玲 2003：70）

張氏對於發字的構形演變，主要根據裘錫圭〈釋「勿」、「發」〉一文，然而裘錫圭全文並未將癹字等同於發字，實際上癹字亦非發字。次者，省略聲符發後復加癶聲之說也欠缺合理性，音符是構成形聲字的必要條件，除非是特殊條件的制約下，否則音符通常不可以省略。（林清源 1997：42）何況照裘錫圭的字形分析，癹、弢屬於會意構形，弓的性質是義符而非聲符；復次，辭例都是人名，難以證明即發字，張美玲對癹的構形似乎誤讀了裘錫圭的說法。

裘錫圭以工獻大子劍的「發」字爲證，認爲至遲在春秋時代即已出現。（裘錫圭 1992e：78）該劍銘文作：「工獻大子姑發䣥反」，「姑」、「諸」音近，「發」、「樊」旁紐，韻部對轉，其音相近，「姑發」就是史書有載的吳太子「諸樊」。（馬承源 1990a：365）工獻大子劍的「發」字是目前所見最早加「癶」聲的例證，故裘錫圭認爲「發」從表意字變爲形聲字最遲在春秋時代，是正確可信的。戰國發字多加癶聲，如 （包山 141）、 （涷鄂戈）。

從發字的甲骨文構形，可知發字本從攴旁，後來或改從殳旁，學者多以爲是義近互換。然而，觀察攴字的構形演變，攴字作 形所從之「｜」往往聲化爲「卜」聲，《說文》遂分析爲「從又卜聲」。「殳」字甲骨文作 （前 6・4・1，役），象手持殳器之形，後來象殳器錘頭的 部件簡化，而寫作 形，由上引字形可知攴、殳兩字形近，容易產生訛混現象，譬如：

| | 從攴 | 從殳 | | 從攴 | 從殳 |
|---|---|---|---|---|---|
| 教 | 郭·唐 5 | 郭·語一 43 | 啓 | 包 13 | 鄂君啓舟節 |
| 攻 | 包 172 | 鄂君啓車節 | 政 | 王子午鼎 | 鄂君啓舟節 |
| 殺 | 侯馬 156：21 | 侯馬 156：24 | 敓 | 包 91 | 郭·語二 42 |

據此可知戰國時攴、殳二旁訛混情形，發字所從攴旁遂得以改從殳旁。

綜合上述，發字初文從弓，旁邊有數小點，象弓弦發射後不斷顫動之形，隸定作「弓」，其後加義符攴旁變爲會意字，隸定作「敪」、「敪」；至遲在春秋時代追加「癶」聲，變爲注音形聲字；戰國時「攴」、「殳」二旁因形近訛誤，發字所從「攴」旁遂訛爲「殳」旁。

## 例 51、「朌」字

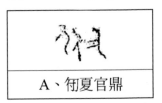

A、朌夏官鼎

金文付字作 (散盤)、 (鬲攸比鼎)，何琳儀師以爲從又從人，會以手持物與人之意。（何琳儀 1998：391）然而觀察付字構形，並無表示「被交予物」的部件，但古文字中給予、交付的相關例字，被給予、交付之物大多有部件或是筆劃表示該物品，如注酒至另一酒杯的「易」字作 (靜簋)，或指相付予的「受」字作 (盂鼎)，因此付字本意當非以手持物與人之意。

張世超等則言付字本義初形爲似作以手拊人背之形。（張世超等 1998：2000）遂引申有拍、安撫之意，而付字具「付與」、「給予」的義項，或許爲後世同音通假所致。

戰國晚期的 A 夏官鼎，銘文爲「A 夏官」，何琳儀師分析 A 字爲從付，疊加勹聲。（何琳儀 1998：391）許文獻進一步讀爲付，作「付給」、「給予」解。（許文獻 2000：217）器銘「付夏官」指將此鼎給予夏官，與五祀衛鼎銘文：「邦

君厲逮付裘衛田」，散盤銘文：「我既付散氏田器」相似，有一定的道理，但是此器銘文沒有記載給予人爲何？夏官又是職官名稱，並非一明確對象，將 A 字作「付給」、「給予」略有疑慮，在此暫從許文獻將 A 字讀爲付，釋爲付給、給予之{付}。由音理來看，付字上古音爲幫紐侯部，勹字爲幫紐幽部，兩者雙幫，侯、幽兩韻旁轉可通，勹可作爲付之聲符，隸定作衔。

## 例52、「闢」字

A、大武戈

闢字兩周金文作 （大盂鼎）、（彔伯致簋蓋）、（節墨大刀）、（中山王嚳鼎），從門、從廾，會以雙手推啓門之形，或加「＝」部件爲飾。楚國另有 A 字作（大武戈），黃錫全以爲 A 字，與節墨大刀背文「闢封」的闢字構形吻合，只是 A 字加注○（璧之初文）作爲聲符，A 字是闢字的形聲結構，「A 兵」讀爲「辟兵」或「避兵」，指避兵害、壓勝之意。（黃錫全1999a：394-395）黃錫全主張 A 字爲闢字的形聲結構，其說頗有道理，而且上古音闢字爲並紐錫部，璧字爲幫紐錫部，聲母脣音可通，韻部疊韻，璧聲應可標注闢字音讀。

闢字由西周會意構形，至戰國時或加注○（璧）聲變爲注音形聲字，到了小篆作闢，另造一變從門、辟聲的形聲字。

## 例53、「肆」字

A、曾侯乙編鐘中一 4〔4〕

肆字春秋戰國作肆（侯馬 348）、肆（曾編鐘中二 1〔1〕）、肆（包山 226），從聿從彡，會書寫有文采之意。（何琳儀 1998：1154）曾侯乙墓編鐘銘文又有 A 字作肆（曾侯乙編鐘中一 4〔4〕），隸爲「肆」，其辭例均爲「割肆」，讀爲「姑洗」，即古代樂律「姑洗」。裘錫圭、李家浩進一步分析肆字構形爲

「兩半皆聲」：

> 「𣲰」字應從「先」聲，可以與「洗」相通。「𡩡」當即「津」字
> 所從得聲的「𡩡」的省體。「先」屬文部，「𡩡」屬眞部，二部古音
> 相近。「𣲰」大概也是「薔」、「𤔲」一類兩半皆聲的字。「𢍺」與「洗」
> 古音微、文對轉，可以通假。（裘錫圭、李家浩 1985：150-151）

洗字從先得聲，兩字上古音同爲心紐文部，𡩡字爲精紐眞部，精、心皆爲齒頭音可通，楚方言中有不少眞、文二部通假、合韻之例。（劉志成 1991：53）無論先旁或𡩡旁都能作爲聲旁。

A 字「兩半皆聲」的構形如何形成？何琳儀師以爲𣲰字從𡩡，先爲疊加音符。（何琳儀 1998：1155）張世超等則以爲 A 字，是在先字上增加𡩡聲。（張世超等 1996：674-675）兩說都有一定的道理，但在曾侯乙墓編鐘有獨體的𡩡字作 𡩡（曾編鐘中二 1〔1〕），亦讀爲姑洗之洗，不加注先聲，因此，筆者推測 A 字當是先假借𡩡字表示姑洗之{洗}，但上古音洗字爲眞部，𡩡字爲文部，爲了更準確標注姑洗之{洗}的音讀，遂再加注先聲。

出土文字亦有先字假借爲姑洗之洗，如齊器古先磬：「古先右六」，雨臺山竹律管：「姑先之宮」，兩器年代都是戰國晚期，較戰國早期的曾侯乙墓時間稍晚，爲了如實反映姑洗之洗的語音，而且 A 字構形又略嫌繁複，因此便不再用𡩡或 A 字爲姑洗之{洗}，直接假借先字作姑洗之{洗}。

倘若上述推論正確，則 A 字在共時構形可分析爲兩聲字；而其構形歷時演變，應可理解爲先假借𡩡字爲姑洗之「洗」，其後爲了更準確標注姑洗之「洗」字的音讀，遂加注先聲，寫成了𣲰字。

例 54、「絕」字

A、睡・日甲 17 背

絕字西周文字作 𢇍（格伯簋），可以隸定爲剢，從刀從素，象以刀絕絲之形。（何琳儀 1998：944）戰國晉、楚二系文字作 𢇍（郭店・老甲 1）、𢇍（中山王𰯼方壺）、𢇍（包山 249）、𢇍（郭店・老乙 4）、𢇍（上博・詩論 27），

可隸定爲𢇍，絕字構形大多繁化從二糸、四糸旁。此外秦系文字又有 A 字作
（睡‧日甲 17 背）、 𢇍（睡‧封 53），何琳儀師認爲 A 字從刹，卩旁爲𢇍加聲符，爲絕字異體。（何琳儀 1998：944）首先就字義觀之，A 字在睡虎地簡〈日書〉甲種 17 簡背、20 簡背的文例爲「A 後」、「必絕後」，在包山 249 簡有「絕無後者」有相似的用法，或是《漢書‧揚雄傳贊》：「蓋誅絕之罪也」，顏師古注：「絕，謂無胤嗣也」，無論由傳世文獻或出土文獻來看，將 A 字釋爲{絕}應是沒有問題。

　　次者由語音關係，上古音絕字在從紐月部，卩字在精紐質部，聲母旁紐可通，質、月二部旁轉，卩、絕二字語音相近。

　　A 字是在𢇍字上加注卩聲而成的絕字異體，之後，A 字的刀旁、卩旁發生隸變形訛爲色，遂出現今日隸楷的絕字。

## 例 55、「舀」字

| A、郭店‧性 24 |
| --- |

　　舀字西周春秋文字僅見於偏旁之中，如稻字作𥝖（陳公子叔邍父甗），滔字作𣻍（石鼓‧而師），《說文》：「舀，抒臼也，從爪、臼」，舀字當爲會意構形。戰國楚系始見獨體舀字作𦥔（香港 6），爪旁下多了「人」形部件，楚系文字有時會在起筆是撇畫的字上，增繁「爪」形部件如璗字作𤩴（隨縣 212），家字作𡫏（郭店‧老丙 3），室字作𡪁（望山一 17），卒字作𣎵（郭店‧緇 7），加字作𠬻（郭店‧語三 3），這些爪形贅旁往往與斜畫緊密結合作「𠂆」形，舀字受到影響爪旁遂類化爲「𠂆」形。楚系郭店簡另有 A 字作𦥔（郭店‧性 24）、𦥔（郭店‧性 44），還有從 A 之字作𦥔（郭店‧性 34），整理小組分別釋爲舀、慆，從〈性自命出〉24 簡文例爲「聞歌謠，則 A 如也斯奮」，A 字讀爲慆，訓爲「大喜」之義，指聽到歌謠時，會感到大喜和振奮。（陳偉 2003：190-191）又〈性自命出〉33 簡文例爲「濬深鬱 A」，A 字讀爲陶，「鬱陶」形容憂思積聚。（李零 2002：109）A 字釋爲舀，讀爲「慆」或「陶」，在文句中能夠順讀無礙，A 字應是舀字異體。

　　何琳儀師進一步分析 A 字構形，據朱駿聲以爲舀字從爪旁得聲，A 字是在舀字基礎上加注小聲。（何琳儀 2003a：225），然而，舀、爪聲紐分屬余、莊二紐，語音關係過遠，舀字從爪得聲仍有待商榷，本文暫依《說文》將舀字分析爲會意字，舀字上古音余紐幽部，小字爲心紐宵部，幽、宵二部旁轉可通，聲母余、心二紐則稍嫌遠隔，但郭店簡中余、心二母有相通之例，〈老子乙〉6 簡：「攸之身，其德乃眞。攸之家，其德有餘」，此句的「攸」通讀爲「修」，又〈性自命出〉1 簡：「凡人唯有性，心亡奠志」，此句的「唯」通讀爲「雖」。藉由郭店簡中心、余二紐通假現象，可見二紐並非遠隔不通，小聲應可標注舀音讀，A 字爲加注小聲的舀字異體。

## 例 56、「埜」字

A、睡・日甲 144

　　埜字殷商西周文字作 （前 4・33・5）、🌿（克鼎），對照《說文》古文的野字作🌿，其構形從林從土、予聲，和🌿字僅差別在「予」旁的有無，雖然沒有明確辭例可以對照，但將🌿字釋爲野字應是可信的，此字當分析爲從林從土，會郊外荒野之處。戰國文字作🌿（楚王酓忎鼎）、🌿（包山 183），與商周時期的埜字構形一脈相承。秦系文字有 A 字作🌿（睡・日甲 144）、🌿（睡・爲 28），是在埜字的基礎上，加注音符予聲。〔註15〕（裘錫圭 1993：172）A 字構形正和《說文》古文作🌿相同，可見 A 字確爲野字，A 字構形應即《說文》古文野字構形之來源。

　　上古音野、予二字都是余紐魚部，聲音關係密切，予聲可標注埜字音讀。綜合音義與《說文》古文野字構形，A 字是埜字加注予聲而成的注音形聲字。

---

〔註15〕何琳儀師以爲予字是在呂字上加注「八」爲分化符號而成的一個字，戰國文字或異寫爲倒三角形作 ▽（襄安君鈚），或下加豎畫作 ꜱ（龍崗秦簡 220），以與「呂」區別。（何琳儀 1998：568）加豎畫的予字構形與埜字構形相似，可證明 A 字確實加注予聲，予旁未見別嫌符號的豎畫，應可理解和土旁共用部件。

例57、「鹽」字

A、睡‧秦律 182

　　鹽字西周金文作 ![img] （番生簋，籫）、 ![img] （毛公鼎，籫），季旭昇師主張覃字即鹽字初文，象鹽鹵放置於罈中，鹽可使食物更有味道，因此《說文》才以「長味」解釋覃字，其後因爲音、義的轉變，所以分化爲鹽、覃二字。（季旭昇 2002b：260）鹽粒細小需收納於容器之中，覃字上部從鹽鹵之形，下部則爲不同容器，就字形而言頗爲合理，又可說明《說文》以「長味」釋覃之原因，所以季旭昇師釋覃字爲鹽初文應可信從。戰國文字作 ![img] （包山 147）〔註16〕、![img] （上博‧容 3），隸定爲𥂁，所從鹵旁稍有訛變，但大體承襲從皿的鹽字構形。戰國秦系又有 A 字作 ![img] ，即隸楷的鹽字，季旭昇師分析 A 字構形，是在𥂁字上加注監聲，而且監、𥂁二字共用偏旁皿。（季旭昇 2002b：261）

　　然而，上古音鹽字爲余紐談部，監字爲見紐談部，余、見二紐語音關係略嫌疏遠，季旭昇師指出龔煌城、潘悟雲分別將「監」字的聲母擬作*kr、*kr，「鹽」字的聲母爲*l〔註17〕、*g-l-，二字聲母關係應是極爲接近。（季旭昇 2002b：261）龔煌城、潘悟雲藉由漢藏語對應比較，推論原始漢語二等應有-r-音，因此監字構擬爲*kr 的複輔音，和余母鹽字語音關係緊密，又如見母的姜字，從余母的羊字得聲，監字當能作爲鹽字聲符。

　　綜合上述，鹽、覃爲一字之分化，鹽字是在象形的𥂁字上加注監聲而成的注音形聲字。

〔註16〕包山簡 147 簡的鹽字整理者本隸定爲「𥂁」，但無法確定考釋是否正確，又在後面打了問號，經過林澐、劉釗釋讀爲「煮鹽於海」，才使簡文得以通讀，是迄今爲止最早記載「煮鹽於海」的史料。（林澐 1998b：20、劉釗 2004：33）

〔註17〕季旭昇師引龔煌城〈從漢藏語的比較看上古漢語若干聲母的擬測〉一文中，龔煌城未對鹽字上古聲值作出構擬，季旭昇師應是根據邱彥遂之文章，得知龔煌城將鹽字上古聲值構擬爲*l-。（邱彥遂 2002：68）

例58、「瑟」字

A、信陽二 3

瑟字直至戰國楚系文字中方出現，如 ![](曾侯乙墓 E 六一號漆箱)、![](望山二 249)、![](上博‧詩論 14)，劉國勝據包山簡纏字作 ![](包山 164)，以為該字上部與瑟字所從部件相同，均是從辛旁，分析瑟字構形為從辛，丼聲。（劉國勝 1997：701-704）然而，將包山簡 ![] 字隸釋根據的「麗」字構形 ![](汗簡 3)，與《汗簡》的其他「麗」字 ![](汗簡 82)、![](汗簡 82)相互比較，「麗」字應該是獨體字，不能割裂為上、下兩部分，麗字必須包括下部兩個「Λ」形部件，否則就不是麗字了，因此，包山簡 ![] 字上部從麗之說，顯然是不足以採信的。

次者，劉國勝分析瑟字為從辛，丼聲，但對於瑟字為何從辛旁，卻沒有清楚交代，劉國勝指辛字本象刀類工具；學者或說辛象鑿子，用作處罰惡人的刑具。（詹鄞鑫 1983：369）然而，無論辛字本義是刀子或鑿子，與樂器之屬的瑟字，在意義上皆有著極大差距，也就是說瑟字以辛旁作為義符是沒有道理的。綜合上述兩點，劉國勝對瑟字本義的說法，所根據的包山簡字形非從麗旁，亦不知其究竟何字；次者，就意義而言，瑟字沒有理由從辛旁，因此瑟字當非從辛，丼聲。

羅凡晟根據曾侯乙墓 E 六一號漆箱所出的瑟字，以為所從 ![] 形部件，就是象瑟上的軫、柱，軫、柱都是瑟的必要元件之一，因此以 ![] 形代表瑟字。（羅凡晟 2000：271）以瑟器的必要元件——柱、軫來象徵該物，雖然有其道理，但是「![]」形部件筆劃簡單，能否明確傳達瑟字意義有待商榷，而且將瑟器主體完全省略，似乎也有違常理。因此，將瑟字構形分析暫時按下，待考。

瑟字又有 A 字作 ![](包山 260)、![](信陽二 3)、![](上博‧性情 15)，劉國勝以為是在瑟字上加注必旁作為聲符，瑟字上古音為山紐質部，必字則為幫紐質部，兩字同在質部，聲紐雖然遠隔，但《詩‧大雅‧旱麓》：「瑟彼玉瓚」，《周禮‧春官‧典瑞》鄭注引「珌」音「瑟」，又作邲。瑟與從必之字有相通之例，必旁應可用來標注瑟字音讀。綜上所述，瑟字構形不明，或加注「必」聲，成為形聲結構。

例59、「戁」字

例60、「戠」字

| | |
|---|---|
| | |
| A、隨縣 81 | B、包山 243 |

戠字甲骨文作（後 1‧29‧6），從戈從言，會意不明。西周金文作（格伯簋）、（免簠），所從言旁漸訛變似音旁。（何琳儀 1998：53）戰國楚系戠字或作（隨縣 44）、（隨縣 54），承襲西周戠字構形；或作（璽彙 205）、（璽彙 213）〔註18〕、（包山 18）、（郭店‧六 24），所從言旁變異甚巨，上部訛變爲「ᴧᴧ」形，下部增加贅筆和「田」形混同。隨縣簡中有 A 字作（隨縣 81），裘錫圭、李家浩據隨縣 81 簡有「屯戠霉羽」，分析 A 字構形是在戠字上加注翼聲，A 字與 81 簡的戠字疑讀爲「戴」或「載」。（裘錫圭、李家浩 1989：515）由文例來看，A 字辭例爲「乘馬 A 白羽」，而隨縣 44 簡有戠字文例爲「屯戠霉羽」，A、戠二字讀爲戴，指在車馬器具上配戴羽毛做爲裝飾，在簡文中可以通讀。就語音而言，上古音戠字在章紐職部，翼字在余紐職部，聲紐同爲舌面音，韻部疊韻，翼字當能標注戠字音讀。

A、戠二字皆通讀爲「戴」，兩字有相似用例，而且二者上古音韻亦近，因此 A 字是加注翼聲而成的戠字異體。

此外，包山簡中另有 B 字作（包山 243）、（包山 248），可隸定爲「戠」字。整理小組以爲是戠字異體，沒有進一步說明。（劉彬徽等 1991：390）何琳儀師進一步分析 B 字爲從戠，左上部加注止聲，所從言旁亦訛變作昔形。（何琳儀 1998：54）從字義來看，B 字辭例爲「B 牛」、「B 豢」，與包山簡戠字常見辭例「戠牛」、「戠豢」完全相符，指卜祀祭禱時使用的牲品。

就語音而言，上古音戠字爲章紐職部，止字爲章紐之部，兩字聲紐雙聲，職、之二部對轉，二字聲音相近可通，止聲可標注戠字之音讀。B、戠二字用法相同，語音關係亦近，B 字當爲加注止聲的戠字異體。

〔註18〕羅福頤釋《璽彙》205、213 爲「戠」。朱德熙、裘錫圭改釋《璽彙》205 爲「戠」，其文例作「戠（織）室之璽」。（朱德熙、裘錫圭 1997b：47）

# 第三章　形聲字加注音符而形成的注音形聲字

　　本章所討論的注音形聲字，被注字性質恰好與第二章注音形聲字的被注字性質相反，其組成結構的其中一個偏旁爲「音符」，與文字的聯繫在所記錄的語音爲同音或音近的關係，其功能是在記錄表達語音，因此偏旁則和文字的詞義缺乏聯繫，這一類字即傳統六書所謂的「形聲」。

例61、「䘏」字

| A、周乎卣 |
| --- |

　　福字甲骨文作🀄（甲 3289）、🀄（存下 224），從兩手奉尊於示前，以祈求福氣之降臨。（羅振玉 1881：卷中 57 葉）西周金文作🀄（士父鐘）、🀄（伯陶鼎），西周金文多省略雙手之形，甲骨文所從尊形多聲化爲畐聲，由會意字變爲形聲字。西周金文又有 A 字作🀄（周乎卣），張日昇認爲是在福字上又疊加北聲。（張日昇 1997：81）福、北二字上古音同屬幫紐職部；次者，金文有福字作🀄（或者鼎），省略畐聲改從北聲，構形變爲從示，北聲，由此字可知北聲可標注福字音讀。

　　就意義而言，周乎卣福字文例爲「用匄永 A」，言其求永久之福氣，A 字之

意義同於福字。因此，A 字是在聲化爲從畐聲的西周「福」字上疊加北聲而成的兩聲字構形，與福字爲一字異體。

## 例 62、「邊」字

| |
|---|
| 得 |
| A、大盂鼎 |

邊字甲骨文作（後 2・22・16），陳夢家最早釋爲{邊}。（陳夢家 1988：516）黃錫全承襲陳夢家之說，隸作鼻，認爲是從自，丙聲的形聲字，而邊鄙、邊疆爲國土之始，故從自旁。（黃錫全 1999b：426）西周金文有 A 字作得（大盂鼎），可隸定爲鼻，在甲骨文鼻字上加彳旁爲義符，同時疊加方聲。（黃錫全 1999b：427）大盂鼎 A 字文例「殷邊侯甸」，用爲邊境之{邊}，和鼻字用義相同。而且，上古音邊、方二字均爲幫紐陽部，方聲可用來標注邊字音讀。

因此，西周金文鼻（邊）字的構形，是在卜辭鼻字疊上加方聲而成的注音形聲字。

## 例 63、「寶」字

| A、酈簋 | B、轉作寶艦盤 | C、楚公豪鐘 | D、周宅匜 | E、書也缶 |
|---|---|---|---|---|
| 寶 | 寶 | 寶 | 寶 | 寶 |

金文寶字多在甲骨文會意字上加注缶聲，成爲從宀從貝從玉，缶聲的形聲字。又作 A、B、C、D、E 等構形，諸字從宀從貝從玉，缶聲外，左下又增添、、、，這些部件僅筆畫稍有不同，應爲同一部件（下文稱爲 F 部件），前人對 F 部件有不同的解釋，清人劉心源論及周宅匜時，以爲 F 部件是（缶）、（貝）合變而成，並特別指出楚公豪鐘的 C 字，左下亦從此部件。（劉心源 1999：卷八 31 葉），然而缶、貝兩旁如何結合？如何訛變？劉氏並無詳細交待；次者，楚公豪鐘的 C 字，構形除了 F 部件亦有缶聲，倘若 F 部件是缶、貝兩旁的合變，何以 C 字仍具「缶」聲？這個問題，A、B、E 字也都無法解決，因此，劉氏以爲 F 部件是貝、缶兩旁合變的說法，既無詳細論述，而且僅能符合周宅

匚 D 字的構形，恐流於個人主觀臆測。

何琳儀師指 F 部件是「酉」部件，為 E 字的疊加聲符。(何琳儀 1998：246)
季旭昇師亦以為 A 字所從的 F 部件是「酉」部件，其言：「骖作北子簋或從酉」。
〔註1〕（季旭昇 2002a：595），沒有對「酉」旁作出進一步說明，依據該句文義
推測，季旭昇師應把「酉」旁視為義符。

酉字在古文字作 （士上卣）、（永盂）、（包山 100），確實與 F
部件的構形相同，但若以音理檢視「酉」旁作為寶字聲符的可能性，則上古音
寶字在幫母幽部，酉字在余母幽部，兩者韻部雖同屬幽部，然而兩字聲紐分屬
幫紐與余紐差距甚遠，要將酉字視為寶字的聲符，在音理上很難說得通的。次
者，若將「酉」旁視為義符，酉旁代表的含意可能有兩種，第一種可能性為和
貝、玉旁取意相同表示珍藏之物，然而酉為裝酒之瓦器並非名貴之物，與原有
珍藏的物品貝、玉所代表錢財貨幣的性質亦不相類，因此酉旁用來表示珍藏之
物似乎不恰當。第二種可能性酉旁用來珍藏貝、玉的容器，然而酉器多專指釀
酒、盛酒的容器，用來藏玉、貝等物並不恰當。總之，將 F 部件釋為酉字，僅
能合乎字形，但在音、義兩方面卻無法解釋，因此不宜將 F 部件釋為酉字。

張世超等以為 F 部件即「畐」旁，亦是寶字聲符，有些寶字是同具缶、畐
的多聲字。(張世超等 1996：1845) 檢視西周金文的「畐」字多作 （士父鐘）、
（伯陶鼎），張日昇以為象盛器之形，與酉之形制相近。(張日昇 1977：3562)
畐字表示器腹之處多有十字的筆劃，除了與 D 字的 F 部件相似外，與其餘諸字
則不同，反而較似前述學者所說的「酉」旁，但是，西周晚期有少數畐字：
（伯汈其盨，福）、（伯公父簠，福），其器腹作兩橫筆而非十字筆劃。楚
系福字所從畐旁其器腹，多作兩筆而非十字筆劃如 （曾子㞢簠，福）、（包
山 37，福），可見兩周畐字器腹可作兩橫筆，正和 F 部件構形頗為相似的。

次者， 鼎的福字作 ，所從畐旁和楚公豪鐘所從 F 部件構形幾乎相
同，福字作 ，所從畐旁和周宨匚的 F 部件亦相去不遠。以構形觀之，F 部
件當有可能為畐字。

再次，則就語音論之，寶字古音在幫紐幽部，畐字為並紐職部，兩者聲紐
同為脣音，兩周金文韻文不乏之、幽合韻的情形，喻遂生指出之、幽合韻，是

---

〔註 1〕　季旭昇師將「㝅簋」稱為「骖作北子簋」。

古代「通語的特點」。(喻遂生 1993：109) 傳世文獻亦不乏職、幽互涉的例子，《夏小正》：「雞孚粥」，《傳》：「孚，嫗伏也」，孚字爲幽部，伏字爲職部；《左傳》昭公十四年：「貪以敗官爲墨」，朱駿聲曰：「墨假借爲冒，犯而取也」，冒字爲幽部，墨字爲職部；因此，職部與幽部語音當有一定聯繫，畐字當可作爲寶字之聲符。

綜合上述，張世超將 F 部件釋爲畐聲，在形、音兩方面皆能說得通，當可採信。

例 64、「復」字

| A、多友鼎 |
| --- |

复字甲骨文作（鐵 145・1）、（林 1・29・14），下從夂，上部所從不明。西周金文增加「彳」旁或「辵」旁爲義符如（小臣謎簋）、（散盤），即今日所承的「復」字。又有 A 字作（多友鼎）、（曶鼎），可隸定作復，較復字多構形了一個「勹」旁，曶鼎的 A 字所從夂旁訛變爲又旁。

先就辭例視之，A 字辭例爲「瓩則俾 A 令曰：『若』！」(曶鼎)，「A 奪京師之俘」(多友鼎)，均釋爲{復}，與復字用法相同。

次者，則就語音視之，上古音復字在幫紐、覺部，勹(伏)字在並紐職部，兩字聲同韻近。

綜合上述，A 字應是在復字上疊加勹聲而成的異體字，可隸定爲復，應即《說文》：「復，重也。從勹，復聲」的來源。

例 65、「釐」字

例 66、「嫠」字

| | |
| --- | --- |
| A、彔伯簋 | B、牆盤 |

嫠字作（甲 1637）、（甲 2252），又有「嫠」字作（甲 634）、（後

2・22・8），象以手持杖打麥或一手持麥，一手持杖打麥之形，來亦聲。（陳初生 2002：346）二字本爲一字《說文》誤分爲二；卜辭中常見延長福壽之辭例「延𤼽」，𤼽字爲獲麥之意，而獲麥可以足食引申有{福}義。（李孝定 1965：913）因此𠩺、𤼽遂有{獲麥}、{福}兩種意義。

西周金文作（師𩛥鼎）、（師寰簋），承續甲骨文之字形。或作（多友鼎）、（辛鼎）、（善夫克鼎），隸作𧸖，增繁貝旁爲義符，即「賚賞」之「賚」字，典籍多作賚或釐字，如《書・文侯之命》：「用賚爾秬鬯一卣」，《詩・大雅・江漢》：「釐爾圭瓚，秬鬯一卣」。或有 A 字作（彔伯簋）、（師酉簋），即今釐字，加里聲，𠩺本從來聲，來、里上古音均爲來紐之部，故里旁可作爲𠩺字之聲符。

又有 B 字作（牆盤）、（叔向簋），即今日孷字，在𠩺字上加注子旁，陳初生以爲從子，是因爲「蓋賞賚與人有關，故以子表示人」。（陳初生 2002：346）但牆盤辭例爲「繁髮多 A」，而叔向簋辭例爲「降於多福繁 A」，孷當釋爲「福」義，指「多福」的意思，與賞賚賜予的意義仍有差別；次者，與人相關的字詞，從人的可能性頗高，但所有與人相關的字詞皆須從人旁，單純將「子」旁視爲義符，似乎有待商榷。張世超等以爲孷字爲𠩺字的加聲字，孷字以子聲猶李字以子爲聲，孷、李上古音皆在來母之部，子聲當可作爲孷之聲符。（張世超等 1996：3193）張世超等對於形、音皆有所交代，當可信從。孷爲加注子聲而成的注音形聲字。

西周金文中有不少釐字例改從未旁，何琳儀師以爲這是來旁聲化爲未聲，然而𠩺字上古音爲曉紐之部，未字爲明紐物部，聲母曉、明二母上古接觸頻繁，〔註 2〕但之、物二部則少有接觸，能否將未旁視爲聲符尚待商榷，未、來二旁構形相似應是形近訛誤。

戰國時期秦系𠩺字多從未如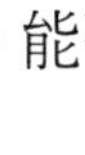（陶徵 2・49），六國文字𠩺字多從來旁，如字作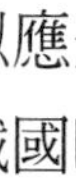（陳貯簋蓋），釐字作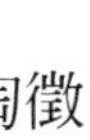（叔夷鐘），𠩺字作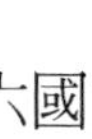（郭店・太 8）、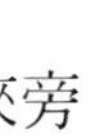（郭店・尊 33）。

甲骨文的「𠩺」、「𤼽」爲象手持杖打麥或一手持麥的象形字，西周金文加

〔註 2〕李存智指出「曉、明二紐在上古時接觸頻繁，曉母字有從清唇鼻音與清舌根音而來者」。（李存智 1995：127）

注里聲或子聲，本從來旁或譌為未旁，遂為今日的釐、孳所承。

## 例 67、「鼖」字

A、六姒方鼎

《說文》鬵字，為鼎之專名用字，殷商文字作 （乙 3803）、（戍甫鼎），從皿（或從鼎）、齊聲。西周金文或作 （仲叡父鬲）、（趠鼎）、（微伯鬲），構形承襲殷商文字。或作 （季鼖作宮伯方鼎）、（狢盍鼎），鬵字改從妻聲。此外，西周金文還有 A 字作 （伯六姒方鼎）、（叔作懿宗方鼎），可隸定為鼖，A 字與從齊聲的鬵字，僅差別是否從妻旁，先由 A 字文例「某作 A」來看，A 字應是被鑄造的器物名，A 字又都出現於鼎上，A 字應可釋為{鬵}。

上古音齊字為從紐脂部，妻字為清紐脂部，聲母同屬齒頭音，韻部疊韻，妻聲可標注鬵字之音讀。A 字構形應是在鬵字基礎上，加注妻聲，其齊、妻二旁共用部分部件

A 字所從齊、妻二旁共用部件，其構形可能就是《說文》齋字來源，楊樹達以為齋字是加注妻聲的「齊」字。（楊樹達 1988b：105）徐寶貴則以為齋字是加注齊聲的「妻」字。（徐寶貴 2004：87）但古文字中沒有獨體的齋字，難以判斷齊聲或妻聲何者是後加的聲符，據上可知，齋旁最早出現於鬵字異體，將齊聲視為後世疊加的聲符有違歷時順序，徐寶貴之說恐難成立。

而楊樹達認為妻聲是後加聲符，同樣囿於沒有獨體的齋字，無法由辭例進一步證明其說是否正確；次者，齋旁最早見於 A 字中，嚴格說來是不能將皿旁擱置不論，遽自討論齊、妻二兩個偏旁的先後關係。總之，古文字中未見獨體齋字，討論齋字構形都有其危險性。

因此討論齋字構形，當以最早見到齋旁的 A 字加以立論，可用「簡省分化」的角度加以理解，古文字中有時會截取一個文字的部分構形因素，用來充當另一個文字形體，如世、丂、介等。（劉釗 1991：207-215）齋字應是截取 A 字的 旁而來，從西周晚期後有從齋之字作 （逨盤，隮）、（石鼓·田車，隮），

可推測至晚在西周晚期時，字已經產生，此說當是未見古文字的獨體字之前，較爲合理之推測。

　　字本是從皿（或從鼎），齊聲的形聲字；再加注妻聲後，遂變爲 A 字，是一個從皿，齊聲、妻聲的結構，其後齊、妻共用筆畫組成的這一個偏旁，簡省分化出字。

## 例 68、「獻」字

A、伯作旅甗

　　鬳字殷商西周文字作 （甲 2082）、 （見作甗），從鬳字初文（或從鼎），虍聲。又作 （史獸鼎）、 （伯作旅甗）、 （解子甗），即今日獻字，何琳儀師以爲鬳、獻乃一字孳乳，犬旁爲鬳字之疊加音符。（何琳儀 1998：1011）就用例來看，西周金文的獻字可釋爲器物之{甗}，如作寶甗、伯作旅甗、解子甗等。次者，上古音鬳字爲疑紐元部，犬字爲溪紐元部，聲母牙音可通，韻部疊韻，可知犬聲可以標注鬳字音讀。因此，獻字應是鬳字基礎上加注犬聲而成的形聲字。

## 例 69、「墨」字

A、節墨大刀

　　戰國齊系貨幣有一組刀幣，其幣銘爲「節 A 大刀」，[註3] 學者多將 A 字釋爲即墨之{墨}，節墨即齊國古地名「即墨」，幣銘自銘該幣乃「齊國即墨的刀幣」。但對 A 字下部構形則有不同主張，張頷隸定爲阝旁，A 字下部爲邑字省體。（張頷 1986：235）何琳儀師舉齊幣的邦字作 、 （古幣 99），及同組刀幣的「節」字作 （古幣 211），邦、節所從邑旁構形，均與 A 字下部不同。（何琳儀 2002：

───────────────

〔註3〕　本文對幣銘「節墨大刀」的釋讀，「大」字從裘錫圭釋，詳見其著〈戰國文字中的「市」〉。（裘錫圭 1992j）「刀」字則從吳振武釋，詳見其著〈戰國貨幣銘文中的「刀」〉。（吳振武 1983）

4-5）何師由字形著手，比較 A 字下部與邑旁構形確實有別，其說可從，A 字下部當非邑旁。

何琳儀師進一步舉燕國官璽有勹字作 （璽彙 362），與 A 字下部構形相同，以為 A 字下部為後加勹聲，將 A 字隸定為鼏。（何琳儀 2002：5）許文獻承何琳儀師之說，並指出 A 字有異體字作 、 （古幣 237-238），這些異體字下半部極似 （勹）部件。（許文獻 2000：215）何、許由不同的字形角度，論證 A 下部為勹旁，其說當可信從。

次者，就音理關係，墨字上古音為明紐職部，勹字上古音為並紐職部，聲紐均為脣音，韻部同屬職部，二者聲音關係密切，勹旁可以標注為墨字音讀。A 字當可隸為鼏，是在墨字基礎上加注勹聲而成的注音形聲字。

## 例 70、「備」字

|  |
| :---: |
| 鼏 |
| A、郭店・語三 54 |

備字西周春秋文字作 （盄簋）、 （元年師旋簋）、 （洹子孟姜壺）、 （隨縣 137），《說文》：「備，慎也。從人，𤰇聲」。或作 （中山王𩰝鼎）、 （包山 213）、 （上博・緇 9）、 （郭店・語一 94），備字所從𤰇聲構形訛變甚鉅，𤰇旁象箭桿處訛作人形或女形，象箙形處則脫兩旁側筆作「二」形部件，或再加 形部件為飾。（何琳儀 1998：124-125）這一類備字所從𤰇旁訛變嚴重，和備字初形相差甚遠。郭店簡另有 A 字作 （郭店・語三 54），可隸定為「備」。整理小組直接將 A 字釋為「備」，讀為「服」。（荊門市博物館 1998：212）檢視 A 字文例「樂，A 德者之所樂也」，該句指「樂」為實行德之人所喜歡之事，意義通暢可信。整理小組直接將 A 字隸為備，對右旁中間部件則未作說明。

何琳儀師認為 A 字是在備字上加注凡聲。（何琳儀 2003a：225）A 字中間部件和凡字構形相似，如 （郭店・語四 5）、 （上博・性 31），視為凡字當可成立。由語音關係來看，上古音備字在並紐職部，凡字在並紐侵部，聲母雙聲，職、侵二部的關係卻有點距離，但在同源詞中有職、侵通轉之例，如「克」與「堪」，《詩・小雅・小宛》：「飲酒溫克」，傳曰：「克，勝也」，《國

語‧晉語一》：「口弗堪也」，注曰：「堪，猶勝也」，或職部與侵部的入聲緝部
為同源之例，如「澀」與「濇」，《說文》：「澀，不滑也」，朱駿聲曰：「誼與
濇同」，《一切經音義》七：「濇，古文澀，今作澀，不滑也」。（王力　1982：
252、594）雖然備、凡上古音韻部關係較疏遠，但在同源詞中有職、侵通轉
之例作為旁證下，凡聲應能標注備字讀音，A字是在形聲結構的備字上，又
疊加凡聲而成的一個注音形聲字。

### 例71、「䋤」字

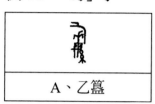

| A、乙簋 |
| --- |

　　緐字西周金文作 （班簋）、 （叔向父禹簋）、 （師虎簋），《說文》：
「馬髦飾也。從糸每聲」，為一形聲結構。春秋金文或作 （乙簋）、 （寬
兒鼎），[註4]可隸定為䋤，從緐、勹，A字辭例為「某之飤A」，如楚子起鼎、
㝬子𧊒鼎，或是「某自作飤A」，如乙簋、曾孫無鎮鼎，與庚兒鼎銘文「庚兒自
作飤緐」，兩者辭例相似，A、緐二字有相同的用例，在構形上僅差別於「勹」
部件的有無，兩字應實為一字異體。

　　A字所從勹旁當為後世增加的聲符，由音理上來看，緐字從每聲，上古音
每字為明紐之部，勹字為並紐職部，上古脣音可通，幽、之兩部韻屬旁轉，「勹」
聲確實可作「緐」字之聲符。

　　容庚以為「䋤」字為「鼎彝之別名」。（容庚　2002：651）張亞初進一步認
為「食繁（飤䋤）」可能是江南一帶的特有器名。（張亞初　1992：286）劉彬徽
據銅器形制，將這一類䋤鼎歸為箍口鼎，並指這一類箍口鼎，在春秋中期多
自名為「䋤（或緐、𥊤）鼎」，春秋晚期直至戰國時期則自名為「鐈鼎」。（劉
彬徽　1995：115）但㝬子𧊒鼎屬戰國晚期之器，仍自名為「飤A」，劉彬徽之
說似有修正之空間。總之，䋤是在緐字上加注勹聲，是為了某類銅器名稱所
造的專用字。

---

〔註4〕緐字加勹聲的構形，在西周中期的降人䋤簋的銘文已見，但據辭例「降人䋤作寶簋」，
　　　「䋤」字在此當為人名，本文暫時擱置不論。

## 例 72、「隮」字

A、石鼓・田車

隮字西周金文作▨（述盤），何琳儀師以爲是隋字，右下所從妻旁，乃疊加音符。（何琳儀 2003b：13）根據前文對齏字的討論，本文以爲西周早期齏字已加注妻聲，進而簡省分化出▨字，據此隮字構形可分析爲從阜、▨聲。〔註 5〕

春秋文字作▨（石鼓・田車），可隸定作隮，A 字是在隮基礎上加注片聲（析省聲）。（何琳儀 1998：1266）析字作 ▨ （中山王譽方壺），從斤、從半木之形，會以斤剖開木材，爲析字異體，析字或作▨（望山二 7）、▨（馬王堆・九主 358），析字作爲偏旁時可省略斤旁，僅作「片」形。上古音隮字（據齊聲）爲從紐脂部，析字爲心紐錫部，從、心旁紐可通，脂、錫二部通轉，雖然語音關係較疏遠，但文獻中有脂、錫二部通轉之例，《說文》：「鬀，鬄髮也」，《廣韻》：「剃同鬀」，後來寫作剃，剃字爲脂部，鬀字爲錫部，兩字脂錫通轉。（王力 1982：418）因此，隮字應可加注片旁（析省聲）爲聲符。

字義方面而言，A 字出現文例爲「吾已 A 於邍」，讀爲「隮」，訓爲登、升，《玉篇》：「隮，登也，升也」，該句指「我已登上了原野」，文句亦能通讀，並合乎石鼓文內容敘述狩獵的主旨。

隮字以雙聲符的▨字爲聲符，到了春秋時期的 A 字又加注片聲（析省聲），遂成疊床架屋構形繁複的隮字。

## 例 73、「嬭」字

A、楚屈子赤目簠蓋

嬭字楚系文字作▨（楚王鐘）、▨（王子申盞），從女，爾聲，《廣韻》：

---

「楚人呼母也」，又有 A 字作🖼（楚屈子赤目簠蓋）、🖼（曾孟 A 諫盆），隸
爲嬭，林清源師以爲嬭字有時增繁日旁作爲音符。（林清源 1997：89）從文例
來看，嬭、A 二字均用作楚國女子姓氏，方濬益曰：「嬭乃楚姓，即經傳之羋字。
《史記・楚世家》陸終子：『六曰季連，羋姓。』《說文》：『羊鳴也』此羋之本
誼，經傳以爲楚姓者，乃同音假借字，其本字正當做嬭」。（方濬益 1976：二十
八卷 4 葉）郭沫若亦云：「嬭及楚姓羋之本字」（郭沫若 2000c：165 葉）兩字有
相同之用例。

　　次者，由音理來看，嬭字屬泥紐脂部，日字屬日紐質部，日紐古歸泥紐，
脂、質二部陰入對轉，可見日、嬭古音相近，日聲可作爲嬭字聲符。總之，媢字
爲嬭字疊加日聲而成之異體。

## 例 74、「𡨄」字

A、侯馬 306

　　守字西周金文作🖼（守宮卣）、🖼（大鼎），[註6]何琳儀師根據殷商金文
🖼（守觚），分析守字構形爲從宀，從又，會守護居室之意。（何琳儀 1998：190）
然而，守字作🖼的這一類構形，上部從∩不從宀，下部又旁亦和守字所從寸旁
相異，懷疑此字應非守字。（張世超等 1996：1850）觀察🖼字上部的∩部件筆
畫平順，和宀旁構形不同，如家字作🖼（令鼎），室字作🖼（過伯簋），寶字
作🖼（員父尊），宀旁象屋頂之形上端寫作尖突筆畫，宀、∩構形確實不類，張
世超質疑🖼非守字，實爲卓識。何琳儀師據此分析守字構形恐有待商榷。

　　張世超認爲肘、肱本爲一字作🖼（合集 11018 正）、🖼（合集 13677 正），
其後構形演變作🖼（合集 5532 正），爲肱字所承；或演變作🖼（乙 5587），爲肘
字所承，西周時進一步演變爲🖼形，「守」字爲從宀、🖼（肘）聲之形聲字。（張
世超 1996：1849-1850）上述契文諸字內容爲貞問疾病部位，釋爲手臂部位的
肘或肱均有可能，但肘字演變關鍵的「🖼」字，卜辭中僅此一例恐有孤證之嫌，

---

〔註6〕李天虹以爲《合集》33407 的🖼即「守」字。（李天虹 2003：244）但該字意義不
　　　明，是否爲「守」字尚待商榷。

因此將 ⿰ 字釋爲{肘}，雖有道理，但證據仍稍嫌薄弱。

　　李天虹據戰國晉系鑄字作 ⿰ （中山王䂞方壺）、⿰ （廿七年大梁司寇鼎），以爲鑄字右部即是肘聲，此旁構形與春秋戰國守字作 ⿰ （侯馬 306）、⿰ （十五年首相杜波鈹）下部構形相同，進而推論守字爲從肘聲。（李天虹 2003：241）李天虹由鑄字所從的肘旁，推論守字是從宀肘聲頗有道理，守字應是形聲結構。綜合張、李之說，守字應爲形聲結構。

　　守字春秋文字作 ⿰ 、⿰ （侯馬 306），承襲西周金文。或作 ⿰ 、⿰ （侯馬 306），張世超以爲晉系文字從又之字多增飾筆「/」，因此加增橫、點以區別肘旁與加了斜筆的又旁。（張世超 1996：1805）晉系從又之字加注斜筆爲飾如 ⿰ （兆域圖銅版）、⿰ （公朕右自鼎）、⿰ （侯馬 312，卑），張世超以爲短橫畫或點爲別嫌符號，有其道理。然而，楚系肘字作 ⿰ （郭店・成 3），[註7] 守字作 ⿰ （郭店・老甲 13），在非晉系的肘字中，仍有加注短圓點之例，加注圓點、短橫畫非專爲晉系獨有現象，可見張世超之說仍有不周延之處。

　　李天虹則以爲加短橫畫或點，是爲了從形體上將寸、肘二字區分開來。（李天虹 2003：245）寸、肘二字構形相近混同嚴重，因此在肘字上加短橫畫、圓點，從字形上區別肘、寸二字，李天虹之說頗具道理，當可信從。

　　侯馬盟書另有 A 字作 ⿰ 、⿰ （侯馬 306），可隸定爲守。在守字基礎上加注主旁標聲。（何琳儀 1998：191）A 字文例爲「不守二宮」，爲侯馬盟書常見的誓辭，表示不會背離盟誓，逃避守護宗廟二宮之責任，A 字釋爲守護之{守}。就上古音而言，守字屬書紐幽部，主字屬章紐侯部，幽、侯旁轉可通，書、章二紐均爲舌面音，主聲可標注守字音讀，A 字爲在守字基礎上加注主聲而成的注音形聲字。

　　戰國守字作 ⿰ （十五年首相杜波鈹）、⿰ （郭店・唐 12）、⿰ （二年上郡守冰戈）、⿰ （王六年上郡守疾戈）、⿰ （睡虎地・法 95），秦系守字所從肘聲，未見加注圓點、短橫的別嫌符號，與寸字混同，如寸字作 ⿰ （睡虎地・雜 27），將字作 ⿰ （睡虎地・雜 40），寺字作 ⿰ （石鼓・田車），守字小篆即承襲此類構形，所從肘聲形近訛混爲寸旁。

---

〔註7〕 郭店簡〈成之聞之〉3 簡的話字，整理小組未釋，本文從李天虹釋爲{肘}。（李天虹 2003：236）

綜合上述，守字西周金文爲從宀、肘聲的形聲字，春秋晉系的侯馬盟書或加注主聲，戰國秦系肘旁與寸旁混同，小篆守字遂訛變爲從寸旁。

## 例 75、「畞」字

A、睡虎地・秦律 38

畮字西周金文作 ▢ (賢簋)，從田，每聲。戰國晉系文字作 ▢ (璽彙 349)，隸作畞，畮字聲符更換爲又聲。(李家浩 1996：166) 畮、畞二字爲音符互作之異體字。秦系又有 A 字作 ▢ (睡虎地・秦律 38)，可隸定爲畞。何琳儀師分析 A 字從田、久、又，又旁夾在田、久二旁之間不便彎曲，遂寫作垂直，所從久、又二旁均爲音符。(何琳儀 2003a：293) 李家浩贊同何師之說，並據晉系畞字，分析畞字是在畞字上加注久聲而成。(李家浩 1996：167) 由語音方面視之，上古音又字爲匣紐之部，久字爲見紐之部，聲母同爲牙音，韻部疊韻，音理可通，畞字是在畞字上疊加久聲而成的注音形聲字。

其後畞字產生隸變，中間又旁收縮筆畫遂成爲今日的畞字。

畞字西周時期從田，每聲的畮字，戰國時改換又聲變爲畞字，秦系文字又在畞字上疊加久爲聲符，最後又隸變爲畞，畮、畞、畞和畞實爲一字異體字。

## 例 76、「鐱」字

A、包山 18

劍字兩周文字作 ▢ (師同簋)、 ▢ (攻敔王光劍)、 ▢ (富奠劍)，隸作鐱，從金，僉聲，即今日劍字，戰國前之劍字均從金旁，表示劍之材質爲青銅所鑄造。戰國秦系劍字作 ▢ (睡・法 84)、 ▢ (睡・日乙 38)，劍字改從刀旁，爲今日小篆所承襲。楚系有 A 字作 ▢ (包山 18)，隸爲鐱，構形從金、劍、甘，應是在鐱字上加注甘聲所產生的注音形聲字，A 字文例爲「鑄 A 之官」，表示負責鑄造寶劍之官吏。而鐱、劍、甘三字上古音均爲見紐談部，三字同音。

A 字構形是在鏱字上疊加甘聲而成的注音形聲字。

## 例 77、「旞」字

A、新鄭 123

戜字春秋戰國文字作（武城戟）、（曾侯郕雙戈戟）、（平阿左戟），裘錫圭是釋爲戜，從戈、丰聲，即戜字，戜、戟爲戟兵之異名。（裘錫圭 1992f：414、417）此字又作（六年安陽令矛）、（新鄭 82），戈、丰二旁筆劃相連，使得字形訛變甚鉅。（何琳儀 1998：491）戰國晉系有 A 字作（新鄭 123）、（新鄭殘銅戈），〔註8〕何琳儀師隸定爲「旞」，在戜字上加注夗聲。（何琳儀 1998：491）從用法來看，A、戜二字皆見出於兵器自名性質之處，由載體和位置相同，A 字應可釋爲{戜}。

從聲韻關係來看，戜字所從的丰聲上古音在見紐月部，夗字在影紐元部，聲母牙、喉音通轉，韻母元、月對轉可通。次者，戟字本從軓字得聲，軓字又從夗字得聲，可見夗字可以標注戜字音讀。

綜合上述，戜、戟二字爲聲符相異的異體字，A 字則是在戜字上疊加夗聲而成的新字。

## 例 78、「龔」字

A、秦公簋

龔字殷商西周文作（乙 1392）、（五祀衛鼎），《說文》：「龔，愨也，從廾，龍聲」，爲一形聲構形。春秋文字或作（秦公簋）、（鼄公華鐘），可隸定爲龔。在龔字的基礎上增繁兄旁表音。（孫常敍 1998a：154）先由字義討論龔字與 A 字的關係，龔字銘文常釋讀爲{恭}，如「唯王龔德裕天」（痶尊），

---

〔註8〕 A 字構形引自郝本性〈新鄭出土戰國銅兵器部分銘文考釋〉一文中所摹字形。（郝本性 1992：115）

A 字文例有「嚴 A 寅天命」（秦公簋），「余畢 A 威忌」（鼀公華鐘），皆釋爲恭敬之{恭}，就字義上而言，龏、A 兩字有相同用例。

次者，就語音層面觀之，上古音龏字見紐東部，兄字曉紐陽部，兩者聲紐均屬牙音，東、陽二部旁轉可通，兄聲可標注龏字之音讀。

從音、義兩方面看來，A 字與龏字關係密切，實乃一字之異體，A 字是在龏字基礎上加注兄聲而成的異體字。

例 79、「歕」字

例 80、「䚀」字

| | |
|---|---|
| A、曾編鐘中一 11〔1〕 | B、曾編鐘磬下 7 |

戰國楚系文字有 A 字作（曾編鐘中一 11〔1〕），B 字作（曾編鐘磬下 7），裘錫圭、李家浩隸爲歕、䚀，分析 A 字是在湆字基礎上疊加欠聲所產生的，而 B 字則是在湆字上疊加臽聲。（裘錫圭、李家浩 1985：150-151）曾侯乙墓編鐘銘有「姑洗之湆商」，又作「姑洗之 A 商」，湆字與 A、B 二字有相同文例。次者，三字皆出於低音區的下層編鐘，乃加於正音名之前的前綴詞，表示此編鐘之音是相對較低的音高位置。（崔憲 1997：29）所以就字義而言，A、B 字皆可用爲湆。（關於 A、B 字構形所從旁，請參見第四章的疑例 14 的「音」字）

次者，就語音討論之，上古音湆字屬溪紐元部，欠字屬溪紐談部，臽字則爲匣紐談部，聲母皆屬牙音可通，元、談二部則稍有距離，李存智言：「談元、談陽的合韻，正如簡牘帛書的情形，這些談部字在現代漢語方言的多數地區都讀成-n 尾」。（李存智 1995：146）透過學者對談、元合韻的討論，湆字確實可加注欠或臽爲聲符。

綜合上述，A 字可隸爲歕，在湆字上疊加欠聲而成；而 B 字可隸爲䚀，是在湆字上疊加臽聲而成。

# 第四章　疑似注音形聲字考辨

本文在第二、三章中討論了所收集的注音形聲字，然而，學者提出的注音形聲字或是加注聲符之說法，有些仍需進一步討論和商榷的，這些例證可區分作六類：其一論證對象構形分析有待商榷、其二被注字與增繁聲符語音疏遠、其三違反文字歷時演變、其四純雙聲符字、其五構形演變分析不同、其六缺乏確切的被注字。

## 第一節　論證對象構形分析有待商榷

學者討論增繁聲符現象或是注音形聲字，有時對於討論對象的構形未能有妥貼的分析，遂誤以爲討論對象發生增繁聲符的演變，以下針對這些字例加以討論。

疑例 1、「祈」

A、戩 37・11

甲骨文有 A 字作![字形](戩 37・11)、![字形](佚 948)、![字形](粹 945)，張亞初釋爲祁，認爲甲骨文有![字形](林 2・26・10)、![字形](甲 3231)、![字形](鐵 222・3)，象樹木枝葉

茂盛、舒展狀，A 字就是⁂上加注留聲而成的異體，兩字均爲商人祈祝求雨的對象。（張亞初 1981：168）然而，A 字上下兩端皆寫作爲直筆，而⁂字上下兩端則寫作三筆作Ｖ形，兩字構形不似。次者，⁂字卜辭中多和作爲祭名的龡、益二字連用，如「龡益之⁂日」（合集 18801、26790）、「益⁂」（合集 18801、36788、36789），A 字則未見與龡、益二字連用之例，也就是說，A、⁂二者都是商人的祭祀對象，但未必是同一個對象，而且⁂字的文例中僅一例爲貞問是否下雨：「己巳卜貞今日益⁂不雨」（合集 18801），張氏僅根據此一孤例，便以爲⁂是殷商人們祈祝求雨的對象，亦有待商榷。總之，A 字和⁂就字形與用例上均有差異，宜釋爲不同的兩個字。

## 疑例 2、「敄」字

A、中山王䤾方壺

中山王䤾方壺有 A 字作（中山王䤾方壺），學者均釋爲敄，讀爲務，何琳儀師指出 A 字左下部疊加无聲。（何琳儀 1998：257）西周金文敄字作（作冊般甗）、（毛公鼎），容庚以爲左旁從矛字古文。（容庚 1985：212）張世超以爲左旁象人戴兜鍪之形，即兜鍪古字。（張世超等 1996：722）敄字左旁和「矛」字上部不似，矛字下部亦未見從人之形；敄字左旁上部是否象戴兜鍪之形，亦有待商榷。容、張二人之說，就字形而言皆有再議空間。

雖然暫時無法確定西周敄字左旁爲何，但可確定敄字左下部件已從人形部件，因此，西周敄字人形已經存在，A 字當無發生疊加无聲的繁化現象。次者，戰國從无之字作（睡·爲 43）、（包山 270），无旁上部皆寫作兩橫筆，A 字卻僅寫作一橫筆，兩字構形有異，A 字下部當非无旁。

## 疑例 3、「嚴」字

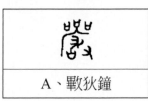

A、𩵋狄鐘

嚴字西周金文作 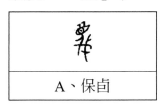（虢狄鐘）、 （獃鐘） 、（虢叔旅鐘）、 （多友鼎），何琳儀師以爲從厰，疊加嵒旁爲聲符。（何琳儀 1998：1450）裘錫圭以爲嚴字所從 ，非厰字所從厂旁，而是人形的變體。（裘錫圭 1992g：101）觀察厰字作 （虢季子白盤）、 （兮甲盤），或是厲字作 （五祀衛鼎）、 （散伯簋蓋），兩字所從厂旁都是一筆橫畫，而嚴字所從 形則皆由兩筆相接，寫作尖凸筆畫，兩者構形不似，因此，嚴字應不從厰。

裘錫圭以爲甲骨文有作 （續 5257）、 （前 7・25・4），隸定爲嘦，比嵒字多出一個人形，象徵一個人有幾張嘴，表示「多言」的意思，此字爲嵒字異體。嚴字正從嘦字，其構形應分析爲「從嘦，敢聲」，西周嚴字所從「 」形部件，爲嘦字人形訛變而來，嚴字和讝字均從「敢」得聲，「多言」、「誇誕」義近，《史記・日者列傳》：「世皆言曰：『夫卜者多言誇嚴以待人情』」，「誇嚴」就是「誇讝」，嚴字應該就是讝字初文，本義爲「誇誕」，「嚴肅」、「莊嚴」等義當是假借或引申義。（裘錫圭 1992g：100-101）裘錫圭對嚴字形義來源皆能有所釐清當可成說，據裘氏之說，嚴字應是從嘦、敢聲之形聲字。

## 疑例 4、「蔑」字

A、保卣

蔑字西周金文作 （保卣）、 （彔致簋），何琳儀師認爲西周的蔑字，是在甲骨文蔑字加注「首」作爲聲符。（何琳儀 1998：958）然而觀察甲骨文的蔑字作 （甲 833）、 （京津 1630），其目形部件的目框通常較爲方直，眼球中多無圓點，西周金文目框比較圓轉，眼珠部多有圓點。此構形特徵，亦可由其他字例觀察得知，如相字甲骨文作 （乙 405），西周金文則作 （折方彝）；又眉字甲骨文作 （前 6・50・6），西周金文則作 （小臣謎簋），可見西周金文的蔑字當無加注「首」聲，只是甲骨文、西周金文對目形部件寫法不同。

次者，古文字資料中並沒有可靠的首字，何琳儀師以爲是首字的 （掇 1・223），學界尚未全部採信，如《甲詁》、《類纂》都不將 釋爲首字。季旭昇師還以爲首字是從蔑字分化出來的一個字。（季旭昇 2002a：286）倘若季旭昇師

的講法可信，西周金文的蔑字就更不可能加注首聲了。

總之，蔑字的甲、金文構形只是寫法上的差異，並非加注首聲。

## 疑例5、「叔」字

A、師嫠簋

叔字西周金文作 （師嫠簋）、（大克鼎），劉釗以爲尗、弋爲一字分化，金文叔字所從弋旁下部三點爲小旁，爲西周時加注的聲符。（劉釗1991：127）劉釗僅說明尗、弋二字關係，未對叔字本義有進一步解釋。裘錫圭據甲骨文督字作 （粹499），指叔字乃象以弋掘地之意，或象樹杙插於地上。（裘錫圭1992b：30）季旭昇師承襲裘錫圭的第二種講法，以爲督字從叔從日，會插木於土，以測日影之意。金文叔字則是從又執弋，小點象土形，故叔字本義爲以木樁插土。（季旭昇 2002a：194）叔字本義當如同裘、季所言，象以樹杙插於土上，木杙插入土中不免揚起塵土，而且甲骨文督字構形已有表示土形的小點，可知叔字所從三點應是土形，早在殷商時期就已經存在，應非西周時才加注的小聲。

## 疑例6、「醷」字

A、大盂鼎

西周大盂鼎銘文有 A 字作 （大盂鼎），劉釗以爲是憂字，釋爲擾亂之{擾}，其舉《說文》謂擾字從「夒」，後世從憂，認爲憂、夒爲一字之分化，因此 A 字從憂，而酉旁乃追加的聲符。（劉釗1991：123）然而，複查《說文》原文釋擾字構形當爲「從手夒聲」，劉釗漏失夒下的「聲」字，夒旁當爲擾字聲符而非義符，因此，A 字和夒字並無意義之聯繫，劉釗此說應無法成立。

李學勤以爲 A 字從酉，夒聲，釋爲擾亂之{擾}，可訓爲{亂}，典籍中曾有酒亂之例，如《論語・鄉黨》中有「唯酒無量，不及亂」，皇侃疏以「亂」爲「醉亂」，而 A 字文例「有祡蒸祀無敢 A」，正和《尚書・酒誥》：「爲四德無醉」同

意。（李學勤 1989a：157）李學勤所言甚確，而且 A 字上一句銘文爲「酒無敢酖」亦告誡著不可酖溺於酒，正和此句相互呼應，A 字當是從酉、燮聲，爲酒醉擾亂之{擾}的專字。

## 疑例 7、「顯」字

A、沈子它簋蓋

西周沈子它簋蓋銘文有 A 字作 ，隸爲顯，郭沫若以爲 A 字爲顯字異體，從顯省，尹聲。（郭沫若 2002c：113）劉釗承郭沫若之說，顯字或省日旁作 （天亡簋），A 字即在此基礎上加注尹聲。（劉釗 1991：136）《金文編》所摹天亡簋的顯字確實和 A 字構形僅差於尹旁的有無，但檢視《殷周金文集成》所收天亡簋拓片，顯字所在之處殘泐不清難以辨識（如右圖），但仔細觀察天亡簋的顯字似仍有日形，只是和一般顯字將日形寫在絲旁上方不同，而寫在 　、頁二旁上方的中間。總之，討論 A 字構形宜保留天亡簋的顯字構形，如此一來，西周顯字皆從日旁，而無省日旁之例。

次者，張世超等指 A 字文例爲異於其他顯字文例，A 字應非顯字。（張世超等 1996：2217）查 A 字文例爲「克成綏吾考以于 A＝受令」，西周金文顯字文例多作「丕顯」，A 字用法和顯字亦是不同。

綜合上述，A 字無論形、義均與顯字有差異，將 A 字釋爲顯字之異體，恐無法成說。

## 疑例 8、「共」字

A、禹鼎

容庚《金文編》所收殷商西周的「共」字有兩類構形，一作 （亞共且乙父己卣）、（牧共簋），董蓮池以爲此類形體所從的「○」或「□」部件，和共字所從的「廿」部件構形不同；次者，這類構形均爲人名用字，不能證明

用爲「共」字。因此，將⟨圖⟩等形釋爲「共」字，在形體上辭例上均無根據。（董蓮池1995：85）董蓮池之說頗有道理，將⟨圖⟩釋爲共字確實有待商榷。

另一類共字作⟨圖⟩（禹鼎）、⟨圖⟩（善鼎），董蓮池以爲共字上部由兩個「十」組成，戰國時，人們意識到「共」從二「十」，才將兩個「十」旁改寫爲「廿」字的寫法。（董蓮池1995：80）西周金文的十字作⟨圖⟩（守簋）、⟨圖⟩（命簋），和共字上部構形相同，單就字形而言，共字從兩個十旁似乎可以成立，然而，共字從二個「十」旁所會何意？董蓮池未再深入解釋，而且十旁和共字的{供}、{恭}、{同}等義很難聯繫；次者，殷商西周時期，已經有許多「廿」字作⟨圖⟩（甲960）、⟨圖⟩（小盂鼎），廿字出現的很早，與「十」字的關係亦十分密切，卻要晚到戰國時期二個「十」旁才同化爲廿字，似乎也不太合理。因此，董蓮池對共字構形的分析仍待商榷。

何琳儀師則將共字分析爲從収，屮爲疊加聲符。（何琳儀1998：417）可信的「屮」字只見於《說文》古文中，西周時屮字是否已經存在仍有待商榷，在未能確定西周有無「屮」字之前，分析共字上部爲「屮」聲，恐得再作保留。

張世超等引「共」字作⟨圖⟩（叔向父禹簋），以爲象拱持玉之形，古代覲見執玉而拜，遂有「拱」、「恭」等義，其後象豎玉之形與雙手分離或加飾點作⟨圖⟩（禹鼎）、⟨圖⟩（善鼎）等形。（張世超等1996：567）然而玉字多作⟨圖⟩（毛公鼎）、⟨圖⟩（洹子孟姜壺），與共字上部構形不類，因此，張世超等將共字上部釋爲拱玉之形亦有待商榷。總之，諸家對共字構形的分析，皆有再議之空間。

## 疑例9、「虖」字

A、效卣

虖字《說文》分析爲：「從虍，兮聲」，段注改爲從「乎」聲，何琳儀師承段注，以爲虖字從乎，虍爲疊加音符。（何琳儀1998：456）然而，西周金文作⟨圖⟩（叔趯父卣）、⟨圖⟩（效卣）、⟨圖⟩（班簋），下部多從二點，而乎字上邊作「三」點，如⟨圖⟩（井鼎）、⟨圖⟩（諫簋），虖字應是從兩點的「兮」旁如⟨圖⟩（盂爵）、⟨圖⟩（兮仲簋），其後因爲兮、乎二字形、音皆近，虖字所從兮旁遂類化爲從「乎」。

（劉釗 1991：176）

　　郝士宏則以爲虖字是在兮字上加注聲符虍而來的，虖字是兮字的注聲字。（郝士宏 2002：175）然而由兮、虖二字用法視之，西周金文虖字僅用爲「烏虖」這一個語氣嘆詞，之後逐漸擴大至其他用法。（郝士宏 2002：176）「兮」字在卜辭中多用作地名和語詞「郭兮」，西周時則僅見人名用法，在典籍文獻中未見「烏虖」的用例，可知「兮」、「虖」雖然都用作語氣詞，但在西周時期並無相同用例，兩者應非一字異體，因此，虖字是「兮」字加注「虍」聲而成的注聲字的說法，仍待商榷。

　　虖字只能暫時分析爲從兮、虍聲的同取式形聲字，可能是專爲「烏虖」這一個語氣詞所造的專字。

## 疑例 10、「牂」字

A、卯簋蓋

　　西周金文中有 A 字作 （卯簋蓋）、 （多友鼎），劉釗以爲 A 字是將字異體，其舉甲骨文將字作 （乙 145）、 （簠人 97），以爲 A 字是在甲骨文將字基礎上加注象聲。（劉釗 1991：133-134）然而，劉釗所舉甲骨文將字，在卜辭中皆爲人名用字，無義可證，不宜作爲討論構形演變之依據。

　　次者，A 字在卯簋蓋之文例「宗彝 A 寶」釋爲「宗彝牂寶」，其將 A 字釋爲{牂}，然而，卯簋蓋的彝字下方其實還有一個「一」字，「彝」、「一」二字十分接近，劉釗因此遺漏了「一」字，A 字在卯簋蓋文例爲「宗彝一 A 寶」，與「彝牂」有異，不能直接釋爲彝牂之{牂}。次者，A 字卯簋蓋前後文爲「賜汝瓚章四，戠一，宗彝一 A，寶」，多友鼎則爲「賜汝圭瓚一，湯鐘一 A，鐈鋚百鈞」，據多友鼎文例 A 字應和「一」組成「一 A」的數量詞組，A 字不當釋爲牂器之{牂}。

　　又陳漢平釋 A 爲{將}，以爲 A 字是《詩・文王》：「祼將於京」，《周官・小宰》：「祼將之事」的將字本字，而卯簋蓋銘文的「A 寶」，指賞賜物均爲祼將之器具，因此稱爲「將寶」。（陳漢平 1989：203）然而，A 字辭例未見祼字，陳漢平認爲賞賜器具都是用來行祼祭，不知所據爲何？恐有增字解經的疑慮，若

是據討論中的 A 字作爲基礎連接裸祭，亦是不妥。總之劉、陳二人將 A 字釋爲{將}，在銘文釋讀上恐窒礙難通。

再次，劉釗將 A 字所從旁釋爲象字，但古文字中象、兔二字訛混嚴重難以判斷。李學勤將多友鼎的 A 字隸爲臠，釋爲{肆}，爲數量詞，鼎銘「湯鐘一 A」即一套編鐘之意。（李學勤 1990：129）而馬承源主編的《商周青銅器銘文選》則隸爲臠，釋爲{禁}，爲禮器的數量詞。（馬承源編 1990b：173）李、馬二人釋為兔類之字，其說亦有可能，因此 A 字從象或從兔仍待商榷。

綜合上述，劉釗所舉將字的甲骨文字形，缺乏文例無義可查；次者，A 字釋爲{鬻}或{將}亦無法通讀；再次，旁當爲象旁或兔旁亦無法釐清。劉釗之說恐怕無法成立。

### 疑例 11、「鼸」字

|  |
|---|
| A、師袁簋 |

鼸字西周金文作（師袁簋）、（鼸季鼎），何琳儀師以爲籀文子作，鼸字是從籀文子省，下部疊加爲音符，爲「鬣」之初文（何琳儀 1998：1435）。籀文子字和鼸字造字方法雷同，都取象囟上有髮之形，然而籀文子字象人的頭髮、身軀和四肢，指的是一個人，而鼸字乃指動物之毛髮（王國維 2002：173）。兩字絕非一字，彼此間當無構形演變的關係。

### 疑例 12、「徣」字

|  |
|---|
| A、魚鼎匕 |

戰國魚鼎匕有 A 字作，詹鄞鑫指出 A 字所從止形下有一粗筆橫畫，因此右半當從之得聲，讀爲「蚩」，與下字合釋爲「蚩尤」。（詹鄞鑫 2001：176）然而，古文字之字作（大克鼎）、（中山王嚳鼎）、（鄂君啓舟節）、（包山 7），止旁下面表示所到之處的橫畫，都是一筆就能完成的，但是魚

鼎匕 A 字右下部件，是無法一筆便能刻畫完成，絕非如詹鄞鑫所說的一道粗筆，而是多筆刻畫出來部件，因此，就字形角度，A 字應非從之旁。

何琳儀師釋爲「延」字，分析 A 字是在延字上加注丁聲所形成的繁文。（何琳儀 1998：1029）延、延、誕乃一字之分化。（季旭昇 2002a：124）文例「曰：A 有蚩匕」，A 字可讀爲「誕」，用爲語首助詞，可知 A 字釋爲「延」字合乎文義。

然而，上古音丁字在定紐耕部，延字（音誕）在定紐元部，兩字聲母同爲定紐，但是耕、元二部關係疏遠，要以丁聲作爲延字聲符，在語音上說不通。

張世超等以爲金文有「徝」字作 𢓊（士上卣）、𢓊（班簋），A 字即是徝字，只是徝字所從口形填實微變爲 A 字右下部件。（張世超等 1996：402）徝字在士上卣、班簋中亦用作語首助詞，和 A 字用法相同，因此，A 字釋爲「徝」，在銘文通讀上是沒有問題的。而且《集成》980A 所錄的魚鼎匕拓片，A 字出現之處鏽蝕嚴重，貞松摹本、羅振玉摹刻本與《金文編》所摹，A 字右下部件是否正確，仍待仔細觀察。頗疑 A 字右下應仍從口形部件，但因爲鏽蝕嚴重而被誤摹爲丁形。

## 疑例 13、「霈」字

A、妾子𤔲壺

戰國中山國文字有 A 字作 （妾子𤔲壺），辭例爲「潸潸流 A」，學者均釋爲{涕}，訓爲「眼淚」，但對 A 字構形的說解學者則各有不同。張政烺將 A 字隸爲霈，從雨、梯聲，梯是梯字之異體，雨旁則表示流了許多眼淚，具有誇張之意。（張政烺 2004c：509）何琳儀師亦將 A 字隸爲霈，從雨、從米，弟聲。但認爲米旁是疊加音符。（何琳儀 1998：1241）張世超等則認爲 A 字左下偏旁應是水旁筆誤之變體。（張世超等 1996：2632）觀察 A 字左下部件的中間筆畫，爲似 S 型的曲筆，而戰國從米之字作 （睡・秦律 179）、 （中山王𧊒鼎）、 （郭店・成 13），米字中間豎畫皆爲直筆，和 A 字左下部件的曲筆明顯有異，因此不宜將其釋爲米旁，而應如同張世超所說爲水旁。

朱德熙、裘錫圭隸爲「霈」。（朱德熙、裘錫圭 1999a：104）張世超等亦隸

爲霈，以 A 字左下部爲水旁筆誤，又受上文「濟」字作 的影響，涕字遂類化爲從雨。（張世超等 1996：2632）上文認爲 A 字左旁應是水旁，而且根據字義 A 字應釋爲{涕}，而「涕」爲液體正應從「水」。至於從雨旁的原因，張政烺表示誇張之意，張世超等則以爲是類化所致，兩人由形、義兩種不同的角度分析，皆有一定道理。

　　總之，A 字當隸爲霈，從雨、涕，涕亦聲，爲一形聲結構。

## 疑例 14、「音」字

| | |
|---|---|
| A、曾編鐘下一 1〔1〕 | B、曾編鐘中一 11〔1〕 |

　　戰國楚系有 A、B 二字作 （曾編鐘下一 1〔1〕）、（曾編鐘中一 11〔1〕），二字實爲一字異體。何琳儀師以爲 B 字所從 旁爲章字割裂筆畫。（何琳儀 1998：1454）但是章字構形作 （師遽方彝）、（史頌簋）、（包山 77）、（郭店・尊 39），中間田形部件的筆劃似未見有分割之例。（許文獻 2001：59）就字形而言，何琳儀師釋章之說，恐無法成立。

　　裘錫圭、李家浩認爲 B 字所從 、旁皆是加注辛聲的書字異體。（裘錫圭、李家浩 1985：149）這兩個偏旁未見獨體，無法得知字義，但郭店簡〈語叢四〉21 簡有從 旁省的 ，隸作遣，其文例爲「善使其民者，若四時，一 一來，而民弗害也」，裘錫圭認爲遣有往意，正和「來」字相對。（裘錫圭 1998：219）上博〈性情論〉27 簡亦有從 的 ，其文例爲「凡身欲靜而毋 」，周鳳五隸爲遣，正與「靜」字相對，遣字有往、動之義，指身行想要平靜，就不可躁動。（周鳳五 2002：15）由楚簡從 旁之字可釋爲遣來看，、可能是書字之異體。而上古音書、辛皆爲溪紐元部，兩字雙聲疊韻，書字可增繁辛聲作爲聲符。

　　雖然，、二旁，在音、義作爲書字異體皆能成說，但在古文字資料中，兩者皆用作偏旁，從未見獨體之例，將其視作注音形聲字實難心安，因此暫時保留此例。

## 疑例 15、「甹」字

| A、司馬成公權 | B、司馬成公權 |
|---|---|

　　戰國晚期趙國的司馬成公權，其銘文記載該權的製造相關人員與該權重量，是研究戰國衡制的重要實物。﹝註 1﹞該器銘文「禾石=半石 AB石」，自名訂定該權重量的標準，是了解戰國衡制最爲關鍵的一句，何琳儀師以爲 A、B 合爲一個字，隸定爲「」，從甹，平爲疊加聲符，「甹」之繁文。（何琳儀 1998：827）推測何師此說是根據晉系璽印有：（璽彙 2949）、（璽彙 2952），何氏以爲這一系列字，都是從甹，增繁平聲的甹字繁文。（何琳儀 1986：143）﹝註 2﹞然而，觀看司馬成公權拓片，A、B 兩體保有一定間距，同拓片構形屬於上下式的「吏」字、「與」字作，它們的上下部件都緊密相依，尤其是吏字爲該行最後一字，下方尚有可供刻劃的空間，但吏字上下兩部件仍緊密相依，以爲 A、B 是一字的兩個偏旁，恐有待商榷。

　　黃盛璋將 A 釋爲{甾}，B 釋爲{平}，該句讀爲「秙，半石甾平石」，甾是盛糧器，意思是用秤穀物的半石甾作爲標準，來校正制作禾石權的重量。（黃盛璋 1989：28）以一個容器「甾」的重量作爲標準重量雖有道理，但如此一來連民間用來盛糧的工具──「甾」，這麼普及通俗的農作工具，也須要訂定統一規格了，否則民間自行製作容量不一的甾，來作爲制定重量標準，似乎失去作爲標準的意義。次者，黃盛璋對於「半石」爲何？沒有進一步解釋，「半石」與「甾」的關係亦無說明。因此，考量甾器容量是否能當爲重量標準，與「半石甾」一

﹝註 1﹞ 本文從黃盛璋之說，將司馬成公權的年代國別定爲戰國晚期的趙國器。（黃盛璋 1980：104-106）

﹝註 2﹞ 何琳儀師解釋晉璽諸字構形爲「用會意字的某一偏旁局部筆畫，略加變化，成爲形聲字」。（何琳儀 1986：143）其文義當指變形聲化而非疊加音符，在此特做說明。

辭的實質內涵不明的情況下，司馬成公權重量制定的標準，只得存疑暫闕。

綜合上述，A、B 當是兩字，而非甹字增繁平旁標音，A 字可暫時隸定爲甾，其義涵尙待進一步考證；B 字當爲平字，訓爲{標準}之義。

### 疑例 16、「集」字

A、楚王酓忎鼎

集字甲骨文作（前 5·37·1），象鳥止於木上，爲《說文》雧字或體：「集」。西周金文作（毛公鼎）。戰國文字作（包山 1）、（郭店·緇 37），承襲殷商西周文字。或作（上博·緇 19）、（包山 164），隹旁與木旁共用中間豎畫。或作（鑄客鼎）、（噩君啓車節）、（包山 194）、（郭店·五 42），於集字上增添贅旁「宀」。又作（楚王酓肯鼎）、（楚王酓忎鼎）、（集脰鎬）、（鑄客盧）、（大府鎬），朱德熙、裘錫圭將 A 字隸作，下部所從集旁左右兩部分離，左側木旁與隹旁或共用豎畫；上部從「亼」旁，爲加注的聲符，A 字就是現在的「集」字。（朱德熙、裘錫圭 1999c：6）楚王酓忎鼎中，分見 A 字與增繁宀旁之集字，辭例同爲「A 脰」，可知 A 字誠如朱、裘所言確實爲「集」字異體。

然而，《說文》所謂的「亼」字，似乎用作獨體字未見，〔註 3〕而《說文》從亼諸字各有來由，如從倒口之形，如「今」、「僉」、「龠」，或象盒蓋之形如「合」；因此，亼字是否存在仍有待商榷。

次者，楚國集字常見增添宀形爲贅旁，〔註 4〕相對的，加注亼形部件的集字，

---

〔註 3〕《說文》的「亼」字，在《類纂》所收卜辭中，僅在「今夕」（《合集》33067、34715）、「今日」（《合集》4632 正、23685、27168、27416、《英國所藏甲骨集》1906）、「自今」（《合集》1086 正）等三個文例，合計共出現八次，實際核對拓片，將殘缺不清造成《類纂》誤摹的《合集》33067、34715、27168 扣除，獨體「亼」字共出現五次；這些例子原本都是「今」字，頗疑是「今」字漏刻，而非「亼」字。《甲詁》、《類纂》、《殷墟甲骨文通釋稿》亦無收「亼」字，是否有《說文》的「亼」字仍待商榷。

〔註 4〕戰國文字增添「宀」爲贅旁的文字構形演變現象，可參閱何琳儀師。（2003：216）

卻僅有上述五例，文字演變有其規律性，頗疑 A 字上部所從的△形部件，和其他加注宀旁的集字相同，都是增繁宀旁為贅旁，而非加注△聲，宀旁下部多出來橫畫，或許是工匠受了隹旁右部橫畫的影響，於是在宀旁下增加一橫筆為飾，這類構形演變又出現在賽字作（包山 200）、（江陵秦家嘴 99 號墓竹簡），賓字作（郭店・性 66），蘆字作（郭店・性 25）、（望山二・91），賽、賓二字本從宀旁加注橫筆變為△形部件，蘆字上方部件訛變為△形部件，△字與這三個字聲音關係疏遠，不可能作為聲符，以此類推，集字所從的△形部件當非聲符，可能是贅旁。

　　綜合上述，A 字上部當是增繁的宀形部件，受到隹旁構形影響，遂在宀旁下又多了一道橫筆，A 字當非加注△聲而成的注音形聲字。

### 疑例 17、「於」字

A、郭店・語一 22

　　烏、於本是一字，西周金文作（沈子它簋蓋）、（班簋）、（毛公鼎），李孝定以為象烏引吭而鳴之形。（李孝定 1992：142）或作（叔趯父卣）、（禹鼎）。上端象烏喙引吭之形，與烏身割裂分開。

　　春秋戰國以降，烏字多承烏身與烏喙割裂的寫法作（黏鎛）、（庚壺）、（中山王響壺）、（郭店・唐 8），劉釗以為此類烏字構形，割裂出來的筆劃，受到漢字聲化趨勢的影響，遂變形聲化為勹聲。（劉釗 1991：203）然而，古音烏字在影紐屋部，勹（伏）字在並紐職部，兩字聲母所屬影、並二紐遠隔，語音關係難以聯繫，勹字要作為烏字聲符，尚待商榷；烏字割裂分出的部件寫成人形，當只是單純字形類化現象。

　　楚系烏字或作（鄂君啟舟節）、（包山 193）、（郭店・緇 46）、（郭店・成 11），烏身已不復象形，多簡省訛變為、等形；次者，烏身與烏翼完全分離，此形為《說文》古文的烏字作，和今日於字之來源。

　　又郭店簡烏字作（郭店・語一 22）、（郭店・語一 23）、（郭店・語一 33）、（郭店・語二 1）、（郭店・語三 50），這一類烏字所從烏旁象形

意味濃厚，何琳儀師據 （郭店・語一 22），以為 A 式右側所從部件，為後世增繁的羕聲。（何琳儀 2003a：223）推測何氏說法，是將該字右側羊形部件與下方的三道斜筆合起來視為羕聲，然而，觀察戰國楚系羕字作 （郭店・老甲35）、（郭店・尊 30）、（郭店・性 34），羕字下部所從永聲，多訛變為三個人形部件，〔註5〕和〈語叢一〉22 簡烏字的三道斜筆，兩者構形相異；而且烏字的 A 式寫法，下方除了寫作三道斜筆外，另有一筆和二筆的寫法，和羕字多從三個人形部件亦不相同，若將此視為省略同形，則礙於今日出土資料中，未有羕字省略人形之例，恐難成說。

次者，楚系羕字所從羊旁，僅作羊角部分，但烏字 A 式寫法，右上側所從部件，中間豎畫皆貫穿兩道橫畫，兩者上部構形亦是不同。因此就字形而言，烏字 A 式構形增繁羕聲的說法，尚待商榷。

烏字 A 式僅見於郭店簡〈語叢一〉、〈語叢二〉、〈語叢三〉中，此三篇的竹簡形制與文字風格相近，書手當為同一人，此式構形當為該書手特有寫法，特意凸顯烏字的鳥旁，左側所從鳥旁象形意味濃厚，鳥首、身、翼、爪俱全，鳥翼或與鳥身斷裂，遂成一至三道的斜筆。

A 式右側偏旁，羅凡晟以為類化為「羊」形部件。（羅凡晟 2000：254）戰國文字中雖類化為羊旁的例子頗多如：

| | 類化為羊角形之前 | 類化為羊角形之後 |
|---|---|---|
| 敬 | （師酉簋） | （中山侯鈇） |
| 蘿 | （甲 1850） | （郭店・六 24） |
| 蔑 | （保卣） | （郭店・六 36） |
| 備 | （㱥簋） | （包山 213） |

然而，僅以字形類化來解釋羊形部件的來源，證據稍嫌薄弱，無法解釋古文字中眾多從「人」之字，何以多不類化為「羊」形部件，因此，人形如何過

---

〔註5〕《戰國文字編》、《戰國古文字典》所收郪陵君王子申豆、郪陵君鑑的羕字構形，其下作三道斜筆，然而兩處銘文鏽蝕嚴重，很難觀察羕字下部筆畫究竟為何？不好作為例證；次者，筆者再反覆觀察字形後，以為二例下部應仍從三個人形部件。

渡羊形，需要進一步疏通；觀察其他戰國烏字作 (郭店・緇46)、 (郭店・成11)，疑烏翼省略而成的兩道橫畫，延伸筆劃貫穿了人形部件，變爲如 (郭店・語二1)的右側構形，「人」形部件的中間豎畫多了兩道橫畫，與羊旁構形十分相似，才進一步類化爲羊形，烏字構形本身提供人旁訛變的空間，否則人形部件是不會類化爲羊形的。

次者，或可由音韻方面推之，上古音烏字在影紐魚部，羊字在余紐陽部，兩者韻部魚陽對轉，上古音聲母影、余二紐語音關係稍嫌遠隔，但是，羊字中古音屬以母，而據李玉統計秦漢簡帛中通假的例子，影母與余母通假數爲四十次，處於常常通假的臨界線。（李玉 1994：15）丘彥遂統計郭店簡中的余、影二母通假資料，共有「愄：威」、「愄：畏」、「安：焉」等三例，共二十二次。（丘彥遂 2002：85）可知郭店簡的余、影二母語音關係似乎匪淺，我們或可推測烏字 A 式左側，可能受了聲化趨勢，遂由人旁變形聲化作羊聲。

綜合上述，烏字的 A 式構形非增繁了永聲，左側所從的人形部件與鳥翼省簡而成的橫筆結合，進一步變形聲化爲羊聲。

## 疑例 18、「諜」字

| A、包山 22 |
| --- |

包山簡有 A 字作 （包山 22）、 （包山 27），暫且隸定爲諜，何琳儀師分析爲從言、從對，疊加刀聲作爲聲符。（何琳儀 1998：1216）黃錫全則認爲右旁是「帶」，其下加注刀聲。（黃錫全 2001：7）A 字究竟如何分析？是否爲疊加刀聲的注音形聲字？關鍵就在此字所從右旁（以下以 G 表示）爲何，G 旁一橫之下幾乎都有「✕」形部件，「✕」形部件可說是 G 旁最大特色，因此任何對 G 旁的釋讀，都必須能夠合理說解「✕」形部件的演變由來，否則在字形上都是不圓滿的。

楚簡文字所見從言從 G 旁的字，共有下列六式：

| A 式 | 包山 22 | 包山 27 | | |
| --- | --- | --- | --- | --- |

| B 式 | 包山 42 | 包山 54 | 包山 125 | 郭店‧窮 1 |
|---|---|---|---|---|
| C 式 | 郭店‧五 8 | 郭店‧五 13 | | |
| D 式 | 包山 157 | | | |
| E 式 | 郭店‧語一 68 | | | |
| F 式 | 包山 12 | 包山 126 | | |

A 式從言從屮從人（或刀）；B 式從言從屮；C 式從言從屮從又；D 式從言從屮從大（或矢）；E 式則從言從屮從廾；F 式從言從叟。叟旁的下半部，學者多以爲是又旁，〔註6〕董蓮池以爲叟旁非從又旁，但未詳細論證。（董蓮池 2000：201）叉形部件雖然類似「又」旁，但楚系又字似乎未見左上手指是相交疊合的，又字兩筆卻是分開的，將叉形部件釋爲「又」旁是不妥的，筆者屮部件在演變過程中筆劃割裂，由一個部件分裂爲川、叉二部件，下文我們對學者對 G 旁的說法進行討論。

劉彬徽等人將包山簡中從言從 G 的諸字，隸定爲譯。（劉彬徽等 1991：373）但就字形而言，古文字的「對」字構形多從丵從土從又（或廾或卅），有省土之例，亦有省手之例，但省土者不省手，省手者不省土，又有從貝者。（陳昭容 1997：141-142）而省土旁的對字，可以解釋從又、從廾的字形，但對 A、C 二式何以從人（刀）旁和大旁，就無法得到合理解釋，因此將 G 旁認爲是對字顯然是有問題的。次者，學者訓解「對」的諸義，只能用來解釋包山楚簡的用例，對於郭店楚簡的用例就無法通讀。（李運富 2003：2-3）因此，從字形與意義兩面來看，從言從 G 旁的諸字釋爲譯，有再討論之空間。

---

〔註6〕將「屮」下半部釋爲「又」旁的學者如：黃錫全（2001）、李運富（2003）。

※「對」字形分析

| 從丵從土從又 | 叔卣 | 競卣 | 靜簋 | 頌鼎 |
| --- | --- | --- | --- | --- |
| 從丵從土從廾 | 虁簋 | | | |
| 從丵從土從廾 | 永盂 | 師旂鼎 | | |
| 從丵從土（省手） | 亳鼎 | 無𢆶鼎 | | |
| 從丵從又（省土） | 猷鐘 | 卯簋 | 同簋 | 胸簋 |
| 從丵從廾（省土） | 伯晨鼎 | 王臣簋 | 多友鼎 | |
| 從丵從廾（省土） | 柞鐘 | 盠尊 | | |
| 從丵從土從又從貝 | 彔伯簋 | | | |

　　劉信芳將從言從 G 旁釋為「詳」，從言，丵聲讀為「督」，引《說文》督有「察」之義項，無論包山簡或郭店簡之文例，意義上皆能通讀。（劉信芳 2000b：393）但是字形方面則有待商榷，丵字僅見於字書，文獻中似未見獨體丵字，而且從又、從廾、從人、從大的各種寫法如何演變而來？這兩個問題都是釋 G 旁為丵尚待解決的。（李運富 2003：3-4）

　　張光裕、袁國華隸作詧，《說文》：「詧，言微親察也。從言，察省聲。」但丵和察省聲的夕夂字形無法溝通，亦不能釐清 G 旁下部所從的人、又、廾從何而來，故從言從丵隸作詧並不恰當。（張光裕 1999：3）

　　許學仁將從言從 G 旁的諸字隸作諜，在包山簡的諜字所從聲符──「業」聲與「驗」陰陽對轉，通讀為「驗」，郭店簡〈五行〉的諜在盍部、察在月部，

盍、月旁轉，謙可以讀爲察。（許學仁 2002：123-124）然而，業字下部構形從木或從大，無法解釋從人、從又、從廾的構形由何而來，所以將 G 旁釋成「業」也是不妥的。（李運富 2003：3）

黃錫全以爲 B 式出現次數最多，是這一個字的主要形體，分析這個字必須以此構形爲依據，在這個前提下，他分析 G 旁下部從╳，有時像又，一橫上面爲四小短豎畫或省簡爲三短豎畫，其下或從刀、或從又、或從矢，G 旁也就是「帶」字，從言從 G 隸定爲「譖」，並以爲「譖」是「諦」的異體字，「諦」字具有「審」義，並舉一枚晉系的尖足空首布上的文字，黃氏將幣上文字隸定爲「下帶」，以證明 G 旁確實爲帶字。（黃錫全 2001：6-8）但 G 旁如果是帶字，就無法解釋郭店簡〈五行〉從「又」與從「矢」如何演變，對從「矢」的字亦不能交待，就形體演變來講釋爲「帶」有其缺陷。（李運富 2003：4-5）。次者，釋爲帶字除了無法交代 G 旁下部的構形演變，帶字僅在甲骨文有黃錫全分析的從「╳」的構形，但戰國楚系的帶字，卻都沒有「╳」的構形，如🔲（包山 219）、🔲（包山 231）、🔲（望山二 50）、🔲（信陽二 2），因此 G 旁和帶字構形並不相類。復次，黃錫全所根據的該枚錢幣屬晉系，用來作爲考釋楚系文字的重要佐證，恐怕有待商榷。

葛英會隸定作「譨」從言，美聲，讀作「蔽」訓作「斷」。（葛英會 1996：175）李運富認爲美並不獨立存在，漢字中從美都是僕字之省，從言從 G 旁就是譨字，從言，僕省聲；並詳細論證諸式演變的過程：B 式僅存 G 旁將其他部件全部省略，A 式是將人移到右下，D 式則將右下的人換成從大，E 式則省掉人形而下面仍從廾，將廾換成從又就成了 F、C 式（筆者案：F 式並非從又此暫據李氏說法）字義方面，李運富指出「覆」具有「察」、「審」的假借義，「譨」就是具有「察」、「審」假借義的「覆」的本字。（李運富 2003：4-7）

李氏花了極大力氣證明 G 旁就是僕省聲，但 G 旁一橫下大多從╳形，只有少數兩個作🔲構形，楚系確切從美諸字，卻沒有一例從╳形部件：

| | | | | |
|---|---|---|---|---|
| 僕 | 🔲<br>包 133 | 🔲<br>包 155 | 🔲<br>郭·老甲 18 | 🔲<br>郭.老甲· |
| 緤 | 🔲<br>包 270 | | | |

| 樸 | 郭・老甲 9 | 郭・老甲 32 | | |
|---|---|---|---|---|
| 鏷 | 包 260 | | | |

　　既然業都不從╳形部件，則 G 旁釋爲從「僕省聲」也就有待考慮了，至於包山 128 簡、128 簡反的兩例作「𢆶」不作「╳」，筆者以爲作「𢆶」是受到「言」旁影響，所形成的自體類化現象，不能作爲從「業」的證據。再次，李氏認爲譧就是具「審」、「察」等假借義的「覆」之本字，這種說法也是問題的，譧字倘若眞是一個省聲形聲字，則其義符──「言」必須能表「審」、「察」的意義，才能「以事爲名，取譬相成」的形聲造字原則，雖然「言」先秦確實有「問」的義項，能和「審」、「察」的意義溝通，但是「問」義畢竟是「言」較罕用的義項，形聲字造字時，當不會取義項不夠明確的義符來造字，故李氏尚欠周詳，即便從言從 G 旁是「譧」字，「審」、「察」也只是「譧」的假借義而非本義。

　　劉釗以爲 G 旁就是辛字變體，古文字中從「辛」或從與「辛」類似的形體的字，其上部都會變成🌱和 G 旁相似，而下部的多種變體應該是在演變中產生的訛變或類化。（劉釗 2002：277-278）劉釗釋 G 旁爲辛雖然有一定道理，但對下部的演變僅以訛變與類化帶過不予解釋，則不免失之馬虎，應力求釐清文字的演變過程較爲恰當，畢竟將 G 旁認爲是辛，是無法對下部從刀、從矢、從又的產生有合理的交代。

　　董蓮池是 G 旁爲隸𦍒，從言從 G 應隸爲𦍒，爲辯字之省文，《古文四聲韻》收辯字古文作🌿，正是二戴辛之人以言訟爭之意，又因省略同形省略了一個𦍒，所以辯字古文又作🌿、🌿，也就是從言從 G 旁。

　　G 旁上從辛下從人，人上戴辛會罪人之意。辛在演變過程中，往往上部會加上三（或四）短豎畫，變作🌱的構形，如宰所從的辛旁，由🔲（師湯父鼎）變爲🔲（魯𤔲父簋），辛旁的演變學者多以肯定。楚簡中人旁居於其他偏旁下時或作「ヘ」形，如🔲（包山 237，先）、🔲（包牘 1，長），G 旁下所從應該就是這類人旁，「只不過爲求書寫便捷，把本應先 V 後ヘ的四筆寫法一徑作兩筆連寫，結果變成了形『╳』」。（董蓮池 2000：201-202）然而，觀察從 G 之字上部

皆作「山」形，其上部均加上短豎畫，但是《古文四聲韻》所收辯字古文的辛旁上部卻無產生相同構形演變，兩者構形有別是否為同字恐有待榷。〔註7〕

次者，董蓮池認為書手為求書寫便捷，因此將辛、人二旁連寫為「╳」形，但是人形寫作「人」非其常態寫法，人形居於其他偏旁下常見寫法作 （郭店·性7，偃）、 （郭店·尊21，佷）、 （郭店·老甲15，散），和獨體使用的人字「 」相同，以罕見的人旁構形作為立論基礎，進而分析辛、人二旁連寫為「╳」形部件，其證據亦稍嫌薄弱。

再次，董蓮池所舉辯字構形出於傳世字書《古文四聲韻》，此類字書再傳鈔中是否發生訛誤，其構形是否正確仍有商榷的空間，因此字書所收古文構形雖然可作為考釋古文字的證據，但是以字書所收古文構形做為唯一證據，沒有其他古文字材料作為證據便以此立說，其可信度亦待商榷。

經由上文討論，筆者以為諸家對從言從 G 旁的說法都有待商榷的空間，何琳儀師、黃錫全主張 A 字是對（帶）加注聲符刀的說法，自然是不可靠的。次者，對、刀二字上古音分為物部、宵部，兩部韻遠，光靠聲紐的語音聯繫，便將刀字釋為對字的聲符，顯然仍待商榷。相同的，帶字端紐月部，刀字端紐宵部，韻部亦遠隔，刀字是無法作為帶字聲符。

## 疑例 19、「合」字

A、望山二 47

戰國有 A 字作 （信陽一 9）、 （望山二 47）、 （郭店·老甲 34），學者多隸為會，為合字之異體，在文例中讀為{答}，如信陽一號墓竹簡 9 簡：「天下為肱，女可 A 曰」。（劉雨 1986：125）或訓解為{對}，如望山二號墓簡 47 簡：「雕杯廿_A」。（裘錫圭、李家浩 1995：125）或訓解為有蓋之器皿，如望山二號墓簡 54 簡：「二 A 盞」。（裘錫圭、李家浩 1995：125）或訓解為「交合」，如郭店簡〈老子甲〉34 簡：「未知牝牡之 A 然怒，精之至也」。A 字釋為{合}於文例中皆能通讀，A、合為一字異體在用義當可成立。

---

〔註7〕此意見為沈寶春師於論文初審意見中所提示。

　　就字形而言，裘錫圭、李家浩分析 A 字從曰，合聲。（裘錫圭、李家浩 1995：125）然而，古文字曰字多作 ⊔（虢季子白盤）、⊔（包山 125），從口，「一」形是指事符號，表示口向外的動作。（季旭昇 2002a：381）曰字所從「一」形必須在口形之外，才能表示向外之義，但 A 字下部的「一」形卻是在口形之內，與曰字構形相異，且和曰字造字取義相互牴觸，因此 A 字下部應非從「曰」。

　　何琳儀師則以爲 A 字從口（或作甘），合聲。或說甘爲疊加音符。（何琳儀 1998：1387）古文字的甘字作 ⊔（包山 236）、⊔（包山 242），與 A 字下部構形相同，都是口形中有一橫畫，就字形而言，A 字下部可能從甘形部件。但甘字多指食物味道甘美，和合字意義關係不深，甘形應非爲 A 字義符。

　　從上古音來看，合字爲匣紐緝部，甘字爲見紐談部，聲母喉牙音可通，但緝部和談部爲旁對轉，語音關係較爲疏遠，將甘字視爲 A 字的聲符在音理上是很危險的。

　　林清源師認爲楚國文字常增添甘旁作爲贅旁，A 字所從甘旁應是贅旁性質。（林清源 1997：93）上文已述合、甘二字音義皆疏，林師將甘旁理解爲贅旁，應是較妥帖的說法。

## 疑例 20、「㜺」字

| A、郭店・老乙 6 |
| --- |

　　郭店簡〈老子乙〉有 A 字作 （郭店・老乙 6）、 （郭店・老乙 6），學者多對照今本老子「寵辱若驚，貴大患若身」，將 A 讀爲驚。但對 A 字構形則有不同的看法，整理小組隸定爲從糸從㜺，據《古老子》嬰字省作 ，因此 A 字爲「纓」字之省。（荊門市博物館 1998：119）裘錫圭則認爲此字從㜺從縈。但如縈字的糸旁兼充全字形旁，此字仍可釋作纓。（裘錫圭 1998：119）劉釗從裘錫圭之構形分析，但以爲 A 字釋縈字繁體，即在縈字上疊加㜺聲而成。（劉釗 2003：31）以上分析皆將 A 字上部分析從貝，謝佩霓分析目、貝二部構形雖然相似，但貝旁作 （包山 81，賜），其由左上角起筆往右；而目旁作 （郭店・五 47），其由左上角起筆往下。可知貝、目構形仍有別。（謝佩霓 2002：

102-103）謝佩霓據從貝、目二旁筆勢寫法，分析 A 字不從睍旁，言之有理應可信從，如此一來，則 A 字構形自然不是在縈字上加注睍聲所產生。

　　謝佩霓進一步分析 A 字構形爲從目縈省聲，以爲從目會懼怕之義，而讀如縈則與今本驚聲有所承接。（謝佩霓 2002：104）謝氏之說能夠兼顧今本老子和 A 字構形，其說應當可從。

## 疑例 21、「曓」字

A、中山王響鼎

　　古文字中的早字遲至戰國時方見，秦系文字作早（睡・秦律 5），楚、晉二系文字作 曓 （中山王響鼎）、曓（郭店・語四 12）、曓（郭店・老乙 1），何琳儀師分析早字構形爲從日從甲，會日始出之意。（何琳儀 1998：227）然而，秦系的甲字作甲（新郪虎符）、甲（杜虎符），由∩形和十形部件構成，但是秦國早字下部作十形，與甲字構形並不類，可見秦系早字從甲之說仍有斟酌之空間。

　　楚、晉二系的早字，何琳儀師以爲從早，疊加棗聲，兩者借用中間豎筆，爲早之繁文。（何琳儀 1998：227）然而楚系早字構形並無中間橫畫，與秦國早字所從十形部件構形不類，楚系當從日旁，而不從早旁。六國早字應隸定爲曓，從日，棗聲。季旭昇師更以爲曓字是爲「早晚」義所造的專字。（季旭昇 2002a：533）綜合上述，何琳儀師以爲晉、楚二系的曓（早）字，爲秦系早字疊加棗聲的說法，在字形上是無法自圓其說的。

## 疑例 22、「隸」字

A、高奴禾石權

　　隸字始見於戰國秦系文字作隸（高奴禾石權）、隸（睡・封 51），何琳儀師認爲隸字從隶，柰爲疊加聲符。（何琳儀 1998：1245）季旭昇師指出文獻的「隶」字未見用爲「隸」之例，而且隋朝前的隸字都是從又、從柰，從未見

從隸之例，因此隸字是否從隸，是值得懷疑，並推論隸字構形應是「從又持米奈聲」或「從米叙聲」，隸的本義可能即是「奴隸」。（季旭昇 2002a：209）隸字在典籍文獻、出土資料中多用作「及」或人名，而隸字則多用作「奴隸」、「附著」，隸、隸二字意義多無交集，應是不同的兩個字，因此，兩字構形並無演變關係，非疊加聲符現像。次者，季旭昇師指出隋朝以前的隸字除了《說文》所收字形以外，其餘均不從隸，而是從又、米，懷疑隸字不從隸，也是很有道理的，《說文》所收隸字從隸，應是戰國隸字的右旁訛變而來，或解釋爲受隸字影響類化而成。

　　季旭昇師透過形、義兩方面觀察，指出隸字初文當從又、田、奈組成，但似乎都無法得出隸字本義是「奴隸」，對於此說暫且保留。

# 第二節　被注字與增繁聲符語音疏遠

　　形聲結構中的聲符最重要的功能，就是用來標注該字語音，注音形聲字是用字者對語音自覺追求的標誌，其加注聲符功能就在紀錄字音，因此，本文認爲被注字和增繁聲符得聲韻關係皆須相近，有些學者認爲的注音形聲字，卻僅有聲母或韻部其中之一相近，另一者則語音關係疏遠，對於此類字是否爲注音形聲字，本文抱持存疑之態度，不納入注音形聲字之中。

## 疑例 23、「斧」字

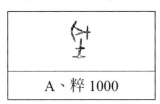

A、粹 1000

　　甲骨文有 A 字作（粹 1000），于省吾認爲甲骨文有斧字作（乙5296），象橫列的斧形，並舉《尚書·牧誓》：「稱爾戈」，與甲骨文每言：「王其再」（合集 32535）爲證，將「更再，乎帝降食，受佑」解釋爲舉起斧頭進行祭祀，呼籲上帝降臨受享，以祈福佑。A 字就是在形孳乳而成，其構形從斧，午聲。（于省吾 1979：344）季旭昇師從禮制上著眼，指出殷商時期「斧」是階級身分較低的人用的工具，商王祭祀典禮應當不會出現「斧」這一類器具。（季旭昇 1997：196）季師之說頗有道理，而且于省吾所謂《尚書·牧誓》的

「稱爾戈」，乃武王與軍隊宣誓要擊垮夏朝時所作的舉動，和該句祭祀上帝祈求福佑，兩者在本質上是不同的。次者，卜辭屢見「王其禹」雖係用來祭祀祈福的儀式，但是性質應是玉器的一種，和作爲武器類的斧頭，在本質上頗有差異，彼此應不能類比，而且以具有殺傷力的斧頭來作爲祈福祭祀的儀式，亦有違常理，總之，將字釋爲斧字仍有待商榷。

次者，上古音斧字爲幫紐侯部，午字爲疑紐魚部，幫、疑二紐語音差距過遠，午字恐無法標注斧字音讀。

綜合上述，將字釋爲斧字恐無法通讀，而且斧、午二字聲紐語音又有距離，A 字構形恐不宜分析從斧，午聲。

季旭昇師認爲字應爲「戌」字，即商王祭祀典禮時衛士所持的儀仗——「鉞」，A 字所從應釋爲「士」旁，A 字是一在戌字上加注義符「士」的形聲字。（季旭昇 1997：196-197）季旭昇師之說頗有道理當可信從。

## 疑例 24、「羕」字

A、合集 20769

甲骨文有 A 字作（合集 20769），黃天樹隸爲羕，分析爲 A 字從競省，加注羊字爲聲符。（黃天樹 2005：340）首先，此字構形殘泐不清，是否由羊、競二旁組成仍待商榷。次者，就上古音來看，競字在群紐陽部，羊字在余紐陽部，雖然二字疊韻，聲母群、余語音關係差距甚遠，羊字不宜作爲競字聲符。

## 疑例 25、「肇」字

A、服方尊

肇字西周金文作（服方尊）、（師望鼎）、（毛公鼎），劉釗以爲甲骨文有（燕 372）、（佚 340 背），隸爲戌，乃肇字初文，加注聿聲後

即肇字。（劉釗 1989b：82）朱歧祥師以爲甲骨文戶字作█（甲 589）、█（乙 1128 反），與█字所從部件不似，是否爲戌字仍待商榷。（朱歧祥 1992：310）甲骨文█字所從左旁都做長方形和戶形不似，要釋爲肇在字形上仍有疑慮。次者，上古音肇字定紐宵部，聿字余紐物部，兩字韻部相差太遠，就音理而言，聿聲無法標注肇字音讀。綜合上述，甲骨文█字釋爲肇字初文仍有疑慮，而且聿、肇二字韻部差距頗遠，劉釗之說在形、音皆有再商榷的空間。

## 疑例 26、「膺」字

A、毛公鼎

膺字西周金文█（膺公觶）、█（毛公鼎）、█（師𣄼鼎），孫常敘分析膺字構形曰：

> 西周金文膺字不從广，而是從隹𠃜聲（常敘案：𠃜即古膺字。余另有別說。另詳。其字有作█（膺公觶）。█象鷹形。以其形與隹鳥形近，容易混誤……，故於鷹形之上，更著𠃜（膺本字）以標其聲。（孫常敘 1998a：32）

據孫氏之說，膺字本義當爲鳥獸之{鷹}，然而膺字在金文未見用作{鷹}義，其文例如「膺受大命」（師克盨、毛公鼎），釋爲膺受之{膺}，或爲「金膺」（師𣄼鼎），指當胸之馬帶，膺字似乎當從𠃜旁方是。次者，孫氏以爲膺公觶下部爲鷹字，多屬於臆測，沒有證據。總之，膺字下部未必從鷹，而且膺字用例多和膺字相關，因此膺字是在鷹字上加注𠃜聲之說，恐無法成說。

劉釗則指卜辭已有膺字作█、█（後 2・6・2），是在鳥形胸部用一指事符號，表示{胸}這一個概念，而西周膺字將圓圈指事符號改爲一短豎，並增繁人旁作爲音符（劉釗 1991：125）。然而，劉釗所舉的甲骨文膺字，在卜辭中皆殘缺不能卒讀，僅憑對字形理解就釋爲膺字，證據過於薄弱。次者，上古音膺字爲影紐蒸部，人字在日紐眞部，兩者語音關係疏遠，若無證據證明爲後世音變所致，人聲當無法標注膺字讀音。

## 疑例 27、「原」字

| |
|---|
| 冐 |
| A、大克鼎 |

　　原字西周金文作 冐（大克鼎）、冐（散氏盤），劉釗指甲骨文有泉字作 ⿱（鐵 203・1）、⿱（甲 930）、⿱（前 4・17・1），原字就是在泉字上追加厂聲而成。（劉釗 1991：128）雖然古籍文獻中泉、原意義相近，如《漢書・敘傳上》：「莫不同原共流」，顏師古注：「原，水泉之本」，《淮南子・原道》：「原流泉浡」，高誘注：「原，泉之所自出也」。

　　然而，上古音泉字在從紐元部，原字在疑紐元部，厂字在曉紐元部，三字韻部疊韻，但齒音從紐和喉牙聲母關係遠隔，泉、原讀音有異當非一字，而且厂聲亦無法標注泉字音讀。

　　《說文》分析原字曰：「從灥出厂下」，裘錫圭亦以為原字即源字初文，乃以泉出厂下表示水源之義。（裘錫圭 1993：149）水的源頭往往出自山崖，厂旁作為原字義符頗為合理，原字構形應為會意結構。

## 疑例 28、「散」字

| |
|---|
| 𥾋 |
| A、羊角戈 |

　　甲骨文散字作 𣀈（甲 1360）、𣀈（佚 292），當隸為㪔，象從攴擊㮐之形。（季旭昇 2002a：337）兩周文字作 㪔（散盤）、𥾋（羊角戈）、𥾋（陳禦寇戈），劉釗以為兩周散字在甲骨文基礎上，加注月旁作為聲符。（劉釗 1991：120）然而，上古音散字為心紐元部，月字為疑紐月部，心、疑二紐語音關係疏遠，典籍中亦罕見散、月相通的例子，月旁應無法標注散字音讀。

　　季旭昇師以為散字的這兩種寫法，非一字的構形演變，而是散字有兩個來源，一個是從攴擊㮐的㪔字作 𣀈（甲 1360），另一類則為酒器「斝」，月形為斝體的訛變，竹形是斝柱，攴形則是又形的繁化遂作 㪔（散盤），其後合流，秦以下文字的散字作從㮐從月形。（季旭昇 2003：338）𣀈、㪔二形除了月

旁的顯著差異外，其他偏旁確實形似，可惜秦文字之前無從𢼸從月形的散字，使得、合流過程缺少一個環節而顯得不夠確鑿，但仍可備一說。

## 疑例 29、「差」字

A、同簋

差字西周文字作（同簋），《說文》分析「差」字是由從𠂹、左二旁構成，何琳儀師承襲《說文》的構形分析，但認爲差字應從左旁，「𠂹」旁則是疊加在左字基礎上的聲符，並以爲　、左、差乃一字之分化。（何琳儀 1998：880）然而先秦古文字資料中，未有確定無疑的「𠂹」字，可供字形的比對，難以確定差字是否從「𠂹」旁。次者，就語音關係而言，上古音差字爲初紐歌部，𠂹字爲禪紐歌部，兩字聲紐關係疏遠了些，𠂹字恐不能視爲差字聲符。再次，就字義關係而言，差字主要義項有「差錯」、「差次」與「選擇」等，都和左字意義關係不深。雖然出土文獻中，差字常讀爲「左」，如同簋：「差右」讀爲「左右」，或讀爲「佐」，如鄦客問量：「差工」讀爲「佐工」，但是差字讀爲左應是音近通假所致，而非差、左乃一字。總之，左、差是否爲分化關係亦待商榷。將差字構形分析從𠂹旁或從𠂹聲，在形、音、義三方面都有再討論的空間。

夏淥分析差字是從來從左，會搓治加工麥粒之意，爲「搓」的本字。（夏淥 1978：62）觀察來字構形作（曶鼎）、（仲𠭯父盤），來字構形和差字上端相似，差別只在豎筆未突出於上方橫畫，但戰國有差字作（楚王熊悍鼎），差字中間豎筆突出於橫筆之上，可見差字上端確實是從「來」旁無誤。夏淥對「差」字形義的說解應可信從。

## 疑例 30、「寒」字

A、大克鼎

寒字西周金文作（大克鼎）、（小子𣪕鼎），《說文》分析寒字構形

爲「從人在宀下，以茻薦覆之，下有仌」，何琳儀師以爲宀旁既是義符，又是「疊加聲符」。（何琳儀 1998：983）然而，今日可見最早的寒字構形便已經具有宀旁，以具有「後加」義涵的「疊加聲符」來分析宀旁性質，不符合實際的寒字構形演變。次者，上古音寒字在匣紐元部，宀字在明紐元部，兩字韻部雖然同在元部，但明、匣二母關係疏遠，亦罕見通假異文之例，要將宀旁視爲寒字聲符也不恰當。總之，由今日可見最早的寒字構形，和宀、寒二字的語音關係看來，寒字應是從宀、茻、人的會意構形。

### 疑例 31、「灋」字

A、中山王𰯼方壺

中山王𰯼方壺有 A 字作 ，據辭例「可 A 可尙」，指該壺可作爲後人效法，將 A 字釋爲「灋」字應是沒有問題。而 A 字構形較西周灋字作 （大盂鼎）、 （克鼎）多了一「戶」形部件，何琳儀師對於 A 字構形分析有兩種說法，其一認爲戶旁可能爲義符，則 A 字是從戶，灋聲；其二何琳儀師以爲灋字從盍得聲，認爲戶旁是灋字後來疊加的聲符。（何琳儀 1998：1426）然而灋、戶二字意義並不相關，將戶形部件視爲義符是難以令人信服。至於後項說法，上古音灋字爲幫紐葉部，盍字爲匣紐葉部，戶字爲匣紐魚部，魚、葉二部相去甚遠，戶聲要標注「灋」音讀就韻部而言恐無法成說。

張政烺則以爲灋、去二者聲音關係疏遠，遂由「去」聲改從「屆」聲。（張政烺 2004b：470）屆字據大徐本爲劫省聲，則上古音爲見紐葉部，在音理上可做爲灋字聲符，可惜古文字資料中尚無「屆」字，以字書之字加以立論，仍覺得不夠圓滿。

戴家祥舉中山國的「賢」字作 （妾子𧊒壺），認爲 A 字和賢字的「戶」旁，都是中山王器銘特殊的增飾符號。（戴家祥 1995：2565）古文字構形演變常見增繁贅旁的現象，又有「賢」字增繁戶形贅旁的例子作爲佐證，A 字所從的戶形部件應是增飾符號，並無實質的音、義成分。

綜合上述，A 字所從的戶形部件應非義符或是聲符，戶旁可能和去旁構成

「屈」字，以作爲瀘字聲符，或說戶形部件是無義的贅旁，兩說當以後者可能性較大。

## 疑例 32、「殎」字

## 疑例 33、「殜」字

| | |
|:---:|:---:|
| A、中山王響鼎 | B、郭店・窮 2 |

戰國中山國文字有 A 字作 （中山王響鼎）、（中山王響方壺）、（妾子蚤壺），學者皆分析 A 字構形由世、歺二旁組成，隸定作殎，並且根據 A 字辭例「並立於 A」、「AA 無廢」、「三 A 無赦」，A 字均讀爲世，認爲 A 字爲世字異體。張世超等進一步指出歺旁是用來標注世字音讀的聲符。（張世超等 1996：476）

又有 B 字作 （郭店・窮 2）、（郭店・語四 3），可隸爲殜，據辭例「有其人，無其 B，唯賢弗行矣」（郭店・窮 2），「三 B 之福」（郭店・語四 3），可知 B 字讀爲「世」，劉釗認爲 B 字是在世字上疊加歺聲而成之字。（劉釗 2003：169）

然而，據《說文》：「歺讀若蘗岸之蘗」，上古音世字則爲書紐月部，歺字爲疑紐月部，兩字雖然同爲月部，但是聲母疑、書二紐關係疏遠，歺旁恐無法作爲世字的聲符。

張政烺分析 A 字構形爲從歺，世聲，以爲從歺之字多有死亡的涵義，而古人指終一人之身爲世，A 字就是隨著「歿世」語意的產生，而分化出的新字。（張政烺 2004c：509-510）然而，典籍文獻中沒有單用「世」字就具有「歿世」語意的用例，「歿世」是由「歿」與「世」字組成的偏正式合成詞，是用歿字來修飾世字，因此，世字本身當無「死亡」的涵義。次者，A 字在上文所提的文例中均與死亡沒有牽連，因此，從辭例上無法得知 A 字是否和死亡有關。綜合上述，世字和 A 字都不具有死亡的涵義，張政烺之說恐無法成立。

總之，透過辭例與字形的比對，將 A、B 二字釋爲「世」，其結構由歺、世二旁組成，而且「世」旁具有表義的成分，但 A 字所從「歺」旁的功用仍待研究。

## 疑例34、「贏」字

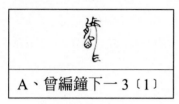

A、曾編鐘下一3〔1〕

曾侯乙墓鐘磬銘文有 A 字作（曾編鐘下一 3〔1〕）、（曾編鐘下二 1〔1〕），裘錫圭、李家浩隸定爲贏，是一個從「贏」聲的字，又引《國語·周語下》：「反及贏內，以無射之上宮布線施捨于百姓，故謂之贏亂，所以優柔容民也」，兩人以爲文例「A享」即《國語·周語下》中提及的律名「贏亂」。（裘錫圭、李家浩 1985：153）戰國楚系贏字作（仰 7）、（包牘 1），贏、A 二字除了中間部件構形稍有不同，其餘形體大致相同，而且辭例又和《國語·周語》「贏亂」相應，A 字確實是一個從贏聲的字。

至於 A 字所從的角旁，裘、李二人則沒有進一步的解釋。于省吾認爲角旁也是 A 字的聲符，角字古讀爲「彔」，A 字所從角、贏皆爲聲符，A 字是一個雙聲字。（于省吾 1983a：7）何琳儀師承襲角旁爲音符之說，又據曾侯乙墓鐘銘裡有不從角旁的贏字作（曾編鐘中三 6〔3〕），認爲 A 字是在贏字上增繁「角」旁，爲贏字的繁文。（何琳儀 1998：873）從語音關係來看，暫且接受角字古讀爲「祿」聲的說法，上古音贏字（音贏）在來紐歌部，角字（音祿）爲來紐屋部，聲母均爲來母雙聲可通，但歌、屋二部語音關係實屬疏遠，要將角旁作爲 A 字聲符，在音理上是說不通的。

饒宗頤則認爲曾國樂制以「角」爲主聲，因此 A 字增加角旁爲義符，表示該律是以「角」爲主聲。（饒宗頤 1985：20）但是曾侯乙墓鐘銘記載的眾多曾國樂律名，僅有「A享」的 A 字加注角旁，其他律名卻未見加角旁，可見饒氏之說雖有一定道理，但仍有再思考的空間。

總之，A 字可隸定贏，由贏、角二旁組成，贏旁應是聲符，角旁性質則有待進一步研究，文例「A享」爲樂律名，對照《國語·周語》記載的周國樂律名，「贏享」應讀爲「贏亂」。（編按：「享」改釋爲「乳」，「贏乳」讀爲「贏乳」就是在贏內優柔容民。說從趙平安：〈釋戰國文字中的「乳」字〉，《金文釋讀與文明探索》（上海：上海古籍出版社，2011 年 10 月），頁 166。）

## 疑例35、「𤖀」字

## 疑例36、「廇」字

## 疑例37、「綏」字

| | | |
|:---:|:---:|:---:|
| A、壽春鼎 | B、東陼鼎蓋 | C、長陵盉 |

　　戰國晚期壽春鼎與東陼鼎蓋銘文中的 A、B 兩字，只有從宀、從厂不同，其餘偏旁均相同，何琳儀師分析兩字構形爲從厂（或宀），肩聲，「刀」旁爲疊加音符，肩之異文。（何琳儀 1992：487）兩字歷來學者討論頗多，有隸定作𤖀、廇、𤖀、廇等，以下對諸家說法展開討論。

　　郝本性認爲 A、B 兩字與鑄客鼎的⿱字相同，下從肉、從刀，上部從無，當隸作「㾦」。（郝本性 1983：209）然而鑄客鼎上部所從的「⿱」，與 A、B 所從的「※」兩者構形明顯不同，將「※」釋爲「無」顯然有待商榷。〔註8〕

　　曹錦炎、劉彬徽隸作𤖀。（曹錦炎 1986：46；劉彬徽 1995：354）曹錦炎分析 A、B 兩字爲從厂從肉、荆聲，荆字可讀爲「創」，因此𤖀字可讀爲「倉」，即倉廩之意，從厂表示房舍之意，從肉表示儲藏物有肉類，爲楚國倉字的另一種寫法。曹錦炎又說 A、B 字所從爲井旁寫爲斜筆交叉是爲了區別讀爲「刑」的荆字。（曹錦炎 1986：46）

　　曹氏注意到 A、B 二字寫爲交叉斜筆，與一般井旁不同，因此主張井旁寫爲斜筆交叉式是爲了區別讀爲刑的荆，然而審視古文字從荆偏旁諸字，無論讀爲「刑」或「刃」，所從井旁構形均未寫爲斜筆：

| 荆 | ⿰ 師虎簋 | ⿰ 牆盤 | |
|:---:|:---|:---|:---|
| 型 | ⿱ 郭・老甲16 | ⿱ 郭・五1 | ⿰ 郭・語一・6 |
| 詧 | ⿰ 包山208 | ⿰ 包山199 | ⿰ 包山232 |

---

〔註8〕鑄客鼎的「⿱」字，今日學者多改釋爲從肉從刀，殳聲的「𣪣」字，如何琳儀師
　　　《戰國古文字典》，指上部所從爲「殳」，因此 A、B 兩字自然不可能從「無」。

黃錫全指出※與井字是有區別的，前者爲斜筆交叉，四筆基本等長，後者爲正書，並且多爲上短下長，橫短豎長作井形。※、井不能視爲一字。（黃錫全 1991：66）因此，曹錦炎之說似有討論空間。

何琳儀師舉銅器銘文的教字作 （鄡侯簋），學字作 （中山王鼎）、（者汃鐘），所從爻旁皆作※形，即爻字之變體，A、B 二字當隸作 ，從厂、肴聲、刀爲疊加聲符。（何琳儀 1992：486-487）何師其後又改易其說，認爲 A、B 二字構形應從厂從剺，爻聲，釋爲{肴}。（何琳儀 1998：286）比對肴字小篆作 ，《古文四聲韻》卷二的崤字作 ，所從肴旁與第一種說法的肴確實吻合。然而刀字上古音爲端母宵部，爻字爲匣母宵部，端、匣二字聲紐遠隔，前人對先秦端、匣二紐通假的統計，端、匣二母亦罕見相通，〔註9〕刀旁可否作爲聲符仍待商榷。

至於後說，剺字遲至《集韻》方被字書收錄，且是剝字之異體，與何師所釋的{肴}義亦有差距，因此將 A、B 二字分析爲從厂、從剺，爻聲亦無法成說。

黃錫全以爲 A、B 二字，分析爲從厂、從肉、從刀，爻聲，刀、肉二旁會「以刀切割肉食之形」。（黃錫全 1991：63）然而，二字從肉從刀會意，隸定時就不應該再將肉、爻二旁合爲「肴」字，應當將爻、肉分別視爲獨立偏旁，將 A 字隸作「」，B 字則隸爲「」。

據 A、B 字銘文辭例「東陵 A」、「夏官 B」，可知兩字當是名詞，由聲音推求，其所從聲旁爻，亦能通假作「肴」，《說文解字·肉部》：「肴，謂熟饋可啖之肉」，肴字多與肉類、膳食有關，而宀、厂有房舍之意，則曹錦炎說「即倉廩之意」指儲存物品的地方。（曹錦炎 1986：46）缺少「肴」字所具有的膳食意義，說法較不圓滿，劉彬徽則言是「管制祭祀用菜肴的機構」。（劉彬徽 1995：356）然而兩器銘文過短，字形亦沒有祭祀意涵，因此、當指黃錫全所說的「膳食機構」。（黃錫全 1991：63）

長陵盉則有 C 字作 ，曹錦炎認爲此字從荊聲，讀爲「梁」，盉銘指的是「提梁」。（曹錦炎 1986：46）但通過前述、二字的分析，可知此字右上所從當是爻聲，故曹氏之說待商。

---

〔註9〕 端、匣通假的情形，李玉《秦漢簡牘帛書音韻研究》統計共 17 次，李存智《秦漢簡牘帛書之音韻學研究》共三次，但都是「合」、「答」二字通假。

　　何琳儀師分析 C 字構形從糸、爻聲，刀爲疊加聲符，釋爲{絞}。（何琳儀1992：487）上文已述，刀、爻二字聲母語音關係疏遠，刀旁應非疊加音符。

　　黃錫全承襲何琳儀師之說法，[註10] 認爲 C 字即絞字，爲絞字之異體，古代相交紐成的繩索稱爲「絞」，青銅器上有連結蓋與把手的銅質連環帶，C 字文例「連絞」便是指這根銅質連環索，盉銘特意記載此盉不僅有蓋，還有「連環索帶」。（黃錫全 1991：67）黃錫全根據銅器形制，將 C 字釋爲{絞}，爲銅質的「連環索帶」，其說應可信從，然而，黃錫全並未對刀形部件加以討論，此乃美中不足之處，在無對 C 字更好說法之前，本文仍暫從黃錫全之說，將與 C 字音、義皆遠的刀形暫時釋爲贅旁。

## 疑例38、「疑」字

A、商鞅量

　　疑字甲骨文作🀀（前 5・24・2）、🀀（戩 2・71），象人仰首旁顧之形，有所疑惑之象。（羅振玉 1981：中卷 55 葉）所從之人或作持杖之形；戰國秦系疑字作🀀（商鞅量）、🀀（陶徵 183），甲骨文疑字所從的杖形，訛變爲「匕」形部件。（于省吾 1983b：108），郭沫若以爲秦文字的疑字加注子聲。（郭沫若1976：371）然而，上古音疑字爲疑紐之部，子字精紐之部，兩字聲紐分屬精紐與疑紐關係疏遠，將子旁視爲疑字聲符，恐不恰當，[註11] 疑字所從子旁之作用，仍待商榷。

〔註10〕何琳儀〈古璽雜識續〉一文有兩種版本，一爲 1986 年的油印本，另一見於 1992年出版《古文字研究》第 19 輯，本文所引的爲 1992 年版，而黃錫全所見爲 1986年版，所以此處出現何琳儀發表時間晚於黃錫全，行文卻言黃錫全承何琳儀說法的顛倒情形，特此說明。

〔註11〕張儒、劉毓慶據伯疑父簋、齊史疑觶的疑字，以爲西周時，疑字加注牛聲。聲符牛後訛變爲子。（張儒、劉毓慶 2002：41）其說可供參考，但礙於西周金文的「疑」字，均爲人名用字，仍須待新出土材料方能解決。

## 第三節　違反文字歷時演變

　　注音形聲字就文字構形爲一種「繁化」的演變，林清源師指出討論構形演變必須注意：

> 必須找到一個時代較早的字形，再以這個字爲基準，經過相互比較，
> 然後才可以給予這個字形適當的定位。基準字形的選擇合宜，往往
> 決定構形演變的分析對錯。（林清源師 1997：29）

學者判斷注音形聲字有時忽略此一原則，以下就違反歷時順序的例子，展開討論。

### 疑例 39、「業」字

| A、瘐鐘 |
| --- |

　　業字西周春秋文字作 （九年衛鼎）、 （瘐鐘）、 （秦公簋），楊樹達認爲是在業字《說文》古文  的基礎上加注去聲而成。（楊樹達 1997：26）何琳儀師則改爲加注盍聲。（何琳儀 1998：1429）然而何師以爲《說文》古文應屬戰國時期東方六國文字體系。（何琳儀 2004：56）據此，《說文》古文的時代遠晚於西周中期，以時代較晚的《說文》古文業字構形，作爲判斷字形演變方向的基準，進一步得出去（或盍）旁是後加之偏旁，有違文字演變序列。反之，西周業字才是較早的業字構形，到了春秋戰國時才簡化去（或盍）旁作 （晉公盆）、 （上博・詩論 5），而《說文》古文業字正是承襲此類構形。

　　總之，據目前古文字資料，業字最早構形已從「去（或盍）」旁，不可根據晚出的業字構形判斷去（或盍）旁爲後世疊加之聲符。

### 疑例 40、「麻」字

| A、侯馬 325 |
| --- |

麻字始見於春秋晚期的晉國文字作 （侯馬 325）、（溫縣盟書），何琳儀師分析麻字可能是在林字基礎上，疊加厂聲。（何琳儀 1998：888）從語音上來看，麻字爲明紐歌部，厂字爲曉紐元部，曉、明二母常見相諧之例，李方桂爲這類字擬了一個清鼻音*hm。（李方桂 1980：18）韻部歌、元二部對轉可通，因此就音理而言，厂旁確實可作爲麻字聲符。

然而，出土文獻的林字要遲至戰國中期才出現，如 （郭店・緇 26）、（郭店・六 28），雖然無法證明春秋晚期之前沒有林字的存在，但要以晚出的林字作爲被增繁對象，進而主張厂旁是後加聲符，和麻、林實際出現順序不符，對於此說可信度抱持存疑。

季旭昇師據春秋麻字構形，認爲麻字應是「厂下植麻」之意，林亦聲，秦文字才從厂旁訛變爲從广旁。（季旭昇 2002a：586）如同前文所述，獨體林字較麻字晚出，林字能否當作麻字聲符仍有討論空間，至於季旭昇師對麻字本義的分析頗爲合理，應可採信。

## 疑例 41、「吾」字

A、石鼓・吾水

先秦出土材料中，第一人稱代詞「吾」字，最早見於石鼓文作 （石鼓・吾水）、（石鼓・車工），可隸定爲邎，從辵、吾、午三旁，吾、午兩旁皆爲聲符，其本意不明，作爲第一人稱代詞之用，當是假借而來。又見於詛楚文作 （詛楚文），可隸定爲语，從彳，吾聲。何琳儀師以爲 A 字構形，是在詛楚文的吾字基礎上加注午聲而成。（何琳儀 2003a：224）然而，判定文字構形演變的方向，必須注意其歷時演變的縱向聯繫，何琳儀師以爲石鼓文的年代應在春秋戰國之際較爲妥帖，〔註 12〕而〈詛楚文〉當爲秦昭襄王與

---

〔註 12〕關於石鼓文的時代，歷來備受學者爭議，近來王輝考察春秋戰國之交的「嗣王」；再以石鼓文字與秦公大墓石磬殘銘字形相近；以這兩個主要論點，推估石鼓文當爲秦景公時期所作。（王輝 1995：146-149）陳昭容考慮石鼓文部分字形規整程度，較景公石磬、秦公簋更高些，年代可能略晚於秦景公時期，因此將石鼓年代暫訂

楚頃襄王時所作。〔註13〕（何琳儀 2003a：186）姑且不論石鼓文、〈詛楚文〉
正確年代爲何，但陳昭容以爲石鼓文年代應是「與秦公簋近，距詛楚文遠」，
〔註14〕石鼓文較接近春秋晚期是沒有問題的，因此，石鼓文字吾字寫法，當
早於〈詛楚文〉的吾字寫法，何琳儀師將時代較晚的〈詛楚文〉作爲判斷繁
化、簡化的基礎，忽略了歷時的縱向聯繫，顯然是不恰當的，反之，由石鼓
文到〈詛楚文〉的吾字寫法，省略午旁，應是文字簡化現象方是，但礙於對
A 字本義初形仍不了解，是否有更早的字形亦無從可知，不敢輕易對二者演
變關係做出判斷。

　　戰國晚期的睡虎地簡吾字作■（睡・日甲 33 背）、■（睡・日甲 159 背），
將彳旁、午旁省略，爲吾字小篆所承。

　　綜合上述，第一人稱代詞的吾字，從今日可見的出土資料中，由時代較早
且字形最繁複的石鼓文，再至〈詛楚文〉，而至睡虎地秦簡，字形似乎漸朝簡化
方向演變，但囿於石鼓文時間略晚，須待年代更早資料出土，方能確定吾字構
形演變的方向。

## 疑例 42、「其」字

A、大克鼎

　　其字甲金文作■（甲 663）、■（甲 2366）、■（大盂鼎）、■（頌鼎），
象畚箕之形，其字金文又作■（弔向父簋）、■（單子伯盨）、■（大克鼎），
下部或增加「一」、「二」、「六」等形部件，王獻唐以爲兩周金文一形部件，
與典、奠字相同，都是早期未加足的丌形，在一形的丌上加足便成了丌字，其

---

　　爲春秋晚期。（陳昭容 2003：212）王、陳二說頗有道理，石鼓文年代應不會晚於
　　春秋晚期。

〔註13〕陳昭容據孫常敍「論世不論公」的十八世算法；且〈詛楚文〉的字體兼有合於籀
　　　　文、小篆，或異於籀文、小篆之字；在詞彙上又有「葉」、「吾」、「殹」特殊辭彙；
　　　　以爲詛楚文非僞作，年代應訂在秦惠文王後元十三年，楚懷王十七年，公元前三
　　　　一二年。（陳昭容 2003：222-245）

〔註14〕陳昭容此句話見於寫給王輝討論石鼓文相關問題的信中。（王輝 1996a：52）

字在此加注丌旁是用來標注音讀。〔註15〕戴家祥亦認爲其字本象簸之形，後加丌聲作其字。（戴家祥 1995：4305）王獻唐指加注丌字初文，是爲了標明其字音讀，照常理推斷應該選擇字形明確，能夠清楚標音的字作爲聲符，但造字者卻選擇意義複雜的「一」形，來作爲「其」字的聲符，似乎有違常理。

再次，現今可見古文字資料中，戰國晚期才見到獨體的丌字，然而從六部件的其字，卻已經在西周中、晚期銘文裏大量出現，又如 🏶 （裘衛盉）、🏶 （兮甲盤）、🏶 （師同鼎），就歷時演變而言，獨體丌字在西周時期尚未產生，自然不能當作其字的附加部件。綜合上述，將西周金文其字的「一」、「〓」「六」等後加部件，釋爲丌字恐不合理有待商榷。

劉釗則以爲一形部件本爲甲骨文其字的飾筆，之後又再橫筆下加二點飾筆，遂作「〓」形，橫畫兩點飾筆漸漸寫得立起來，即成六形部件，戰國文字截取此一部件，讀音沿襲其字讀音，進而分化出丌字。（劉釗 1991：220）劉釗認爲其、丌爲一字分化，並分析丌字形成過程，並解釋了丌字晚出原因，其說十分有見地。然而，僅將「一」形部件單純釋爲飾筆，仍令人感到不圓滿，商承祚曰：「一者地…箕以用糞穢，明其設置之處也」。（商承祚 1979：40）商氏以爲一形部件爲表示地面的指事符號，用來指明畚箕放置施用的地方爲地面，頗合乎道理，當可信從。

承上所述，其字本象畚箕之形，西周其字下方或加一橫畫表示地面，有時橫畫下或加兩點飾筆，兩點飾筆漸漸演成六形部件，其字之後遂簡省分化出丌字。總而言之，丌旁非後世加注聲符，而是其字簡省分化所產生的新字。

## 第四節　純雙聲符字

有些字學者認爲是注音形聲字，或發生了疊加音符現象，然而該字和所從偏旁意義均缺乏聯繫，或是該字和偏旁字義皆爲假借關係，但是兩個偏旁皆和該字語音相近，實在難以決定所從偏旁何者是被注字，何者是加注的音符，本文暫且根據袁家麟之說將偏旁均表音，不表義的字稱爲「純雙聲符字」。（袁家麟 1988：85）

---

〔註15〕王獻唐之說，轉引自《金文詁林》頁 8063-8064。

**疑例 43、「在」字**

A、合集 371 反

在字甲骨文中多假借才字為之，少數作 （合集 371 反），劉釗以為是在才字上，加注士旁為音符。（劉釗 1991：128）雖然《合集》所收「在」字僅有四例，但這些在字分別出現於第一、二期，可知在字構形十分早出，而且形聲結構的產生與假借字的應用幾乎是同時的。（黃德寬 1996：101-102）在字從才從士的構形，和才字假借為在，兩者應是同時存在，因此，以具有歷時演變的「加注聲符」觀點分析「在」字結構的形成，與說明「在」字和「才」旁的關係，恐有待商議。

次者，甲骨文的 字辭例皆用為人名，難以證實此形就是介詞之{在}。

再次，季旭昇師發現在、才二字曾在同篇銘文中同時出現，進而考察早期的「在」字應釋為{察}或{存}，認為春秋晚期燕國杕氏壺時，在字才開始有介詞的用法。（季旭昇 1999：125-141）季旭昇師解釋同一件銅器中為何同時出現「才」、「在」，又能釋讀文句，其說頗有道理當可成立，則在、才是兩個不同的字，沒有構形演變的關係。

在字和才、士二旁的語音相近，上古音在字為從紐之部，才字為從紐之部，士字為崇紐之部，三字聲紐同屬齒音，韻部疊韻，才、士二旁皆可作為在字聲符，本文只能暫時將在字分析為才、士皆聲的純雙聲符字。

**疑例 44、「頤」字**

A、大克鼎

西周金文有 A 字作 （大克鼎）、 （番生簋蓋），隸為頤，在字義方面，A 字文例為「A 遠能邇」，孫詒讓 A 字釋為{柔}，即《詩‧大雅‧民勞》的「柔遠能邇，以定我王」，該句言安遠而善近。（【清】孫詒讓 1971：卷七 12 上）學者多從孫氏之說，將 A 字訓為安義之{柔}。

在字形方面，孫詒讓以為 A 字即擾之異文，從夒省，左從鹵。（【清】孫詒

讓 1971：卷七 12 上）劉釗則以爲 A 字應爲憂字繁體，西爲追加之音符。（劉釗 1991：123）李孝定則以爲 A 字右旁所從即夒字，左旁從卣爲夒字後加之聲符。（李孝定 1992：334）李孝定以爲 A 字左旁從卣，然而金文卣字構形爲 （大盂鼎）、（毛公鼎），和 A 字左旁構形不似，就字形而言，A 字應非從卣。

次者，A 字在二器銘文中均假借爲{柔}，和夒、西二字在意義上沒有關係，孫、劉二人認爲夒字爲義旁，不知所據爲何？反而，二旁和柔字聲音關係密切，均可做爲 A 字之聲符，因此，在無法釐清夒、西二旁何者具有義符功用前，只能暫將 A 字構形視爲純雙聲符字。

## 疑例 45、「欶」字

A、石鼓・鑾車

石鼓文有 A 字作（石鼓・鑾車），郭沫若隸爲欶，讀爲軟，和前字「桼」都指鑾車上的裝飾。（郭沫若 2002d：78）郭沫若應是根據小篆束字作，將左旁隸爲束，但是較接近石鼓文時代的戰國束字多作（睡・日甲 38 背）、（郭店・老甲 9），束字上端多有表示尖刺的 Λ 形部件，或與來字訛混，和石鼓文左旁構形相異，要將 A 字左旁釋爲束，仍需更多證據來溝通。

何琳儀師隸爲欶，次爲疊加音符，讀爲「軟」。（何琳儀 1998：1265）古文字尚無較可靠的朿字可供比對，將 A 字左旁隸爲朿旁缺乏證據。次者，無論在典籍文獻或出土資料中，朿字皆未釋爲「車飾」，如何作爲 A 字的義符，進而加注音符次旁皆須再考量。

綜合上述，本文只能暫從郭沫若之說，將 A 字讀爲「軟」，至於其構形暫時分析爲純雙聲符字。

## 疑例 46、「訋」字

A、伯晨鼎

　　訇字兩周春秋文字作 （趞盂）、（伯晨鼎）、（王孫遺者鐘）、（陳侯因齊敦），從台（或從㠯）、弓（司字異體）二旁。（朱德熙、裘錫圭 1999d：118）楚系文字或作 （郭店·五 18）、（郭店·性 27），[註16] 訇字的台、弓二旁共用部件；張世超等主張訇字是弓字上加注聲符「㠯」。（張世超等 1996：2249）然而，訇字常用義項有五：一、「嗣」義，如伯晨鼎「A（嗣）乃祖考」，二、「掌控管理」，如〈性自命出〉27 簡：「A（司）其德也」，三、用作第一人稱代詞，如齊鎛氏鐘「于 A（台）皇祖文考」，四、讀爲「始」，如〈性自命出〉3 簡「道訇於情」，五、用爲「以」，如王孫遺者鐘「余恁訇（以）心」，除了第一、二義項和司字常用義項相同，A 字的第三、四、五義項則和「台」旁關係較近，想藉由 A 字字義判斷台、弓的性質，顯然是不可行的。訇字的義項多是假借而來，台、弓二字古音相近，都有通假的可能性。總之，從意義、語音兩方面都無法判斷台、弓的性質，訇字究竟是在弓字上加注聲符台，或是在台字上加注聲符弓，兩者皆有成立的可能，難以遽下斷論，宜暫以純雙聲符字視之。

**疑例 47、「丵」字**

| A、中山王響鼎 |
| --- |

　　戰國文字有 （中山王響鼎）、（䣙陵君鑑）、（郭店·老甲 21），可隸定爲丵。《禮記·玉藻》鄭玄注：「古文緇字或從絲旁才」，張政烺據此，以爲 A 字從㠯，才聲，爲緇字異體。（張政烺 2004b：481）然而，鄭玄所謂緇字的異體從絲、才，正與 A 字所從偏旁符合，然而，該注只有對字形結構的描述，缺少實際字形以供比對，不知鄭玄所本爲何，亦難以確認其構形分析是否正確，僅以此判斷 A 字爲緇字異體證據稍嫌不足。

　　何琳儀師以爲 A 字從才，茲爲疊加聲符。（何琳儀 1998：100）A 字可釋爲

---

[註16] 郭店簡整理小組將這些字直接隸爲「司」，但裘錫圭在〈老子甲〉注釋 30 的按語中，提到此構形可隸定爲「訇」，在湯餘惠主編的《戰國文字編》和李守奎編纂的《楚文字編》中，亦釋爲「訇」字，此形當爲訇字㠯、弓共用部件而成的異體字。

「哉」、「慈」、「茲」、「字」等字，除了哉字在古籍中常寫為才外，才字與其他用法關係皆不深，而且哉、才二字為通假關係，與才字意義亦無太大聯繫，要將才旁視為義符恐需要進一步論證。

　　吳振武舉戰國茲氏布上的茲字既作 ⅄⅄，也寫作 ⅄⅄、⅄⅄（古幣 130），主張 A 字當是在茲字上加注音符才。（吳振武 2002：232）吳振武以為茲氏布從十形部件就是才旁，然而戰國才字豎筆下部多有筆畫如 ✝ （中山王䗪鼎）、█（郭店・尊 192），與茲氏布豎筆下部均無筆畫不同，茲氏布所從的十形部件是否為「才」旁仍有待商榷；次者，「茲氏」為地名，先秦地名無定字音通即可，以此作為證據似有不足。

　　總之，在無確鑿證據下，證明茲、才二旁的關係前，A 字只能如孔仲溫所言「絲」與「才」同時為聲符。（孔仲溫 1995：217）暫時將 A 字視為純雙聲符字，待日後更多證據出土再論之。

## 疑例 48、「𢦡」字

框A、越王者旨於賜戈

　　越王者旨於賜戈有 A 字作🗡，A 字文例為「A 亥」，何琳儀師讀為「癸亥」指 A 字為干支名，並分析 A 字構形為從戈，圭聲，或說戈為圭之疊加聲符。（何琳儀 1998：741）曹錦炎支持「A」字讀為「癸」之說法，並據其他春秋戰國青銅器銘文紀年均未採用干支，而且越王賜在位期間亦無癸亥年，因此推論「癸亥」當指日期。（曹錦炎 1999：62）經由曹氏的補充，A 字釋為癸之說應可信從。

　　次者討論 A 字的構形，何琳儀師認為戈為圭之疊加聲符，上古音癸字為見紐脂部，圭字為見紐支部，戈字為見紐歌部，三字聲母同屬見母，戈字所屬的歌部和癸、圭所屬的脂、支二部雖然語音關係較疏遠，但歌支的接觸可謂楚方言的特色。（李存智 1995：151）就語音關係而言，A 字所從圭、戈二旁雖能作為聲符。然而，圭、戈二字無論在傳世典籍或出土文獻中，似未見假借為干支之癸的用法，因此在沒有堅實證據證明戈旁為圭字後世疊加聲符之前，何師此

說恐有待商榷的空間。

　　王輝據 1985 年在劉家莊殷墟墓葬出土的玉璋上有、，[註17] 認為此字下部土形部件即「圭」之本字，並謂圭字是象兵器的禮儀用器，源於兵器的圭字殷商晚期加注義符「戈」，遂造出玉璋上的式字，式字重複圭旁便是 A 字。（王輝 1996：64-66）王輝結合考古討論圭與戈的關係其說頗有見解應可信從，A 字應是圭字的繁文。

## 疑例 49、「槃」字

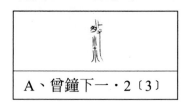

A、曾鐘下一·2〔3〕

　　曾侯乙墓編鐘有 A 字作 ![字形] （曾編鐘下一·2〔3〕），原整理者隸作「槃」。（湖北省博物館 1985：133），認為 A 字由舨、米二旁構成，唯未對 A 字作進一步說明，何琳儀師則改隸為「槃」，認為該字從舨（般字異體），采為疊加音符，實乃舨之繁文。（何琳儀 1998：1059）戰國米字作![字形]（郭店·緇 39）、![字形]（包 259），而采字作![字形]（包 52）、![字形]（新鄭虎符），兩字構形相似。（何琳儀 1998：1304）文例「A 鐘」是不見於古籍的晉國律名，學界對「A 鐘」實質義涵仍缺乏認知，A 字作為律名用字的原因亦無從得知。A 字右下部件從采或從米旁，無法藉由字義判斷，在此只得暫時存疑。

　　次者，即使 A 字從采旁，但無論在出土文獻或古籍資料中，舨字未見用作律名，而且「A 鐘」意義不明，將舨旁性質定位為義符，實際上是缺乏依據的，沒有理由可以否定采（或米）旁作為義符的可能性。

　　因此，在無法判斷 A 字從采或從米，與兩個部件性質不明，何氏將 A 字分析為從舨，采旁為疊加音符的說法，仍需更多證據方能成立，只能暫時歸為純雙聲符字。

---

〔註17〕劉家莊殷墟玉璋的式字字形、編號均根據孟憲武、李貴昌〈殷墟出土的玉璋朱書文字〉一文（1997）。

## 第五節　構形演變分析不同

　　文字的構形演變可由不同角度加以理解，而且注音形聲字確實較被注字多出一個聲符，但構形演變研究不應只侷限於文字偏旁的增繁，其重點應是理解文字構形如何產生，因此有些學者認爲是加注音符的例子，本文認爲可用其他角度加以理解，更能解釋該字產生的途徑，以下就相關字例展開討論。

### 疑例 50、「紳」字

| | |
|:---:|:---:|
| | |
| A、英藏 2415 反 | B、牆盤 |

　　甲骨文有 A 字作 （英藏 2415 反），李學勤隸作攄，其釋爲申。（李學勤 1992：162）李學勤對於 A 字構形未有說明，何琳儀師以爲甲骨文有 （摭 107），A 字即在此字基礎上加注田聲而成。（何琳儀 1998：112）然而甲骨文的 字都是殘字缺乏完整文例，無從得知 和 A 字是否爲一字之異體。次者，甲骨文田字作 田 （鐵 851）、 （前 4·28·5），田字構形多似正方形，但 A 字右下部件則斜擺若菱形，兩者構形有別，將 A 字右下部件隸爲田旁在字形上恐無法成立。因此，何琳儀師對 A 字構形之分析，就形義而言都是有待商榷的。

　　裘錫圭、李家浩則分析 A 字象以手作多道纏束之形，似即紳束之「紳」之表意初文。（裘錫圭、李家浩 1992：428）裘、李二氏之說塙可信從，A 字應是一會意字，爲後世「紳」字之初文。

　　此外，西周金文有 B 字作 （牆盤）、 （大克鼎），可隸定爲蠿，劉釗釋爲{紳}，又舉西周金文有鈿字作 （ 方彝），認爲 B 字是鈿字疊加東聲而成。（劉釗 1991：135）上文已提及裘錫圭認爲 A 字爲紳字初文，A 字右上已有東形部件，可知西周金文所從東旁並非後加，因此，劉釗之說恐無法成立。裘錫圭對西周金文蠿、鈿字構形的演變過程有詳細的說解：

　　　「蠿」似是把手形改爲「爰」或「爲」旁，並把「 」的下部改爲形近音符「田」而成的後起形聲字，東旁並非後加。「鈿」可能如郭沫若所說，是省「東」而成的；或是直接把 旁改爲音符「田」而成的。（裘錫圭、李家浩 1992：428）

據此，紳字由甲骨文為表意初文，到了西周金文時，紳字初文右下部件變形音化為田聲，由會意結構變為形聲結構。

## 疑例 51、「雩」字

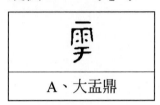

A、大盂鼎

雩字西周文字作 雩 （大盂鼎）、雩 （史牆盤），劉釗分析雩字是在于字上累加雨聲而成，其後用為「雩祭」之{雩}。（劉釗 1991：143）「雩」字在銘文中多用為介詞、連詞、動詞詞頭，和「于」字在典籍、銘文中用法部分相同。然而，雩字在典籍文獻中多用為求雨之祭的雩祭，如《禮記‧月令》：「命有司為民祈山川百源，大雩帝」，鄭玄注：「雩，吁嗟求雨之祭也」，又《穀梁傳‧定公六年》：「雩，為旱求者也」。舞雩求雨之祭在殷商卜辭中已經常見，如「丙辰卜，貞：今日奏舞，有從雨」（《合集》12818），「于翌日丙霝，有大雨」（《合集》30041），透過卜辭可知殷商時已有求雨之儀式，郭沫若還指卜辭的「霝」字，就是後世的「雩」字。（郭沫若 2002e：574）雖然雩字銘文中未見求雨之義，但由卜辭可知，自殷商到西周已經有求雨祭祀的相關活動，而且古籍文獻中「雩」字多為「求雨」之義，雩字本義應與「求雨」相關，其結構應分析為從雨、于聲，是一個同取式形聲字，而非于字加注雨聲而成的注音形聲字。

## 疑例 52、「在」字

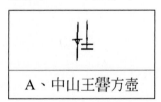

A、中山王䂥方壺

中山王䂥方壺有 A 字，季旭昇師分析為士字上加注才聲。（季旭昇 2002a：50）將 A 字釋為{士}，在文例「賢 A 良佐」、「A 大夫」皆可通讀無礙。

然而，A 字從才、從士，和在字作 圵 （盂鼎）、圵 （林氏壺），兩者構形相同，且上古音士字為崇紐之部，在字為從紐之部，兩字聲音相近，在字可讀

爲「士」，因此學者大多隸定 A 字爲在，〔註18〕再行通讀爲才或士。而且季旭昇師在另外一篇文章也主張中山王嚳鼎的「在」字也應該逕讀爲「在」字，然後假借爲「士」，不必以爲是加「才」聲的「士」字。（季旭昇 1999：141）總之，雖然無法排除 A 字與在字同形的可能性，但亦不能否定 A 字就是「在」字，將 A 字隸爲「在」字應是較合理的解釋。

## 疑例 53、「考」字

| A、它簋蓋 |

甲骨文老、考同字作𦣻（後 2・35・2）、𦣻（前 4・46・1），象老人戴髮傴僂扶杖之形。西周金文時𦣻分化出老、考兩字，人所持之「杖」形訛變爲「匕」形作𦒷（㪇季良父壺），遂分化出「老」字。𦣻又分化出「考」字作𦒷（它簋蓋）、𦒷（宴簋），何琳儀師以爲從老，疊加丂爲聲符。（何琳儀 1998：175）張日昇則以爲所從丂聲，爲人所持之杖變形而來。（張日昇 1977：5281）觀察老、考甲骨文構形中人所持的杖形，和丂聲作𠂤（前 1・19・3）、𠃋（同簋蓋）的構形相似，杖形有可能變形音化爲丂聲。次者，老、考本爲一字，到了西周金文時方分化成二字，無從判斷老、考出現的先後次序，而何師將考字分析爲從老省，顯然預設老字先於考字，需要進一步說明方能成說。

再次，若以「變形音化」角度理解「丂」聲的形成，和「老」字構形演變相似，所從匕、丂皆由「杖」形訛變而成，其差別僅在有無表音功能。

根據考、老分化獨立的時間，難以判斷何者早出，再對照「老」字的構形演變，本文以爲「考」字所從丂聲不是後世加注，應是由甲骨文所從的杖形變形音化而來。

---

〔註18〕將 A 字釋爲「在」字的學者如朱德熙、裘錫圭（1999：99），張政烺（2004b：473），趙誠（1979：249）。

## 疑例 54、「師」字

A、令鼎

　　師字西周金文作 （令鼎）、 （師龢鼎），李學勤以爲師字是在「𠂤」字〔註19〕上加帀旁作爲聲符。（李學勤 1990：131）𠂤字殷商西周文字作 （甲252）、 （鐵 168・3）、 （大盂鼎），和西周金文師字左旁構形相同，師字確從𠂤旁。帀字西周金文 （師袁簋）、 （鐘伯侵鼎），構形亦和西周師字左旁相合。銘文「齊帀」（師袁簋），讀爲師旅之師。或是作爲職官名「大帀」、「工帀」亦讀爲{師}，可知師、帀二字聲音相近。因此，師字是從𠂤，帀聲之形聲字。

　　然而，西周金文的𠂤字多釋爲師旅之義如「六𠂤」、「八𠂤」，而「師」字多指軍事方面的官名，或稱爲「師氏」。兩字都和軍方事務相關卻是鮮少混用，二字用義明顯有別，因此𠂤、師實非一字之異體，彼此沒有「增繁」的演變關係，師字應是同取式形聲字，而非注音形聲字。

## 疑例 55、「歓」字

A、晨仲觶

　　歓字殷商西周文作 （菁 4・1）、 （甲 205），象人俯首吐舌捧尊就飲之形，爲歓之本字。（董作賓 1992：下編卷 8 第九葉上）西周金文作 （晨仲觶） （善夫山鼎），吳振武分析西周歓字，是在甲骨文歓字上加注今聲而成的注音形聲字。（吳振武 2002：228）甲骨文所從口形變爲今聲，而甲骨文人身部分則變作欠旁。（張日昇 1977：5453）我們審視西周歓字所從今聲，和甲骨文歓字張口吐舌之形正好相同，兩者皆在酉旁之上。次者，倒口形和今字構形亦頗爲

---

〔註19〕李學勤以爲此字即爲「師」字初文，後來文字演變中逐漸與「𨸏」字形體混淆，許慎遂誤釋爲「小𨸏」。（李學勤 1989b：208-209）

相似，倒口形很有可能聲化爲今聲。

## 疑例 56、「䜌」字

| A、中伯壺 |
| --- |

䜌字西周金文作 （中伯壺）、 （兮甲盤）、 （虢季子白盤），劉釗認爲䜌字甲骨文作 （鐵 2・2）、 （前 7・4・1）、 （林 2・12・10），西周金文就是在甲骨文基礎上加注言聲而成。（劉釗 1991：122）甲骨文 形諸字，清代人多據《說文》䜌字古文 釋爲䜌，近人多據系字籀文 釋爲系。（裘錫圭 1992h：478）將此字釋爲䜌字學者有不同看法，李孝定以爲此字象手持絲，乃懸持之象，只需要一手就能清楚表達字義，而䜌字古文象以兩手亂絲，需要從二手才能表達字義，因此甲骨文 此形當釋爲系字，而非䜌字。（李孝定 1965：3863）李孝定由從單手與從雙手取義的不同，來推論 非䜌字而是系字，十分有見地可信。

次者，上古音䜌字爲來紐元部，言字爲疑紐元部，二字疊韻，但聲母來、疑二紐語音關係疏遠，古籍中亦罕見通假異文之例，言旁要標注䜌字音讀，就聲母而言是說不通的。況且，古文字資料中最早的䜌字見於西周金文，此時的䜌字已從言從絲，言旁實非後加的偏旁。

## 疑例 57、「腹」字

|  | | | | |
| --- | --- | --- | --- | --- |
| A、牆盤 | B、侯馬 340 | C、侯馬 340 | D、侯馬 340 [註20] | E、侯馬 339 |

[註20] 此字出現在編號 194：3 上，整理小組隸定摹寫均以爲從「心」部件，然而筆者對照圖版字形，「心」部件墨跡模糊不清，應爲其他部件筆劃的殘存，遂隸定爲𩚁，不從「心」部件，又圖於該書所附圖版過小，掃描字形十分不清楚，因此仍掃所附字表的字形後，再行將心旁去掉。此外在復字上加注勺聲而成的𩚁字，本文已在第三章字例 65 中進行討論，敬請參看。

西周金文牆盤有 A 字，可隸作「复」，其銘文辭例爲「唯乙祖逨匹氒辟，遠猷 A 心」，記述乙祖逨輔助他的君長，謀猷深遠，而成爲君長親信的腹心臣僚。（于省吾 1981：9-10）可知 A 字即「腹」字；春秋時期的侯馬盟書有 B、C、D、E 等字，分別隸定爲复、鍑、复、復，這一組與 A 字構形相似，僅差別勹旁開口方向不同，或有無從彳、從肉，這一組字的辭例均爲「剖其 B（或 C、D、E）心」，即剖明腹心，布其誠意的意思。（張頷 1995：52）此句是締結盟約的誓辭，B、C、D、E 等字也讀爲「腹」。

張世超等分析 A 字爲勹旁爲复字之追加音符，〔註21〕假借爲「腹」。（張世超等 1996：2285）何琳儀師分析 B、C、D、E 諸字爲從复（或從復、腹、復），勹爲疊加音符，B、D 二字假借爲「腹」字，C、E 字則爲「腹」字的繁文。（何琳儀 1998：252-253）兩人以爲這組異體字是疊加勹聲。然而，查甲骨文有（合集 31759）、（合集 5373）、（花東 240），李孝定以爲是腹之本字，其對腹字何以從身解釋說：「有身者腹部隆然墳起」，而從身與從人義同，第二形遂從人，「复」旁則爲聲符。（李孝定 1965：1509）根據甲骨文腹字構形，A、B 二字其實就是「腹」字，只是甲骨文所從的人旁聲化爲勹聲，〔註22〕古音腹字在幫紐覺部，勹字在並紐職部，聲同韻近，勹字可作腹字音符。

總之，A、B 二字所從勹聲，應是由腹字初文所從人旁聲化而來，並非直接疊加一個勹聲，爲了強調腹心的意義，遂又加注肉旁產生了 C 字。而 D 字應是直接假借西周已存在的复字爲「腹」，爲了強調腹心之義，遂在 D 字上加注肉旁作爲義符而產生了 E 字。

**疑例 58、「駿」字**

| | |
|---|---|
| | |
| A、宎盔壺 | B、隨縣 45 |

---

〔註21〕 張世超分析 A 字構形有兩種說法，一爲「從勹，复聲」，一爲「勹是复之追加聲符」。（張世超等 1996：2285）本文討論的是「勹是复之追加聲符」說法。

〔註22〕 甲骨文腹字第二形的人旁，也有可能是聲化爲勹聲，而非李孝定所認爲的義同互用。

馭字西周金文作〔字形〕（令鼎）、〔字形〕（盂鼎），從馬從金，會執鞭使馬之義，所從鞭旁下部多類化爲攴旁。（張世超等 1996：392）此字又作〔字形〕（大鼎），鞭旁上部演變爲二丙之形。春秋戰國秦系文字作〔字形〕（石鼓・霝雨），承襲大鼎的馭字構形，但省略同形僅剩一「丙」形部件。

六國馭字或作〔字形〕（陶彙 4・11）、〔字形〕（陶彙 3・962），所從鞭旁簡省作攴旁或又旁，後者爲《說文》御字古文所本。此外還有 A 字作〔字形〕（夆盔壺）、〔字形〕（隨縣 67），可分析爲從馬從又、午聲，由會意結構變爲形聲結構。B 字作〔字形〕（隨縣 32）、〔字形〕（隨縣 45），結構和 A 字相似，差別僅在 B 字所從爲五聲。何琳儀師進一步說明 A、B 二字，是在〔字形〕這一類馭字基礎上，加注午或五聲而成的形聲結構。（何琳儀 1998：511）然而，從馬從又的馭字僅見齊系陶文少數例子，而且這些馭字都是孤立出現，其文例不足以確定是否眞爲馭字，用來作爲構形演變的比對字形恐不合宜。

次者，春秋戰國馭字異體字繁多，欲釐清馭字構形演變方向，宜上溯西周「馭」字構形，才能做出合適分析，裘錫圭、李家浩根據西周馭字作〔字形〕、〔字形〕，以爲右旁上部寫作「五」或「午」，是有意使其聲符化。（裘錫圭、李家浩 1989：507-508）觀察春秋戰國午字構形作〔字形〕（包山 60）、〔字形〕（中山王𰯼鼎）、〔字形〕（包山 74），午字與鞭旁上部構形確實相似，因此古人特意寫成午旁，就字形而言可能性頗大。次者，午、馭二字上古音皆爲疑紐魚部，傳世文獻的馭字也多寫爲御字，聲音關係極近。裘錫圭、李家浩以爲 A 字所從午聲是由鞭旁聲化而來，是十分有見地的。

但是裘、李二人以爲 B 字的五聲也是鞭旁聲化而來，則有待進一步商榷。這一類將原本形體有意識寫成聲符的構形演變，劉釗稱爲「變形聲化」，並指出被改造的構形部分和聲符「形體接近」。（劉釗 1991：140）觀察五字構形作〔字形〕（郭店・唐 12）、〔字形〕（詛楚文），與馭字所從鞭旁上部構形差異甚鉅，欲以「變形聲化」說明 B 字所從五聲的由來仍有疑義。

許文獻以爲 A、B 二字所從分從午、五聲，實乃「聲符替換」現象。（許文獻 2002：270）以「聲符替換」的觀點來解釋 B 字「五」聲的來源，應是較爲合理的理解。B 字僅見於隨縣曾侯乙墓簡中，亦有可能爲書手特殊習慣，仍待進一步觀察。

馭字或省 A 字的又旁作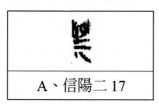（隨縣 48）、（包山 33），有了「午」聲作爲判斷「馭」字的依據，遂連「又」旁亦省略。

綜合上述，馭字由西周從馬從鞭的會意字，至春秋戰國時變形聲化爲從馬從又、午聲的形聲字，或省略又旁，或將午聲替換爲五聲。

## 疑例 59、「具」字

A、信陽二 17

丌字出現時代甚晚，直到戰國才出現作（包山 91）、（中山王<sup>譽</sup>兆域圖）、（包山 5）、（子禾子釜）。信陽簡有 A 字作（信陽二 17），劉雨隸爲具，釋爲「具」。（劉雨 1986：129）將 A 字隸爲具字應無疑義，然而釋爲{具}，雖然能將文例「二盛 A」，勉強釋讀爲二個盛放物品之器具，但未能確切指出 A 字究竟爲何物？仍有待進一步討論。

何琳儀師進一步分析 A 字構形從臼，亓爲疊加聲符，讀爲「匵」即「柩」。（何琳儀 1998：176）然而，該批竹簡屬「遣冊」性質，內容記載墓葬中隨葬品的清單目錄，就目前所見的遣冊中，所記錄的隨葬品多爲衣物、禮器、食器、樂器與車馬器具等，多是日常生活起居所使用的物品，這些器物與將安置死者的棺槨，兩者性質明顯不同；次者，目前出土的其它批遣冊，亦無將棺槨列在隨葬品清單中。因此，在對照隨葬品性質，而遣冊又未曾記載「柩」此一類器物，何琳儀師釋 A 字爲{柩}，理有未安尚待商榷。

郭店簡的「斯」字作（郭店・性 25）、（郭店・語三 17）、（上博・詩論 12），或直接以「其」通假如：（郭店・性 34）、（郭店・性 48），這些「斯」字所從的「其」旁構形，正與 A 字構形吻合，由此應可推論 A 字即其字之異體，其字作（大克鼎）、（兮甲盤），臼旁作，臼字與其字上部象畚箕的部件，外部輪廓相似，內部亦有筆畫交錯，兩個部件形體相近，因此其旁遂形近訛誤爲臼旁。又上古音其字爲群紐之部，臼字爲群紐幽部，之、幽二部旁轉可通，聲紐則均爲牙音，其、臼兩字聲音亦近，亦有可能

其字上部變形聲化爲臼聲。

　　A 字在信陽簡當指本義「箕」器，核對信陽一號楚墓出土器物，該墓出土二個陶箕、一個銅箕。（河南省文物研究院 1986：表二）若將 A 字釋爲「箕」字，則簡文「二盛箕」與 21 簡「一筲箕」的「箕」器數量相加，正好與出土的「箕」器數量相合，雖然無法證實簡文的這三個「箕」器，即爲遣冊記載的「二盛箕」、「一筲箕」，但足以證明信陽楚墓諸多陪葬品中，確實有「箕」器，因此，將 A 字釋爲{箕}應是無誤。

　　綜合上述，A 字隸定爲「𦥑」字，從𠀠其聲，爲「其」字聲化後產生的形聲結構，在信陽簡中讀爲「箕」。

## 疑例 60、「電」字

A、楚帛書

　　電字甲骨文作 (乙 791)、 (乙 2438)、 (簠天 91)，王襄本釋爲霽字。[註23] 李孝定以爲甲骨文齊字象禾麥吐穗之形 (前 2‧15‧3)、 (金 78)下部所從部件與 部件構形亦不同，故 不從齊旁。（李孝定 1965：3443）李孝定進一步舉 (拾 37)、 (後 1‧16‧11)，以爲 即爲霝字。（李孝定 1965：3443）但是霝字下部所從爲口形部件，亦和 構形不類，亦不適宜釋爲霝字。（沈建華 1981：208）沈建華改釋爲電字，從 從 ，象下電子之形，下電子總會伴隨著雨，所以從雨，並指「電」爲會意字。（沈建華 1981：208-209），季旭昇師進一步指出甲骨文從雨，下象電形，爲合體象形，不宜釋爲會意字。（季旭昇 2004：159），「電」字上象雨形下象電子之形，當與老字象人持杖或「立」字象人站立於地面的構形相同，甲骨文的「電」字當是合體象形字。

　　楚帛書有 A 字，金祥恆隸定爲𩃬，釋爲包犧之「包」。（金祥恆 1990：643）何琳儀師分析 A 字從電省，加注勹聲。甲骨文電字所從的三電粒，省爲二電粒，部件是後世加注的勹聲。（何琳儀 1998：237）[註24] 從音理來看，「電」字上

---

〔註23〕王襄「霽」之說法，引自《甲骨文字詁林》頁 1155。

〔註24〕以爲 A 字是加注「勹」聲的學者如：何琳儀（1998：237）、沈建華（1985：209）、

古音為並紐覺部，勹字上古音為幫母幽部，上古輕重脣不分，幽、覺兩部對轉可通，勹聲可作為霝字的聲符。

對於 A 字的勹聲的由來，除了理解為後加的聲符外，亦能由「變形聲化」角度加以理解，〔註25〕A 字霝粒與勹字的構形，差別僅在左側弧筆與右側筆畫是否連接，一旦左側筆劃斷開，便改從能標注霝字音讀的勹聲，本文以為「變形聲化」角度去理解，在字形上又多了一分依據，對 A 字構形演變應較為恰當。

此外，季旭昇師以為 A 字下部訛為目形的霝粒，亦屬「變形聲化」的聲化現象。（季旭昇 2004：159）然而，分析一字構形，當由整體構形著手，A 字的中間霝粒聲化為勹聲，左右兩側霝粒則訛為目形，兩個霝粒訛形當同步進行，不能單就其中一個部件分析其功能；次者，若承認霝粒變形聲化為「目」聲，但同字同時從兩個「目」聲，這種情況實屬罕見，因此，霝粒訛作目形部件，應當只是增加贅筆的形訛現象。

綜合上述，霝字象雨形下象霝子之形，是一合體象形字，到了楚帛書的霝字則霝粒變形聲化為勹聲，由合體象形變為形聲結構。

## 疑例 61、「聖」字

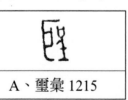

A、璽彙 1215

聖字戰國文字作 (璽彙 4511)、 (璽彙 1215)、 (包山 84)、 (郭店・老甲 3)、 (中山王𧻚方壺)。何琳儀師以為戰國聖字，是在《璽彙》4511 的 字基礎上，加注壬聲而成。（何琳儀 2003a：224）然而，何師在《戰典》中卻以為壬旁是由人旁聲化而來。（何琳儀 1998：802）兩處意見相左，擬考察聖字構形之演變，對兩者說法進一步商榷。

觀察聖字甲骨文作 (乙 5161)、 (明 665)，象人上著大耳，從口會意。指聽覺官能之敏銳，因此，聖、聽同源，本為一字。（李孝定 1965：3519）西

---

許文獻（2000：212）。

〔註25〕此說法為林清源師口授而得。

周金文作 （牆盤）、　（瘋鐘）。又作　（丼人妄鐘）　（師趛鼎）。人形下部或加上一橫筆。春秋金文作　（曾伯霖簠）、　（黝鎛）、　（王孫鐘）。在人形中部又加上一短橫畫，於是人形變爲可從壬聲。（劉釗 1991：200）上古音聖字書紐耕部，聽字透紐耕部，壬字透紐耕部，三字聲紐同屬舌音，韻均爲耕部，春秋以後，聖字遂多由會意結構，變形聲化爲形聲結構。

　　綜合上述，聖字在春秋時期已經從壬聲，就文字構形歷時演變來看，以聲化觀理解聖字構形演變歷程，應較增繁壬音更爲貼切。

## 疑例 62、「榅」字

A、信陽二 11

　　信陽簡有 A 字作　（信陽二 11），學者說法不一分別將 A 字隸爲榅（劉雨 1986：129）、榿（商承祚 1995：13）、淳（郭若愚 1994：78）、榅（何琳儀 1998：549）許文獻舉戰國君字作　（包山 4），享字作　（陳侯午錞，錞），認爲 A 字和君、享構形不類。又舉楚系石字作　（包山 80）、　（包山 150），與 A 字構形相似，認爲應從何琳儀師將 A 字隸爲榅。（許文獻 2001：164）何琳儀師分析 A 字構形是柘字上加注石聲而成的注音形聲字，並以爲 A 字讀爲柘。（何琳儀 1998：549）A 字構形經過何、許二人討論，隸爲榅當有一定的可信度。

　　然而，商承祚根據 A 字上下文爲旆和纓飾來看，認爲 A 字應是與車馬器配合使用的儀仗類，並由 A 字文例爲「彫 A」判斷 A 字應是彩繪裝飾華麗的器物。（商承祚 1995：29）商氏根據簡義推測 A 字之內容頗有見地，值得採信。然而傳世文獻中未見名爲「柘」的車馬器用具，《說文》對柘字曰：「桑也」，柘字應是桑樹類的植物名稱，與車馬器用具關係疏遠。總之，A 字構形或可以隸爲榅，但在字義不能明確之前，將 A 字釋爲{柘}恐怕過於冒險，當然 A 字是否爲注音形聲字也只能存疑。

## 疑例 63、「岦」字

A、郭店・老甲 36

戰國楚系文字有 A 字作 （郭店・老甲 36）、（郭店・尊 20），可隸定爲「岦」，何琳儀師分析此字構形爲止字加注之聲。（何琳儀 2003a：223）之、止二字上古音均爲章紐之部，兩字音韻關係相近，從音理而言止字可加注「之」旁作爲聲符。

然而，季旭昇師分析郭店簡 A 字的用法，A 字有八例讀爲「止」，如「智足不辱，智 A 不怠」（郭店・老甲 36），另有三例讀爲「之」，如「名亦既有，夫亦將智知 A，智 A 所以不怠」（郭店・老甲 20）。（季旭昇 1999b：5-6）A 字具有「止」、「之」的兩種用法，之、止二旁均兼有義符、聲符的功能，亦即之、止二旁均可作爲被注字，在無相關證據情況下，實難判斷 A 字是止字加注聲符「之」，或是之字加注聲符「止」，何琳儀師將 A 字分析爲止字加注之聲仍有待商榷。

季旭昇師則言戰國文字習慣疊加義符「止」。（季旭昇 1999b：6-7）則 A 字構形應分析爲在之字加注義符「止」。

總之，A 字構形演變可能是止字加注之聲，或是之字加注義符「止」，這兩種說法均可成立，但也同時缺乏堅實證據，因此本文兩說暫存之。

## 疑例 64、「喪」字

A、郭店・語一 98

郭店簡〈語叢一〉98 簡的喪字作 A，何琳儀師以爲在喪字上加注亡聲。（何琳儀 2003a：225）若與共時的喪字作 （包山 92）相互比較，A 字構形確實多了亡聲，然而，討論文字構形其歷時演變是不容忽視的，喪字甲骨文作 （佚549）、 （甲 737），在桑字上加注口形部件爲區別符號，從而分化出喪字。（劉

釗 1991：191）到了西周金文時，喪字作 （旂鼎）、 🐘（毛公鼎）、 🐘（丼人妛鐘），喪字所從桑旁詭變至多，已無桑字之形，於是將桑樹根部形體稍加變化爲亡聲，何琳儀師將這種形體演變稱爲「誤形爲音」。〔註26〕（何琳儀 2003a：240）何琳儀師前後以「增繁標音偏旁」與「誤形爲音」兩種演變方式，說明喪字所從亡聲的形成過程，兩者相較當以後者更爲貼切。

　　綜合上述，戰國喪字的 A 式寫法所從亡聲，乃前承西周金文喪字構形，而非戰國時方增繁之聲符；次者，喪字所從亡聲，是改變喪字部分形體而來，以「誤形爲音」的角度理解，更能貼切說明喪字構形演變。

**疑例 65、「正」字**

|  |
| :---: |
| 📷 |
| A、郭店・唐 3 |

　　正字殷商西周文字作 🔹（甲 3940）、🔹（甲 3940）、🔹（大盂鼎）、🔹（散盤），從口（圍），或從●（丁），會向城邑前行的意思，丁亦聲。（季旭昇 2002a：109）西周金文或作 🔹（師袁簋）、🔹（虢季子白盤），後二形所從之丁旁簡化爲一橫。春秋戰國文字作 🔹（晉公盆）、🔹（郭店・唐 26）、🔹（黇缶）、🔹（庚兒鼎），多將丁旁簡化爲橫畫，後二形又在正字上端加短橫爲飾。

　　此外，戰國郭店簡尚有 A 字作 🔹（郭店・唐 3）、🔹（郭店・唐 13）、🔹（郭店・唐 13），何琳儀師認爲是在上端加注「丁」聲。（何琳儀 2003a：224）A 字上端的部件十分渾厚，實非一筆就能書寫完成，和一筆可以寫完的短橫飾筆性質不同，A 字上端部件應非飾筆，而是何琳儀師所謂的「丁」聲，正字的甲骨文即從丁得聲，丁旁可作爲正字聲符，當然是無庸置疑。因爲有丁聲作爲辨識正字的依據，〈唐虞之道〉13 簡的正字才能減省筆劃，仍不會產生訛混。

　　楚系丁字作 📷（包山 81）、📷（郭店・窮 4），雖然丁字爲了和他字別嫌，構形漸漸趨向三角形，和 A 字上端部件構形渾圓稍有不同，但獨體字作爲偏旁時，因爲有了其他偏旁可助辨識，往往會寫得較爲簡單，因此 A 字所從的

---

〔註26〕何琳儀師所謂的「誤形爲音」的聲化現象，劉釗、林清源師等人稱爲「變形音化」
　　　　（劉釗 1991：140；林清源 1997：134）

丁旁構形便寫得較爲渾圓。〔註27〕

　　然而，自西周以來正字上端常見加短橫爲飾筆，據李守奎《楚文字編》所收的正字，楚系「正」字加短橫爲飾的構形已成爲主流，A 字所從的丁聲，很可能就是書手有意識的將短橫畫加粗，改造成爲丁聲，即所謂的「變形聲化」現象。總之，由楚系「正」字多加注短橫的構形主流看來，何琳儀師認爲 A 字屬增繁丁聲的構形演變，不如以「變形聲化」觀點解釋 A 字所從丁聲的產生來得貼切。

# 第六節　缺乏確定字義的被注字

　　有些學者所認爲的注音形聲字，其被注字爲地名、人名等無義可循的字，這類字僅憑字形便逕自主張該字爲何，這是非常冒險的事，本文對這一類無確定字義的相關例子，認爲都有再討論的空間。

## 疑例 66、「鞭」字

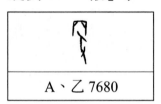

| A、乙 7680 |
| --- |

　　甲骨文有 ![字](乙 7680)、![字](京津 2457)，于省吾釋爲鞭字。（于省吾 1979：392）劉釗進一步以爲 A 字是在甲骨文鞭字 ![字]，加注丙聲，從而分化出更聲。（劉釗 1991：138）然而，遍尋甲骨文資料，未見如劉釗所舉的獨體鞭字，無法進一步就字義討論是否爲鞭字初文，推測劉釗是將 A 字所從丙聲去除，逕自以爲鞭字初文作 ![字]，總之，在未有確切的獨體鞭字，本文對劉釗之說暫持存疑。

## 疑例 67、「𤔲」字

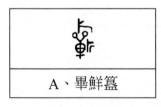

| A、畢鮮簋 |
| --- |

　　西周金文有𤔲字作 ![字]（畢鮮簋）、![字]（追簋），多釋爲祈禱求福之{祈}，

---

〔註27〕正字構形演變現象，得自林清源師口授。

如畢鮮簋、師器父鼎之銘文為「用 A 眉壽」。關於氂字構形，劉釗以為甲骨文有![](陳 122)、![](後 2・22・18)、![](乙 8165)，隸為斯，在甲骨文斯字基礎上加夶聲遂產生西周氂字。（劉釗 1991：131）張世超等以為金文有，此字是在夶字上增繁單聲，其後又於![]上復標斤聲遂產生氂，將氂省略夶旁即是甲骨文![]諸形，![]、斯、氂均為旂字之異體。（張世超等 1996：1665）劉、張二人所據斯字，在卜辭中均為地名或人名用字，無法跟根據字義確認與西周氂字的關係，兩字構形又有從夶之別，宜分釋為兩字。

## 疑例 68、「曼」字

A、曼龏父盨

曼字兩周金文作、![](郭店・老乙 12)，郭沫若以為甲骨文有![](拾 8・5)、![](前 5・2・3)，隸為受，乃曼字初文，金文曼字正從受，加注　（冕）聲而成。（郭沫若 1976：524）然而受字在卜辭中用為地名或人名，無義可尋，無法確定是否即曼字，朱德熙、姚孝遂亦言受、曼並非字。（朱德熙 1992：15，姚孝遂 1999：950）因此，曼字構形最早當見於西周金文，此形已從　（冕）聲非後世繁化而來。

## 疑例 69、「童」字

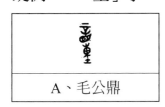

A、毛公鼎

童字西周金文作、、、，劉釗以為甲骨文有童字作![](屯南 620)，從辛從見，象受黥形之罪犯，西周童字從甲骨童字初文，並加注東聲（劉釗 1991：232）。然而，甲骨文的童字僅此一例，且其辭例為：「王弜令受禾于史，壅田于![]」，用作進行壅田所在地之名稱，地名用字無規律可循，音通即可，甲骨文![]字是否為童字仍需商榷，用![]作為西周童字構形演變的基準，證據力薄弱，暫且保留。

　　因此，史牆盤童字爲可見最早的童字，其構形應分析爲從辛、見，東聲。其後童字或將人形去掉，並加上土旁如毛公鼎銘文的童字；或是人形、東旁共用部件如師嫠簋的鐘字所從之童旁。

**疑例 70、「𣫮」字**

| | |
|:---:|:---:|
| A、甲 3288 | B、多友鼎 |

　　殷商西周文字有 𢪙（甲 777）、 𢪙（前 1・30・5）、 𢪙（中作且癸鼎）、 𢪙（裘衛盉），這組字即後世隸楷書的「朋」字，王國維以爲在殷商時玉、貝皆是貨幣，五枚貝爲一系，兩系貝則爲一朋。（王國維 2002：96-97）朋」字在甲骨文、金文中用法爲「賞賜物」或「賞賜、貨幣單位」。

　　甲骨文有 A 字作 𣫮（前 4・30・2）、 𣫮（甲 3288），于省吾隸爲𣫮字，分析此字從朋勹聲，在象形的「朋」字上附加音符「勹」聲，遂由象形字變爲形聲字。（于省吾 1979：377）劉釗承襲于省吾之說，並進一步指出金文朋友之朋作「𣫮」，大概是有意與貝朋之朋相區別。（劉釗 1991：124）然而，甲骨文 A 字皆假借爲國名、人名，無義可尋，不能和甲骨文「朋」字作進一步比較，先行擱置不論。

　　西周春秋金文有 B 字 𣫮（多友鼎）、 𣫮（杜伯盨） 𣫮（趞曹鼎），[註28] 與甲骨文 A 字構形相似，亦從勹（或人）從朋，B 字除用爲人名、地名外，還有「朋友」之「朋」這一個義項，B 字此義項常見於西周春秋金文如多友鼎之銘文：「用 B 用友」，杜伯盨之銘文：「其用享孝皇神祖考，于好 B 友」，趞曹鼎之銘文：「用饗朋友」，然而，值得注意的是 B 字從無「朋貝」之「朋」的用法，而殷商西周的「朋」字也從不釋作「朋友」之「朋」，意即今日可見殷商西周時期的材料，「朋」與 B 字用法是有區別的，朋、B 字在殷商西周時期非同一字，則于省吾認爲 B 字是「朋」附加「勹」聲之說便有待商榷，在未有新材料證明「朋」字與 B 字爲一字的情況，就文字構形的歷時演變來看，B 字只能視爲同

---

〔註28〕西周春秋金文的 B 字與甲骨文的 A 字構形相似，但礙於 A 字均爲地名、人名的假借用法，兩者是否有歷時關係無判斷依據，須待更多出土材料方能解決。

取式形聲字，而非「朋」字附加「勹」聲的注音形聲字。

學者分析 B 字構形，均以爲下部所從爲「朋」，但對「朋」旁的性質爲何？則有不同的討論，有不少學者承襲許愼《說文》的說法以爲：「倗，輔也，從人朋聲」，以爲「朋」旁爲聲符，如羅振玉、容庚、于省吾等前輩學者多承襲此說，〔註29〕並以爲 B 字的「朋」旁爲聲符，後世典籍「朋友」之「朋」字，遂假借「貝朋」之「朋」字，雖然「朋」旁確實能擔任聲符，但更爲重要的功能是作爲 B 字的「義符」，商承祚以爲「冪者乃貝朋之朋，引申爲朋友之朋」（商承做 1979：128）。何琳儀師亦言朋字正象以繩貫貝分爲兩組之形，其後引申「朋黨」、「朋比」之義。（何琳儀 1998：157）「朋」由兩系貝所組成，正如同朋友是指兩人的關係，引申出「朋黨」、「朋比」等意義，因此 B 字所從「朋」當爲義符方是。

至於 B 字上部所從部件，學者有兩種主張，或以爲是「人」部件，隸爲「倗」字；或以爲是「勹」部件隸爲「倗」字。〔註30〕學者主張上部爲「人」部件，根據的字形爲甲骨文時期的 A 字立論，然而 A 字均爲人名、地名的用法，以此立論似乎不妥；根據西周春秋金文 B 字的字形如：𤔲（多友鼎）、𤔲（杜伯盨），其上部則與勹字相似如匍字作 𠣪（師克盨）、匋字作 𠣫（麓伯簋），則 B 字上部所從當勹形部件，審視朋、勹二字的語音關係，「朋」字上古音爲並紐蒸部，勹字上古音爲並紐職部，兩字聲母均屬並紐，韻部則爲蒸、職二部對轉，就音理上而言勹字可作爲朋字之聲符。

綜合上述，B 字構形當分析爲從朋，勹聲，隸爲倗字，爲今日「朋友」之朋的本字，是一個同取式的形聲字，西周春秋金文的倗字經過文字形體的演變，訛變爲後世的「朋」字，〔註31〕而甲骨文朋貝之「朋」的本字則淘汰不用。

---

〔註29〕主張「朋友」之「朋」後世寫作「朋貝」之「朋」是假借關係，諸位學者的說法出處如下：容庚（2002：560）、于省吾（1999：377）。

〔註30〕認爲 B 字上部所從爲「人」旁的學者如：姚孝遂（《甲詁文字詁林》按語：3290、季旭昇 2003：559；認爲上部所從爲「勹」旁的學者如：于省吾 1999：377、劉釗 1991：124、何琳儀 1998：157。

〔註31〕關於 B 字演變爲今日朋字的過程，可參考黃文杰 2000、陳麗紅 2002。

### 疑例 71、「臧」字

A、曾子斿鼎

臧字春秋金文作 （曩白子父妊盨）、 （曾子斿鼎），于省吾以爲甲骨文 （合集 12836 正），即臧字初文，從臣從戈爲會意字，後世加爿聲作臧變爲形聲字。（于省吾 1979：51-52）張世超等認爲依于氏之說，則所從臣當不可省，即或可省，但在金文的臧字，皆作從口、從戈，爿聲，未見從臣之例，到了戰國秦系文字方有從臣的臧字，認爲 另爲一字。（張世超等 1996：686）張世超等由金文逆推審視于氏之說，認爲金文中未見從臣之臧字，因此 形不宜釋爲臧，確實有其道理，臧字構形僅能根據最早見的春秋金文，分析爲從戈、從口，爿聲。

### 疑例 72、「繇」字

A、陶徵 183

戰國齊系陶文 A 字作 （陶徵 183），曾憲通據「繇」字初文西周金文作 （彔伯𢽳簋蓋，繇字所從）、 （師克盨，繇字所從），將齊系陶文的「 鄙」、「 鄙」等字（下文以 B 字代替）釋爲「脒鄙」，讀爲「陶鄙」，曾憲通在 B 字是脒字的基礎上，認爲 A 字就是《說文》的「繇」字，A 字構形的-產生是在「脒」字上加注「缶」聲，並將文例「右 A」釋爲「右繇」，讀爲「右陶」（曾憲通 1983：26-27）。在語音關係方面，上古音脒字爲余紐幽部，陶字爲定紐幽部，上古余、定二紐關係密切，韻母同屬幽部，而且郭店簡〈窮達以時〉3 簡有「皋繇」，讀爲古籍中常見人名「皋陶」。因此由辭例與語音兩方面看來，將「右 A」釋作「右繇」，讀爲「右陶」，是十分有道理的。

然而，B 字在陶文中都是地名用字，古人地名用字無定字，音通即可，曾憲通基於當地製陶業發達，與「繇」、「陶」音近可通，將 B 字讀爲「陶」，雖然有一定的道理，然仍不免流於揣測。總之，B 字不宜作爲構形演變判斷的基準。

　　筆者根據 A 字讀爲「右陶」，A 字詞義和陶器管理製作相關，認爲 A 字所從的缶旁才是 A 字義符，而絲旁爲音符，其結構可分析爲從缶，絲聲，可能是「匋」字之異構，但在傳世文獻中，絲、陶僅在作爲人名「皋絲」、「皋陶」時互爲異文，兩字意義聯繫不深，而且古文字的絲字，僅見 A 字一例，欲推論絲、匋爲一字之異體，仍須待更多新材料方能證成此說。

## 疑例 73、「殿」字

A、睡・秦律 40

　　戰國秦系殿字作（睡・秦律 40），何琳儀師在展字下，以爲秦系殿字所從「展」旁，其構形是在字上加注典爲音符。（何琳儀 1998：1233）然而，何琳儀師在殿字下則改稱典旁，是由尸下部件變形音化所產生。（何琳儀 1998：1233）何師對殿字所從左旁說解前後不一，有待進一步調和。首先，何師隸爲展的，在銘文中是國名用字，無法由文例證實其爲「展」字，用此字作爲基礎，進而分析殿字右旁構形，是很危險的。

　　古文字中可靠的展字，僅見於隨縣簡作![image](隨縣 1)、![image](隨縣 22)，其構形由尸、爪、丌三個部件構成，尸、丌二部件中間尚有爪旁，若將典旁視爲後來疊加偏旁，則須先省略爪旁，但隨縣簡中從展的輾字作![image](隨縣 149)，構形省略的是尸旁，未見省略爪旁的例子，而且何師以爲展字從尸得聲，但將聲符完全省略之例子更是少見。次者，展字構形原本已有「丌」形，而戰國典字作![image]（包山 5）、![image](睡・雜 33)，典字構形亦有丌旁，雖然可以解釋爲兩字共用丌形部件，此說不如以展旁變形音化爲典旁直接，然而，爪旁和典字上方部件的構形，其實差異頗大，爪、典之間演變能否理解爲變形音化現象，亦需要進一步證據。

　　總之，戰國秦系的殿字應是由尸、攴、典三旁構成，典旁應爲殿字聲符，至於其他部件之作用，以及殿字本義爲何，只得暫時存疑。

# 第五章　注音形聲字綜論

## 第一節　注音形聲字產生的原因

注音形聲字產生原因十分複雜，以下僅就主要原因加以說明，至於較特殊的原因於太過瑣碎，便不再此節加以贅述，其主要原因大體可歸納為下列幾點：

### （一）標注實際語音

文字歷經漫長時間的演變，原有字音產生音變，或受到當地方音影響，為了準確紀錄用字者存在時間空間的語音，因此在被注字上增繁音符，以標注被注字的準確讀音，如鼻、翌、嬰等字。

### （二）分擔文字職務

隨著先人思想日趨複雜產生許多抽象思維，文字在本義上產生繁複的引申義，或者是據音借用文字形體，使文字除本義外還負擔假借義，為了分擔文字所具有的本義和引申義、假借義，遂在被注字上增繁標音偏旁造出注音形聲字，用以區別文字的本義和假借義，如嚳、嚳、旡、壺等字。

### （三）漢字形聲結構影響

漢字形聲結構佔文字比例逐漸增加，用字者對形聲結構「以音識字」的方法使用越來越頻繁，受到這種「極完美」的文字形式影響。（唐蘭 1986a：上冊 50 葉）因此於表意結構上，增繁標音偏旁產生注音形聲字。

### （四）用字者崇尚繁縟

這一類原因主要針對被注字是形聲結構的注音形聲字而言，何琳儀師認為：「戰國形聲標音字甚多，這可能與當時某些書寫者崇尚繁縟心理有關」。（何琳儀 2003：224）這類原因產生的注音形聲字多是疊床架屋，因此被後世淘汰機會相對也提高不少。

上述注音形聲字產生的原因，前二項是出於用字者對文字辨識的要求，後二項則是基於用字者心理層面所產生。

## 第二節　由產生時代論注音形聲字

漢字經歷長期的發展，形聲字比重逐漸上升，本文將古文字粗略分為殷商、西周、春秋戰國三個時期，以觀察注音形聲字的數量是否和漢字聲化趨勢成正比，殷商時期所產生的注音形聲字有十一例：

鳳（例1）、觀（例2）、星（例3）、裨（例4）、巛（例5）、翌（例6）、粤（例7）、膚（例8）、蘿（例9）、絮（例40）、皇（例41）

西周時期所產生的注音形聲字共有二十六例：

必（例10）、夜（例11）、參（例12）、盾（例13）、薔（例14）、熬（例15）、刑（例16）、袞（例17）、裘（例18）、禽（例19）、盧（例20）、旂（例21）、寶（例42）、糟（例43）、鑄（例44）、寮（例45）、履（例46）、霸（例47）、艤（例61）、邊（例62）、竁（例63）、復（例64）、釐（例65）、摯（例66）、盠（例67）、獻（例68）

春秋戰國時期所產的注音形聲字共有四十三例：

鼻（例22）、罔（例23）、閔（例24）、草（例25）、齒（例26）、臽（例27）、屄（例28）、鸞（例29）、壞（例30）、嬰（例31）、雞（例32）、盧（例33）、蜎（例34）、孚（例35）、壹（例36）、吳（例37）、觬（例38）、羕（例39）、閒（例48）、窖（例49）、發（例50）、彴（例51）、關（例52）、肄（例53）、絕（例54）、酉（例55）、壁（例56）、鹽（例57）、瑟（例58）、瓤（例59）、戠（例60）、鼉（例69）、備（例70）、緷（例71）、隴（例72）、媊（例73）、時（例74）、畞（例75）、鐘（例

76）、藢（例 77）、飌（例 78）、歈（例 79）、諐（例 80）

本文所收注音形聲字共有八十例，殷商時期所產生的注音形聲字約佔總體
14%，西周時期所產生的注音形聲字約佔總體 32%，春秋戰國時期所產生的注
音形聲字約佔總體 54%，﹝註 1﹞由統計數據可知，隨著漢字體系聲化程度的提
高，注音形聲字的例字亦隨之增多，換句話說，注音形聲字的產生和形聲結構
成爲漢字主要構形方式兩者息息相關。次者，春秋戰國時期注音形聲字數量的
增加，可能也受戰國時期用字者崇尙華麗繁複的風氣影響。（何琳儀 2003：224）
戰國時期文字經常出現增繁贅旁、贅筆或是裝飾符號等現象，比如吳越一帶風
行的鳥蟲書，就是在原有文字加上鳥形、蟲形爲裝飾符號，用字者尙繁心理作
祟下，便在原有字形加注音符，使戰國文字產生較多的注音形聲字。

次者，殷商時期產生的注音形聲字，其被注字皆爲表意結構，而無一例是
形聲結構。對於這種現象，可以由三方面解釋，其一，殷商時期形聲結構原本
就非漢字主要結構，此時象形、指事、會意等表意結構仍佔大多數，屬於少數
的形聲字要產生注音形聲字的機率自然降低。

其二，注音形聲字的被注字性質，原本就以表意結構的居多數，以本文所
收的注音形聲字爲例，被注字性質爲表意結構有五十九個，爲形聲結構的有二
十個，可知被注字爲表音結構的注音形聲字，本來就是少數。

其三，用字者在殷商時期仍習慣以形表意的漢字，對於利用聲符所記載的
語音辨別文字的方式追求程度還不高，自然不會在既有聲符的形聲結構再追加
音符了。

西周時期產生的注音形聲字，其被注字爲表意結構共有十八例：

必（例 10）、夜（例 11）、參（例 12）、盾（例 13）、薔（例 14）、熒（例
15）、荊（例 16）、裒（例 17）、裘（例 18）、禽（例 19）、盧（例 20）、
旂（例 21）、寶（例 42）、耤（例 43）、鑄（例 44）、寮（例 45）、履（例

﹝註 1﹞ 有些注音形聲字爲基本詞，理論上應該在西周甚至殷商便已出現，不會晚至戰國
時期才成爲注音形聲字，這可由三個方向說明，第一、文字載體性質問題，西周
時期主要文字出於金文，其內容多是王公大臣的祭祀冊賞，侷限了用字的多樣性。
第二、本文研究方法對於無義可證之字均不採用，如甲骨文有從雞初文、奚聲的
形聲結構，但礙於該字皆爲地名用字，因此本文據最早有義可證的雞字，是在睡
虎地簡中遂收在春秋戰國時期。

46）、霤（例47）

被注字爲形聲結構的有共有八例：

攤（例61）、邊（例62）、竆（例63）、復（例64）、鼇（例65）、摰（例66）、靈（例67）、獻（例68）

春秋戰國時期產生的注音形聲字，被注字爲表意結構共有三十一例：

鼻（例22）、罔（例23）、閔（例24）、草（例25）、齒（例26）、龜（例27）、旡（例28）、鬑（例29）、麀（例30）、奰（例31）、雞（例32）、盧（例33）、蝟（例34）、孚（例35）、壹（例36）、吳（例37）、觀例38）、業（例39）、鬪（例48）、窖（例49）、發（例50）、彴（例51）、關（例52）、肄（例53）、絕（例54）、昏（例55）、壄（例56）、鹽（例57）、瑟（例58）、纕（例59）、載（例60）

被注字爲形聲結構共有十二例：

譽（例69）、備（例70）、綱（例71）、隓（例72）、嬗（例73）、塒（例74）、畝（例75）、鐘（例76）、旂（例77）、飄（例78）、歙（例79）、驚（例80）

在表意字上加注聲符而成的注音形聲字，由殷商、西周至戰國時期呈現穩定的成長，春秋戰國時期注音形聲字數量更較西周時期多出一倍，和形聲結構在漢字系統中日趨優勢成正比，用字者感受到以聲辨識之方便，遂將更多表意字加注聲符，使之成爲注音形聲字。

　　春秋戰國時期產生的注音形聲字，形聲字疊加音符的數量僅較西周時期多出四個，然而，表意字加注音符的數量，卻多出西周時期的一倍，兩者呈現不同的成長趨勢，也就是說，形聲字疊加音符的現象，未隨著春秋戰國時期形聲結構在漢字中佔有更大的比例，也跟著成正比的增多，對於這種現象，本文以爲漢字畢竟是單音節文字，只需要一個聲符來標注語音，因此形聲字疊加聲符而成的注音形聲字，在春秋戰國時期數量雖然稍有成長，但仍和西周時期的相差無幾。這種現象或許可以印證漢字形聲結構以一形一聲爲正例，而罕見多聲符之形聲字。〔註2〕

---

〔註2〕不過這種現象也可能是圇於本文對於人名、地名等一律不收的緣故，如袁家麟指

# 第三節　由字形存廢論注音形聲字

　　注音形聲字和被注字之間爲異體關係，然而，用字者只需要一明確表義的文字，過多繁複異體字只會造成文字使用的困擾，所以有些注音形聲字會被歷史淘汰，黃德寬曰：

> 但對已有字的改造的困難，使這種方法的運用十分不便。被注字在
> 長期使用中早已定形，對注聲改造具有強大的抵禦力，所以許多曾
> 經加注音聲符的字依然故我，聲符最終被淘汰。（黃德寬 1996：21）

文字本來就是約定成俗的文化產物，改變現狀容易產生反抗心理，因此有爲數不少注音形聲字走向被淘汰的結局，但也有不少注音形聲字被保留下來，〔註3〕本文所收共有三十八個注音形聲字爲後世繼續沿用：

> 鳳（例1）、星（例3）、巛（例5）、翌（例6）、臚（例8）、蘿（例9）、必（例10）、夜（例11）、參（例12）、熒（例15）、荆（例16）、裘（例18）、禽（例19）、盧（例20）、旂（例21）、鼻（例22）、冏（例23）、閔（例24）、草（例25）、旹（例27）、雞（例32）、壹（例36）、羕（例39）、寶（例42）、耤（例43）、鑄（例44）、寮（例45）、履（例46）、發（例50）、絕（例54）、壄（例56）、鹽（例57）、瑟（例58）、邊（例62）、釐（例65）、摯（例66）、獻（例68）、猷（例75）

爲後世淘汰的注音形聲字則有：

> 觀（例2）、裣（例4）、粤（例7）、盾（例13）、薔（例14）、袞（例17）、

---

出造字之初，地名重在鄉呼，因此以兩個音近之字合爲一字。（袁家麟 1988：85）又黃麗娟認爲戰國時期人名好以聲近之字拼合。（黃麗娟 2005：141）而何琳儀師《戰國文字通論》所收形聲字疊加音符之例字中，就有四例爲人名用字。（何琳儀 2003：224-225）。但爲了降低誤收注音形聲字的風險，本文仍排除地名、人名等無義可證之字，尤其是人名往往只是曇花一現的特殊字例，列入整個注音形聲字研究恐影響成果之正確性。

〔註3〕 本文所謂對文字是否被淘汰的標準有三：其一該字需繼續爲用字者書寫運用，僅存於字書之字則列爲被淘汰之字中。其二該字構形因爲產生其他構形演變或訛變，使得結構有繁簡變異之別，仍列入保留之字中，如履字所增繁的眉聲，到了戰國訛變爲「尸」形部件，失去表音功能仍列入保留之中。其三該字雖然不被使用，但活躍運用於偏旁中的字，仍列入保留之中，如巛字罕見獨體，但用作災字偏旁。

齒（例 26）、㐭（例 27）、死（例 28）、爵（例 29）、麋（例 30）、嬰（例 31）、虜（例 33）、蕣（例 34）、孽（例 35）、冥（例 37）、蜺（例 38）、絮（例 40）、皇（例 41）、靁（例 47）、閏（例 48）、堡（例 49）、旬（例 51）、閒（例 52）、隸（例 53）、臽（例 55）、鑽（例 59）、戴（例 60）、樊（例 61）、竄（例 63）、復（例 64）、鼄（例 67）、鶩（例 69）、備（例 70）、鵠（例 71）、隓（例 72）、編（例 73）、寺（例 74）、鐘（例 76）、旟（例 77）、飄（例 78）、歡（例 79）、驚（例 80）

以上共有四十二個注音形聲字爲後世所淘汰。

　　從本文所收字例來看，被淘汰的注音形聲字多於保留數目，但兩者差距不大，正可証明形聲結構同時具音義偏旁，較僅以形表意之字，更具有辨識文字的優越性，用字者才願意改變原本已有字，轉而書寫新形成的注音形聲字。次者，比較殷商時期產生注音形聲字淘汰與保留的情形，保留下來的有：鳳（例 1）、星（例 3）、翌（例 6）、巛（例 5）、膚（例 8）、雚（例 9）等六例，而被淘汰的則有觀（例 2）、裨（例 4）、粵（例 7）、絮（例 40）、皇（例 41）等五例，被保留下來的多於被淘汰之字，可知儘管在以表意結構爲主的早期漢字中，然而，一但表意字加注聲符變爲注音形聲字，具有辨識文字優勢的形聲結構，是容易先爲人所保留。

　　西周時期產生的注音形聲字，後來保留下來的則有：必（例 10）、夜（例 11）、參（例 12）、惑（例 15）、荊（例 16）、裘（例 18）、禽（例 19）、盧（例 20）、旗（例 21）、寶（例 42）、耤（例 43）、鑄（例 44）、寮（例 45）、履（例 46）、邊（例 62）、釐（例 65）、摯（例 66）、獻（例 68）等十八例，被淘汰的則有盾（例 13）、薔（例 14）、靁（例 47）、樊（例 61）、竄（例 63）、復（例 64）、鼄（例 67）等七例，西周時期爲形聲字增加之時期，殷商甲骨文形聲字約 27.27%（李孝定 1986：21）西周時期的形聲字約佔 37.6%（張再興 2004：41）雖然仍遠低於小篆時期形聲字的 87.39%，但人們對形聲結構的追求自覺日趨高漲，所以保留注音形聲字也相對增加，值得注意的是，被保留下來的十八個注音形聲字中，除了夜、獻的被注字「夕」、「膚」繼續被使用，和旗字的被注字「㫃」還用作其他字的偏旁外，其被注字完全被淘汰，只用作該注音形聲字的形符。

　　春秋戰國時期產生的注音形聲字，保留下來的有：

鼻（例22）、罔（例23）、閔（例24）、草（例25）、齨（例27）、雞（例
32）、壹（例36）、羕（例39）、發（例50）、絕（例54）、壄（例56）、
鹽（例57）、瑟（例58）、猷（例75）

以上共有十四例。被淘汰的則有：

齒（例26）、齨（例27）、肔（例28）、歸（例29）、矔（例30）、叟（例
31）、雞（例32）、蹭（例34）、孳（例35）、昊（例37）、觬（例38）、
閭（例48）、罍（例49）、旬（例51）、闕（例52）、肄（例53）、舀（例
55）、驪（例59）、截（例60）、學（例69）、備（例70）、孏（例73）、
輈（例71）、隓（例72）、待（例74）、鏜（例76）、旗（例77）、覿（例
78）、歜（例79）、豎（例80）

以上共有二十九例。此時的注音形聲字被保留下少於被淘汰之字，形聲字所佔
漢字比例並更加具有優勢，以春秋金文來看形聲結構約佔 52.8%（羅衛東 2005：
32）楚系簡帛文字的形聲結構比例更高約佔 77.6%。（李運富 1997：94）而齊、
燕、晉三系文字的形聲結構亦佔 73.13%。（趙學清 2005：60）秦簡文字的形聲
比例已到 62.48%。（郝茂 2001：118）。然而春秋戰國時期的注音形聲字被淘汰
數卻高於保留數，和前文主張西周注音形聲字因為形聲結構佔文字比重升高，
所以注音形聲字較多被保留的論點看似矛盾，也和漢字形聲結構比重增加的趨
勢不同，其實春秋戰國注音形聲字的高淘汰率未和上述兩點相衝突，觀察這些
被淘汰的二十九字中，有十三例被注字本來就是形聲字，即使去除掉疊加的聲
符，仍可藉由被注字原有聲符作為識字依據。

　　注音形聲字之所以保留下來，除了用字者可根據聲符語音辨字外，應還配
合其他因素，我們能夠推知的因素可區分為三項：（一）被注字構形具體繁複、
（二）語音變遷、（三）字義分化。

### （一）被注字構形具體繁複

　　表意字中的象形字，乃根據欲表達的詞，將其物象具體描繪下來，即使經
過線條化、簡單化的改造，其圖畫意味仍濃，如鳳、虜等字。而會意字雖然會
合兩個以上意符的字義，來表現另一個意義的字，但其構形除了根據意符字義
外，往往偏旁的組合仍類似圖畫，或是要依據意符位置關係的提示，來達到表
義的目的，如宿、寒、無、正、相等字為例。（裘錫圭 1993：144-149）漢字為

了書寫方便，太過繁複或具體的構形，會經歷人爲筆畫化、符號化的改造，因此被注字構形較爲複雜的，如虡字作 🐾（後 27‧15）、鳳字作 🐦（菁 5.7）、盧字作 ⿰（鐵 12‧4）、雞字作 🐔（掇 259）、寶字作 ⿱（甲 3741）、鑄字作 ⿰（王七祀壺蓋）、寮字作 ⿱（續 3‧28‧7）等字，爲了在經歷筆畫化、符號化還能爲用字者所辨識，〔註4〕所以留下具有聲符作爲辨識依據的形聲字。

### （二）語音變遷

漢字體系由初造的殷商時期經歷漫長歲月，部分漢字語音產生明顯的轉變，表現最爲明顯的就是複輔音丟失，如鹽字，龔煌城將鹽字所從監聲的上古聲母構擬爲複輔音*kr，其後鹽字聲母丟失*k 爲 r，監字聲母丟失*r 爲 k（龔煌城 2002：35）。

### （三）字義分化

注音形聲字與被注字原本是異體關係，在經歷時間演變後，由一字異體分化爲意義有別的兩個字，注音形聲字和被注字不再只是字形上的差異，變爲形、義均異的兩個字，因此注音形聲字也就被保留下來了，如夕、夜意義分化，夕字用爲{傍晚}，夜字則指整個晚上，又如門、閔意義分化，門專指城門之{門}，閔字則多假借爲憐憫之{憫}，又如壺、壹意義分化，壹字專指器皿之{壺}，壹字則指專一之{一}。

上述原因往往交織在一起，難以清楚劃分，但也未必要全部符合。而這些被保留下來的注音形聲字，除了符合漢字聲化的趨勢，同時表現「簡化」、「區別」的文字演變方向。

同樣的，注音形聲字被淘汰的原因，除了被注字已定形，用字者不願改變的因素外，還可以分析出下列幾項：（一）被注字爲形聲結構、（二）語音過於疏遠、（三）爲同取式形聲字取代、（四）隸楷承襲秦系文字系統。

### （一）被注字為形聲結構

被注字是形聲結構的注音形聲字，前文已提及多出現在春秋戰國時期，學者以爲這是過度強調語音而產生的疊床架屋式的繁化。（劉釗 1991：131），或是書寫者崇尚繁縟的心理有關。（何琳儀 2003：224）由於被加注字已有聲符可

---

〔註4〕關於注音形聲字形符構形的調整演變，請參閱後文。

以作爲辨識，不再需要多一個聲符標音。漢字有很明顯的簡化趨勢，一旦崇尚繁縟的風氣過去，這一類注音形聲字逐爲後世淘汰。

### （二）語音關係不夠密切

　　一般而言，加注字和聲符的語音關係是相同或相近的，卻也有聲符和被注字語音略嫌疏遠，本文經過諧聲、異文的比較，認爲聲符仍可勉強標注該字音讀，可是後世形聲字使用漸趨頻繁，用字者對聲符的標注音讀功用更加注重，於是，被注字與聲符語音關係稍遠的注音形聲字，便被用字者所淘汰，如裥字是在卒字上加注聿聲，但卒字爲精母，聿字爲余母，精、余二母稍嫌疏遠，使得裥字未被保留下來。如𪓐字，所加注的用聲爲余紐，𪓐字爲影紐，余、影二紐上古稍有距離，遂未被保留下來。

### （三）為同取式形聲字取代

　　漢字形聲結構除了加注音符產生注音形聲字外，同時有造字功能更爲強大的同取式形聲字在不斷產生，有時會爲一字造出不同的異體字，兩類構形相互競爭之下，有些注音形聲字就被同取式形聲字取代。又如𪓐字爲壅字取代，又如𡏲字爲鄰字取代，又如闗字爲闗字取代。

### （四）隸楷承襲秦系文字系統

　　此點是針對春秋戰國時期注音形聲字而言，秦朝一統天下後，秦始皇採納李斯建議採取「書同文」的政策，廢除與秦系文字不合之字形，整理出小篆的文字系統，今日隸楷文字結構乃承襲小篆系統，其改變多在字體上的字形特點和書風加以變化，意即今日隸楷文字多承襲秦系文字，因此屬於東方六國所產生的注音形聲字便面臨淘汰的命運，如𠤏字僅出現在齊系文字，爲齊刀幣之專名，故未被秦系爲主的隸楷文字所保留；又如𪓐字爲楚、晉二系的第一人稱代詞用字，而秦系第一人稱代詞則用吾字，因此𪓐字遂被淘汰；又如𡏲字爲楚、晉二系鄰近之{鄰}的用字，秦系則用從邑、粦聲的鄰字。

　　注音形聲字被淘汰的原因，前兩項來自於注音形聲字結構的本身，不符合漢字形聲結構的模式，後兩項則是人爲對注音形聲字的選擇。

　　本文雖然將注音形聲字被保留與淘汰的原因，分爲兩類各自論述，但是這只是爲了行文方便，前者強調「保留」，後者強調「淘汰」，以突顯兩者各自的特色，也就是說，保留和淘汰的原因可同時檢視注音形聲字，符合越多保留原

因，相對的就不符合越多的淘汰原因，如罔字符合保留因素的「被注字構形具體繁複」、「字義分化」兩項，而完全不符合被淘汰的原因。

再次，被注字為表意結構而被保留下來的注音形聲字，有：

鳳（例1）、星（例3）、巛（例5）、翌（例6）、膚（例8）、萑（例9）、必（例10）、寶（例42）、耤（例43）、夜（例11）、參（例12）、鑄（例44）、寮（例45）、履（例46）、惑（例15）、荊（例16）、裘（例18）、禽（例19）、盧（例20）、旂（例21）、發（例50）、鼻（例22）、罔（例23）、閔（例24）、絕（例54）、草（例25）、壁（例56）、鹽（例57）、雞（例32）、壹（例36）、瑟（例58）、羕（例39）

以上共有三十二例。被注字為形聲結構被保留下來的則，有：

邊（例62）、釐（例65）、摯（例66）、獻（例68）、畞（例75）

共有五例。對於前者的被保留，大體符合本文所舉注音形聲字被保留的原因，後者則悖於漢字形聲字一形一聲的正例，也就是不符合本文所說注音形聲字被淘汰原因的第一項，因此展開討論，首先討論釐、摯二字，是在從來聲的斄字上加注里或子聲而成，觀察加注聲符後的摯、釐構形，因為有聲符作為辨識依據，因此摯、釐二字原本從來聲多訛變為木或未旁作釐（陶徵2·49）、摯（彔伯簋），斄字原從來聲失去表音功能，也就是說，它們仍然只有一個聲符，所以摯、釐二字得以保留。

畞字是在從又聲的畂字上加注久聲而成，觀察加注久聲的畂字作畞（睡虎地·秦律38），本從又聲寫在田、久二旁中間，受到限制不易彎曲，到了小篆作畞，又旁所象的手指與手臂之形都變為直筆，到了隸、楷更收縮筆畫，用字者無法辨別為又聲，失去原有的表音功能，使得「久」旁變為畞字唯一聲符，所以畞字被保存下來。

獻字是在從虍聲的鬳字上加注犬聲而成，獻字之所以被保存下來，應是獻字已經分化出與鬳字不同的字義，鬳、獻已經由異體關係，變為形、義均有別的兩個字，因此一形二聲的獻字遂被保留下來。至於鼻字何以為後世保留的原因則有待商榷。

最後討論保留下來的注音形聲字，其被注字的存廢問題。當注音形聲字為後世繼續襲用，其聲符所記錄的語音可以幫助辨別文字，通常被加注字會面臨

被淘汰的命運，本文所收被後世襲用的注音形聲字，其被注字爲後世淘汰的有：

鳳（例 1）、巛（例 5）、虜（例 8）、必（例 10）、寶（例 42）、耤（例 43）、參（例 12）、鑄（例 44）、寮（例 45）、履（例 46）、惑（例 15）、裘（例 18）、禽（例 19）、盧（例 20）、旂（例 21）、發（例 50）、罔（例 23）、絕（例 54）、草（例 25）、甸（例 27）、壄（例 56）、觬（例 38）、雞（例 32）、瑟（例 58）、邊（例 62）、鼉（例 65）、摯（例 66）、猷（例 75）

以上共有二十八例。但也有不少被加注字與注音形聲字兩者均爲後世保留，譬如：晶/星（例 3）、羽/翌（例 6）、夕/夜（例 11）、萑/雚（例 9）、刅/荆（例 16）、自/鼻（例 22）、門/閱（例 24）、壺/壹（例 36）、永/羕（例 39）、虜/獻（例 68）等字，共有十組例證。

被注字的淘汰率佔了總數的四分之三弱，或可證明漢字雖然有不少異體現象，但終究只停留在某段時期，漸漸會爲後世所淘汰。

然而，被注字與注音形聲字皆爲後世保留的，也佔了總數四分之一強，比例不可謂不高，觀察這些字例多有相同的特徵，這些被注字與注音形聲字皆分化爲意義有別的兩個字，[註5] 不再是異體關係，也就是說「字義分化」是造成被注字與注音形聲字皆爲後世保留的重要因素。

## 第四節　注音形聲字形符的構形演變

姚孝遂認爲用字者對文字的基本要求是：「簡單化、規則化，便於書寫，容易掌握。同時還極力要求表達概念準確，避免混淆」。（姚孝遂 1980：20）表意文字一旦加注聲符成爲注音形聲字，用字者可以憑藉聲符所記錄的語音來辨識文字，進而跳脫漢字以形辨意的侷限，達到「概念準確，避免混淆」的要求。然而注音形聲字的產生，在文字構形屬於繁化現象，和漢字構形由繁到簡的趨勢背道而馳，其實不然，林清源師曾指出不同類型的構形演變，往往在一字之中交錯出現，其曰：

在文字構形演變過程中，各種類型的簡化、繁化與變異現象，經常

---

〔註 5〕關於注音形聲字與被注字的分化現象，請參閱後文。

交錯出現。一字之中，可能有些部件趨向簡化，另外一些部件卻趨

向繁化；或者，原有的部件雖然有所刪減，卻又增添一些新的部件。

（林清源 1997：32）

注音形聲字結構中作爲形符的被加注字，其構形在加注聲符後往往發生簡化、

變異或類化的連鎖演變，對注音形聲字構形進行調整，進而符合文字「簡單化」、

「規則化」、「便於書寫」的要求，當然，被加注字構形之所以會產生變化，最

主要原因就是該字已由表意結構變爲注音形聲字，可藉由聲符作爲區別它字的

依據。注音形聲字產生後，其變爲形符的被加字構形演變可區分爲：（一）義近

替換、（二）形近類化、（三）形符簡化、（三）形符變異。

### （一）義近替換

一旦增繁音符成爲注音形聲字，表意字即由「字」變爲「形符」性質，漢

字形聲字的形符表義趨向「泛化」，亦即「表意具體的形符通過改換而趨向類化，

或者表義變得更爲概括」。（黃德寬 1996：72）注音形聲字的形符亦朝此泛化趨

勢發展，然而值得注意的是，注音形聲字具體表義的形符，在更換爲意義較抽

象的義符時，往往選擇一個和被加注字構形相近的偏旁作爲意符，其演變情形

和「類化」現象相似。換句話說，注音形聲字的形符泛化爲義符時，同時受到

形符字體的制約，多會類化爲形體相近的意符，我們可將注音形聲字這種演變

稱爲「義近替換」。

### 例1、「鳳」字

鳳字甲骨文作 （菁 5.7）、 （後 2・39・10），具體描繪鳳鳥形體長羽

高冠之形，第三期加注凡聲後作 （粹 839）。西周金文中的鳳字罕見，但有

加注凡爲聲符如 （中方鼎），到了春秋戰國時期，鳳字或作 （十六年令喜

戈），此時鳳鳥形符已被「鳥」旁取代，鳳字成爲一個從鳥、凡聲的形聲字，

爲小篆 與漢代文字 （《漢印文字徵》龐鳳）、 （《漢印文字徵》蘇鳳）所

本。

鳳字甲骨文象鳳鳥形，有凡聲作爲辨識依據後，即使改從鳥旁，也不會和

其他鳥類之字相混，因此爲了書寫方便，戰國時鳳鳥形逐類化爲鳥旁，鳳字構

形逐變從鳥，凡聲，並爲鳳字小篆所承襲。

## 例2、「裘」字

裘字甲骨文構形![字形]（前6・7・3），將動物獸毛明確畫出，用字形來區別其他種類的衣物，這是漢字初始以形辨義的方式。到了西周金文加注又或求聲作![字形]（　伯歸夆簋）、![字形]（五祀衛鼎），裘字有了聲符作為識字憑藉，不再只依靠皮衣上的獸毛來區別其他衣物，裘字形符可以改換成較抽象、概括意涵較廣的偏旁，便將獸毛畫出的皮衣之形，義近替換為同性質、構形亦近的衣旁。

## 例3、「卒」字

甲骨文的獨體卒字，除了黃組卜辭卒字與衣字同形，多是在衣字上藉由指事符號表示「終卒」之意其如![字形]（鐵23・2）、![字形]（甲1549），卒字上加注聿聲成為褚字後作![字形]（粹140）、![字形]（京津4360），獨體卒字淪為僅有區別作用的形符，因此褚字所從形符便由卒字初文義近替換為衣旁，而不再加上指事符號表示終卒之意。

## 例4、「鬳」字

鬳字在卜辭作![字形]（後27・15），其構形具體描繪「上形如鼎，下形如鬲」的鬳器形狀，或加注虍聲變為注音形聲字作![字形]（甲2082），西周金文加注虍聲之鬳字作![字形]（見作甗）、![字形]（師趛甗），春秋則作![字形]（王孫壽甗），所從的鬳旁初文則義近替換為「鼎」旁或「鬲」旁。鬳字加注「虍」旁作為識字依據，圖畫意味濃厚的鬳旁被簡省為鼎旁或是鬲旁。

## 例5、「荊」字

荊字初文作![字形]（鼏簋）、![字形]（堆叔簋），象以刀斫草之形。（劉釗1991：120）草形或可減省為短豎畫，在荊字加注井聲作![字形]（過伯簋）、![字形]（馭𠭰簋），由會意字變為注音形聲字，遂未見從草形。其後牆盤的荊字作![字形]，更將荊字初文類化為構形相似，而且可以表現砍斫之意的刀旁，荊字初文具體表意的形式不復存在，變為從刀，井聲的形聲字。

## 例6、雞

甲骨文的雞字作![字形]（掇259）、![字形]（佚740），圖畫意味濃厚，表現出雞隻

高冠修尾之貌，到了戰國有奚聲作爲辨識的依據，不會和其他鳥類之字產生混淆，雞字所從的形符不必再寫作具體的雞字初文，所以楚系文字中的雞字作■（包山 257）、■（包山 258），所從形符由雞字初文類化爲構形相近，表義概括所有鳥禽類的形符「鳥」旁。秦系文字則作■（睡‧秦 63）、■（睡‧日乙 76），雞字初文類化爲另一個構形相近，亦能概括鳥禽類的形符「隹」旁。

## 例 7、絕

絕字西周初文從素從刀作■（格伯簋），戰國時期晉、楚二系持續會意結構作■（中山王譽方壺）、■（包山 249），糸旁改作二糸之形，並且將刀旁寫在絲形中間，使糸旁不相連以顯示斷絕之意。但秦系絕字作■（睡‧日甲 17 背）、■（睡‧封 53），在絕字基礎上加注卩聲，由會意字變爲注音形聲字，因絕字本從的糸旁遂類化爲構形相近，而且表義更爲概括的糸旁，其結構遂成從刀、糸，卩聲的注音形聲字。

### （二）形近類化

「形近類化」現象指文字受到其他構形相似之字的影響，其後漸漸演變爲相同的構形，注音形聲字產生後，有了音符作爲辨識的依據，被加注之字變爲形符性質，其構形不需力求具體，也就增加了發生類化現象的機會，其與「義近替換」的差別，在於類化後的形符與字義無關，而且有時僅是部分形體類化，沒有變成了一個形符。

## 例 1、「禽」字

禽字初文作■（甲 2285）、■（鐵 1174），象罕網之形，不從內形飾筆。（劉釗 1991：29）西周金文禽字加注今聲，變爲從罕，今聲的注音形聲字後，西周晚期的禽字開始加上了內形飾筆作■（不嬰簋），與萬、禹、禺產生集團性類化，比較萬、禹、禽三字出現內式飾筆的時間，禹字最早見於殷商時期作■（且辛禹方鼎），萬字見於西周早期作■（從鼎）、■（甲盉），禽字到西周晚期的不嬰簋才開始出現內式飾筆，萬、禹二字的內式飾筆較禽字早出現，我們應可作這樣的理解，禽字構形在具有今聲作爲辨識依據後，即使下部類化爲內式飾筆，也不會與其他字形產生混淆，因此西周晚期後的禽字多具有內式飾筆如■（石

鼓‧鑾車），又楚系上博簡〈周易〉10簡的禽字作 ，將罕形下部省略，上部的構形又和凵、臼等字相似極易混淆，但我們仍可憑藉今聲辨識出禽字。

## 例2、「永」字

永字殷商西周時期作 （甲641）、（召尊），春秋時期或加注羊聲變爲注音形聲字作 （鄅子簠）、（子季嬴青簠），即今日羕字下部所從永旁仍與西周金文相近。但戰國之後的羕字構形，或作 （鄴陵公戈）、（包山41）、（包山 221）、（郙陵君王子申豆），永旁本從的兩道曲筆，受到中間的人形部件影響，由曲筆類化爲人形部件，又如聚、眔二字亦發生相同的構形演變，可作爲平行例證。（林清源1997：161）還有永旁甚至寫成三道直筆，除了羕字和聚、眔二字構形相似因此產生類化，所加注的羊聲可供用字者辨識，也是重要因素之一，觀看戰國楚系永字作 （楚王酓章鎛），沒有羊聲作爲辨識依據，其構形仍承襲殷商西周的寫法。

## 例3、齒

齒字甲骨文作 （甲2319）、（乙316），具體地將口中上下門牙畫出，到了戰國時加注止聲作 （中山王響壺）、（隨縣18）、（郭店‧唐5），有了止聲作爲辨識齒字的依據，退爲形符的齒字初文重要性大減，齒字初文遂類化爲「臼」旁。

### （三）形符簡化

漢字形成的同時，就已經注定要往簡化的方向演變（林清源1997：35）倘若注音形聲字繼續爲後世使用，因爲具有聲符作爲辨識依據後，在趨簡求易的用字心理下，與方便書寫等因素下，被加注字構形多朝簡化方面發展，林清源師將構形簡化方式區分：「省略義符」、「省略音符」、「省略同形」、「截取特徵」、「單字共用部件」以及「合文共用部件」等六類。（林清源 1997：38）本文係以單字爲討論對象，自然不會出現「合文共用部件」這類簡化方式。次者，由於注音形聲字的數量原本就稀少，亦未見「單字共用部件」這類簡化方式。下文就「省略義符」、「省略音符」、「省略同形」、「截取特徵」之順序加以討論。

### 1、省略義符

「省略義符」就是刪減文字結構中有意義的偏旁，仍然不會影響到字義（林清源 1997：38-39）初文加注聲符變爲注音形聲字後，用字者可根據聲符所記錄語音來了解字義，更不會造成誤解。

### 例1、鑄

鑄字加注𠃤聲後，有了聲符作爲辨識的基礎，往往將初文所從偏旁加以簡化，如省略火旁作 🔣 （周乎卣）、🔣 （小臣守簋），或省略皿旁作 🔣 （者尙余卑盤），甚至一次省略兩個偏旁，如王人呂輔甗作 🔣 ，大幅刪減初文時所從臼、火、皿等偏旁。又或作 🔣 （師同鼎）🔣 （余贎𨒰兒鐘），將臼、火、皿旁省略，變爲從金，壽聲的形聲字，爲今日隸楷鑄字所承襲。

### 例2、寶

寶字甲骨文多從玉、從貝如 🔣 （甲 3741）、🔣 （後 2・18・3），金文加注缶爲聲符，寶字變爲注音形聲字後，有了聲符作爲語音標誌，貝旁、玉旁往往可以省簡，有時省略玉旁如：🔣 （禽簋）、🔣 （虢季氏子組簋），有時則省略貝旁如：🔣 （宰甫卣）、🔣 （叔作父丁簋）、🔣 （格伯作晉姬簋）。這一類寶字爲《說文》古文 🔣 與《汗簡》古文 🔣 的來源。

### 例3、霸

霸字西周金文作 🔣 （作冊大方鼎）、🔣 （競卣），從雨、革、月，霸字多用爲「既生霸」、「既死霸」，爲西周金文常見紀錄月相之字，因此霸字所從部件中，月旁是唯一可確定作爲義符的功用，所從雨、革二旁與霸字意義關係不大，由語音關係來看，上古音雨字屬匣母魚部，革字屬見紐職部，霸字屬幫紐鐸部，革、雨亦非聲符，霸字所從雨、革二個部件作用仍待研究。在西周中期師㝈父鼎的霸字作 🔣 ，在霸字基礎上加注帛聲變爲注音形聲字，可能霸字增繁帛聲後構形過於龐大，因此省略月旁，僅留下從雨從革、帛聲的霸字構形。

### 例4、耤

殷商時期的耤字作 🔣 （甲 3420）、🔣 （乙 3290），從人從耒，會持耒耕田

之意；西周時期加注昔聲作（令鼎），由會意字變爲注音形聲字。戰國秦系耤字則作（睡・法 204），由於耤字還有耒旁與昔聲可供辨識，遂省略殷商西周文字所從的人形偏旁，變爲一形一聲的形聲字，這種構形爲後世耤字小篆所承。

**例 5、龔**

龔字初文作（乙 1392）、（五祀衛鼎），春秋時期或加注兄聲作（秦公簋），龔字成爲注音形聲字後，有時會將義符廾旁省略，僅從龍、兄二旁作（王孫遺者鐘）、（楚王酓璋戈），但因爲有兄聲可以辨識，使龔字不會和龍字混淆。

**2、省略音符**

「省略音符」就是刪減掉文字中原有表音的偏旁，林清源師認爲一般文字通常不會省略音符，只在下列三種情況下才會省略音符：其一、在明確又固定的辭例制約下，其二、該字構形特殊不會與他字混淆，其三、形聲字所從的音符，本身也是形聲字。（林清源 1997：42）形聲字以音符居主導地位，形符只起區別作用，省略音符現象當然罕見，林清源師已將可能省略音符的情況羅列出來。然而還有一種情形不在林師所言三種情況之中，即在形聲字上疊加聲符而成的注音形聲字，有時會省略原有聲符，旓字正發生這一類罕見的省略音符現象，戠字原本從戈，丯聲作（武城戟）、（曾侯邸雙戈戟），新鄭出土的兵器銘文中，有些戠字加注㫃聲，遂造出從戠、㫃聲的旓字作（新鄭 123）、（新鄭殘銅戈），而新鄭出土兵器有些旓字異體作（新鄭 20），〔註 6〕可隸作旃，省略了戠字本從的丯聲。

或作（新鄭 119）、（新鄭 144），可隸作旌，省略戠字本從的戈旁。旌、旃二字與戠字相較，應是戠字加注㫃聲後，因爲旓字有㫃聲作爲辨識依據，所以將形符性質的戠旁予以簡省，遂產生了旌、旃二字。

**3、省略同形**

有一些字的構形會重複相同的部件，將其重複出現的部件省略即所謂的省略同形現象。（林清源 1997：45）如桑、器、能等字即是如此，如星字甲骨文作

〔註 6〕據郝本性之說此類構形共有六例，但該文僅摹出一例。（郝本性 1992：115）

（合集 11503 反）、⬡（甲 675），刻畫許多囗或○部件，表示滿天繁星，或加生聲作⬡（乙 6386 反）、⬡（前 7‧26‧3），到了戰國星字則作⬡（帛書乙 1）、⬡（帛書乙 7），星字加注生旁作為聲符後，人們可藉由生聲辨識星字，不用重複囗部件，來表示繁星之形，因此省略同形僅剩下一個囗部件來代表星形。

### 4、截取特徵

「截取特徵」指音義完整且無法再行分解的偏旁或單字，在書寫時只截取其中一部分形體作為代表，其餘部分則省略不寫。（林清源 1997：47）注音形聲字的不再只依靠形符作為辨識的依據，便可減省形符具體表義的程度，只截取較具代表性的特徵部件。參字初文作⬡（參父乙盉），正象人的長髮捲曲之形，或是繫結髮飾之形，西周時加注彡聲作⬡（裘衛盉）、⬡（大克鼎），由象形字變為注音形聲字。（林清源 2002：287-288）戰國參字有時會省略人形，僅截取表示長髮捲曲（或繫結髮飾）之形作⬡（魚鼎匕）、⬡（中山王䯮鼎）、⬡（郭店‧語三 67），參字之所以可以省略人形部件，僅截取長髮捲曲之形或繫結髮飾之形，應是具有彡聲作為識字的依據，促使發生截取特徵的構形演變。

### （四）形符變異

「變異」現象即對文字構形加以改變，主要演變途徑為偏旁替換、方位移動與筆畫變形等三種方式。（林清源 1997：119）有些注音形聲字所從之形符，其筆畫和偏旁會有所改變，使得注音形聲字形符和初文的構形產生差異，其重點不在偏旁筆畫的減少或增加，而是字形的變化。

## 例1、災

巛字原本取象河川氾濫，水流可以是橫流的⬡（甲 1006），也可以是直流的⬡（後 1‧13‧2），卜辭第三期之後的巛字多加注才聲，但才字形體多作⬡（鐵 160‧3）、⬡（京津 1569），為了順應才字構形，此時原本象河水氾濫之形的鋸齒狀筆畫，遂改作平行豎畫，而多作⬡形。

## 例2、氂

氂字到了西周金文時，加注聲符「里」聲或「子」聲以表示讀音，陳初生以為這是因為來聲有不少訛變為木旁或是未旁，乃復增里以表聲，然而西周金

文有許多從𣏃旁的字，所從的來旁並未訛變爲木旁或是未旁，仍然增加里聲，如 🔲（師酉簋）、🔲（善夫克鼎），可見來旁訛化爲木旁、未旁，並非加注里聲的原因。

相反的，來旁訛爲木旁或未旁的頻繁出現，可能是受加注聲符之影響，它們因爲加注了聲符可供辨識，所從的來旁便寫得馬虎些，於是類化成木旁或未旁，這種現象，也可以從𡄹字得到平行例證，𡄹字有從來旁作🔲（善夫克鼎），亦有訛成木旁或未旁作 🔲（多友鼎）、🔲（辛鼎）；綜合上述，𣏃旁加注聲符後，多了可供辨識的憑證，本從的來旁往往訛混爲形體較簡的木旁或未旁。

## 例3、必

必字初文作🔲（乙3069）、🔲（簠人46），象長兵器之柄，因此構形爲上端微曲的豎畫，西周加注八聲變爲注音形聲字後，必字筆直的長柄多變形做彎曲狀如🔲（王臣簋）、🔲（五年師旋簋），戰國時期必字假借爲{必}，用字者不了解必字本義，遂形近訛混爲戈旁，如🔲（郭店・老甲8）、🔲（郭店・成30），但必字因爲有「八」聲的存在，即使不符合造字之初，仍可爲使用者所辨識。

## 例4、畞

秦系畞字作🔲（睡虎地・秦律38），在畂字基礎上加注久聲而成的注音形聲字，此時的又旁寫成筆直，與一般又字構形相異，前文引何琳儀師之說，以爲畞字的又旁夾在田、久二旁之間不便彎曲，遂寫作垂直。（何琳儀2003：293）何師說解甚塙，但除了囿於結構位置使得又字不易彎曲外，畞字加注的久聲也是重要因素之一，有了久聲作爲辨識畞字的依據後，又旁才可能屈就文字結構，由彎曲筆劃寫作筆直狀，否則身爲音符的又字若訛變，僅根據形符田旁根本無法辨識畞字。

除了上述構形演變外，注音形聲字所從形符還產生訛變，也應是具有聲符可供辨識，遂允許形符產生訛變，如野字在殷商西周時作🔲，從林從土，隸爲埜，爲會意結構；戰國秦系文字在埜字基礎上加予聲作🔲，隸定爲壄，其後或改林旁爲田旁作🔲（陶徵248），其後又進一步將田和土合併，訛變爲里旁作🔲。（裘錫圭1993：172）用字者難以由里旁得知野字意義，但有予聲作爲辨識依據，因此仍流傳下來，爲小篆與今日野字的來源。

# 第五節　注音形聲字的字義衍化

## 一、注音形聲字與被注字的意義關係

　　前文曾引裘錫圭之言：「加注音符而成的形聲字跟原來的表意字，一般是一字異體的關係」。（裘錫圭 1993：172）裘錫圭所言甚塙，但更明確來說被注字和注音形聲字總的來說是廣義的異體字。裘錫圭認爲：

> 只有用法完全相同的字，也就是一字的異體，才能稱爲異體字。但
> 是一般所說的異體字往往包括只有部分用法相同的字。嚴格意義的
> 異體字可以稱爲狹義異體字，部分用法相同的異體字可以稱爲部分
> 異體字，二者合在一起就是廣義的異體字。（裘錫圭 1993：233）

大多數注音形聲字和被注字意義、用法完全相同，屬於「狹義異體字」，本文不再一一臚列。

　　但也有少數注音形聲字和被注字只有部分用法相同，屬於「部分異體字」，有翌（例 6）、薔（例 14）、鼻（例 22）、刓（例 28）、虘（例 33）、鰯（例 71）、𪏮（例 69）、壹（例 36）等字，共有八例。這八例又皆爲裘錫圭所謂一個字的用法爲另一個字所包含的「包孕式」部分異體字。值得注意的是這些注音形聲字的產生原因，多數是爲了分擔被注字假借義的職務，翌字除了音變因素外，可能爲了負擔羽字假借爲翌日之{翌}，因此在羽字加上立聲，翌字只能表示羽字的「翌日」用法。

　　薔字爲了負擔林字假借爲林鐘之{林}，因此在林字上加注向聲，薔字只能表示林字的「林鐘」用法。

　　鼻字除了音變因素外，可能爲了負擔自字還有代詞與介詞的用法，因此在自字上加注畀聲，鼻字只能表示自字的「鼻子」用法。

　　刓字爲了負擔刀字假借爲「刀幣」的貨幣單位用法，因此在刀字上加注乇聲，刓字只能表示刀字的貨幣用法。

　　虘字可能爲了負擔虎字的代詞用法，因此在虎字上加注魚聲，虘字只能表示虎字的代詞用法。

　　鰯字可能爲了負擔𦈢字借爲鼎器之名「食𦈢」的用法，因此在𦈢字上加注勹聲，𦈢字只能作爲𦈢字的鼎器之名「食𦈢」。

　　𪏮字可能爲了負擔墨字借爲地名「即墨」的用法，因此在墨字上加注勹聲，

鬻字只能用來表示墨字的地名用法。

壹字可能爲了負擔壺字借爲數詞「一也」的用法，因此在壺字上加注吉聲，壹字只能用來表示壺字的數詞的用法。

綜合上述對八例的簡單分析，我們可以得知下列兩點，一是注音形聲字和被注字的意義有完全相同和部分相同的兩種，前者即「狹義的異體字」，後者爲「部分異體字」。二是造成注音形聲字和被注字是部分異體字，其產生原因很有可能是爲了負擔被注字的職務。

## 二、注音形聲字與被注字的意義分化

注音形聲字與被注字之間，原本只是差別一個聲符的異體關係，兩字只有繁簡之別，而無字義之別，但是漢字在不斷使用過程中，由於字義引申、同音假借等原因，往往產生一字多職的現象。（裘錫圭 1993：253）注音形聲字和被注字由初造時的異體關係，在經歷一段時間使用後，其中一形可能引申或假借爲另一個詞，於是注音形聲字和被注字的意義日漸疏離，遂分化爲兩個字。又或者是兩形同時引申或假借爲另一個詞，由於注音形聲字和被注字構形原本就有差異，所以用字者便將本義與新生字義分散出去，於是注音形聲字與被注字分化爲字義不同的兩個字。也有被注字在未加注聲符之前，所負擔許多字義，於是加注聲符產生注音形聲字來分擔字義，這一類被注字與注音形聲字在產生時已注定走向分化的命運。爲了確定被注字與注音形聲字是否分化爲兩個字，只能以被注字與注音形聲字皆爲後世保留的部分展開討論。

## 例 1、「星」字

晶字在殷商甲骨文中構形象天上之繁星，西周以降的古文字資料，似未見晶字出現，但典籍文獻中多用爲形容詞──「精光」，其「星宿」本義則湮滅不彰，多用加注生聲的星字爲之，裘錫圭言晶字後來專用爲形容星光的形容詞，和加注音符的「星」分化成兩個字。（裘錫圭 1993：172-173）晶、星遂由一字異體分化爲字義有別的兩個字。

## 例 2、「蓶」字

卜辭中萑、蓶二字雖有共同的用例，但萑字主要用爲收穫之「穫」。（陳夢

家 1988：535）而雚字多用爲觀看之「觀」，兩者已有分化之趨勢，兩周文字則無確切的萑、雚，《說文》則以爲萑字是鴟屬，即今日貓頭鷹之禽鳥，而雚字則爲水爵，指爲水鳥類之鳥禽。

## 例 3、「夜」字

夕字加注亦聲產生夜字，兩字有一段時間是共存的異體關係，都指日入至深夜以前的這段時間，其後字義產生分化，周輝認爲在西周晚期夕、夜的意義已經開始分化，其舉西周晚期猷簋銘文有：「王曰余唯小子王，晝夜聖庸先王」，《尚書》曰：「罔晝夜額額」，「晝夜」連文，晝指白天，夜指夜晚。（周輝 1999：220）由上可知夕、夜在西周晚期可能開始分化，後世夕字多指「傍晚」之義，夜字則多用爲整個夜晚之義，兩字遂由異體關係分化爲形、義皆別的兩個字。

## 例 4、「翌」字

羽字本象鳥羽之形，卜辭假借爲翌日之{翌}，可能音變而加注立聲，造出翌字這一個注音形聲字，用字者順勢將羽字「翌日」的假借義分化出去，於是羽字繼續表示鳥羽之形，翌字則用爲翌日之{翌}。

## 例 5、「獻」字

鬳字加注犬聲產生的獻字，西周時期除了用作本義炊器的{甗}，還用作奉上進獻之{獻}，如史獸鼎、大矢始鼎有「獻工」，多友鼎、虢季子白盤有「獻馘」等，從出土資料來看，獻字釋爲炊器之{甗}，最晚是在春秋早期的陳公子叔邍父甗、曾子仲誻甗，春秋晚期後獻字似未見用爲{甗}，傳世典籍中獻字多用爲奉上進獻之{獻}，如《詩・大雅・行葦》：「或獻或酢，洗爵奠斝」，《左傳・莊三十一年》：「齊侯來獻戎捷」，《詩・魯頌・泮水》：「矯矯虎臣，在泮獻馘」等，獻字似未見用爲{甗}之例。根據出土資料，我們應可推測在春秋晚期時獻、鬳已經分化爲二字。

## 例 6、「荆」字

刅字本爲荊字初文，象砍斫草木之形，其後加注井聲產生荊字，因爲砍斫

荊草容易受傷，引伸出創傷之意，其後刅字多用來表示創傷之{刅}，而荆字則多用爲荊楚之{荊}，刅、荆遂分爲二字。其後荆字或假借爲刑字，遂加注草旁分化出今日的「荊」字。

## 例7、「羕」字

羕字除了用爲{永}外，還假借爲地名、水名和國名，黃盛璋認爲羕爲水名，又爲國名、邑名，傳世與出土有羕史尊、鄀伯受瑚、鄀戈，皆羕國之器，羕國爲失傳已久之古國，其國依羕水爲名，羕國後入楚爲養邑。（黃盛璋 1989：118）於是永、羕遂分化爲二字，永字多指永遠之{永}，羕字則多假借爲國名、地名、水名。

## 例8、「壹」字

戰國秦系的壺字常假借爲{壹}，如詛楚文：「兩邦若壺」，睡虎地簡〈秦律〉47 簡：「又益壺禾」，秦駰禱病玉版：「壺家」，其後在壺上加注吉聲分化出壹字，壺字專用爲器皿之{壺}，壹字則專用爲專一的{壹}，壺、壹分化爲字義不同的兩個字。

## 例9、「鼻」字

自字本義爲人體器官之{鼻}，卻多假借爲代詞自己的{自}，或是介詞來自的{自}，因此加注畀聲，分化出自、鼻二字；裘錫圭亦言鼻字：「本有兩個同義詞。……後來才在表示{鼻}的『𦣹』字上加注『畀』聲，分化出了『鼻』字。」。（裘錫圭 1993：8）先人爲了分擔自字有{鼻子}、語詞的兩種用法，遂加注畀聲造了鼻字。

## 例10、「閔」字

門字加注文聲所產生的閔字，在出土資料中均用本義門戶之{門}，因爲與表示悲哀、悼喪的慇、惽等字語音相近，所以典籍中多假借爲憐憫之{閔}，門、閔遂分化爲兩個字，閔字爲了強調憐憫之意，又在閔字上加注心旁，變爲從心、閔聲的形聲字。

## 第六節　被注字與增繁音符的語音關係

本文恪守被注字與增繁音符的聲、韻關係必須俱近，或可藉由音理說明二者確實音近才是注音形聲字的原則，因此下面僅將被注字與增繁音符之間語音關係可分類爲：（一）聲韻俱同、（二）聲近韻同、（三）聲同韻近、（四）聲近韻近。

### （一）聲韻俱同

絮、寶、夜、參、盾、薈、鑒、發、罔、閔、墅、甾、鑾、纝、蜎、羽、具、齤、邊、釐

共有二十一字，被注字與增繁聲符詳細的上古聲紐韻部如：

| | 本文例字序號 | 例字 | 增繁聲符 | 被注字聲母 | 增繁聲符聲紐 | 被注字韻部 | 增繁聲符韻部 | 備註 |
|---|---|---|---|---|---|---|---|---|
| 1 | 例11 | 夜 | 亦 | 余 | 余 | 鐸 | 鐸 | |
| 2 | 例12 | 參 | 彡 | 山 | 山 | 侵 | 侵 | |
| 3 | 例13 | 盾 | 豚 | 定 | 定 | 文 | 文 | |
| 4 | 例14 | 薈 | 林 | 來 | 來 | 侵 | 侵 | |
| 5 | 例23 | 罔 | 亡 | 明 | 明 | 陽 | 陽 | |
| 6 | 例24 | 閔 | 文 | 明 | 明 | 文 | 文 | |
| 7 | 例27 | 甾 | 上 | 禪 | 禪 | 陽 | 陽 | |
| 8 | 例29 | 鑾 | 䜌 | 來 | 來 | 元 | 元 | |
| 9 | 例30 | 纝 | 彖 | 來 | 來 | 屋 | 屋 | |
| 10 | 例34 | 蜎 | 胃 | 匣 | 匣 | 物 | 物 | |
| 11 | 例35 | 羽 | 于 | 匣 | 匣 | 魚 | 魚 | |
| 12 | 例37 | 具 | 丌 | 見 | 見 | 之 | 之 | |
| 13 | 例40 | 絮 | 魚 | 疑 | 疑 | 魚 | 魚 | |
| 14 | 例42 | 寶 | 缶 | 幫 | 幫 | 幽 | 幽 | |
| 15 | 例49 | 鑒 | 缶 | 幫 | 幫 | 幽 | 幽 | |
| 16 | 例50 | 發 | 止 | 幫 | 幫 | 月 | 月 | |
| 17 | 例56 | 墅 | 予 | 余 | 余 | 魚 | 魚 | |
| 18 | 例61 | 齤 | 北 | 幫 | 幫 | 職 | 職 | |
| 19 | 例62 | 邊 | 方 | 幫 | 幫 | 陽 | 陽 | |
| 20 | 例65 | 釐 | 里 | 來 | 來 | 之 | 之 | |
| 21 | 例76 | 鐟 | 甘 | 見 | 見 | 談 | 談 | 釐字據來聲 |

## （二）聲近韻同

星、裋、𢦏、㪍、雚、𦥑、耤、鑄、履、惑、荊、㕛、禽、盧、霸、鼻、

闢、草、齒、鹽、雞、𧆛、壹、瑟、𩏬、覎、羕、𡊟、𥁕、獻、𥁋、畝

共有三十二字，被注字與增繁聲符詳細的上古聲紐韻部如：

| 本文例字序號 | 例 字 | 增 繁聲 符 | 被注字聲 母 | 增繁聲符聲紐 | 被注字韻 部 | 增繁聲符韻部 | 備　　註 |
|---|---|---|---|---|---|---|---|
| 1 | 例3 | 星 | 生 | 精 | 山 | 耕 | 耕 | |
| 2 | 例4 | 裋 | 聿 | 精 | 余 | 物 | 物 | |
| 3 | 例5 | 𢦏 | 才 | 精 | 從 | 之 | 之 | |
| 4 | 例7 | 㪍 | 丂 | 見 | 溪 | 幽 | 幽 | |
| 5 | 例9 | 雚 | 吅 | 匣 | 曉 | 元 | 元 | |
| 6 | 例15 | 惑 | 或 | 見 | 匣 | 職 | 職 | |
| 7 | 例16 | 荊 | 井 | 見 | 精 | 耕 | 耕 | |
| 8 | 例17 | 㕛 | 又 | 群 | 匣 | 之 | 之 | |
| 9 | 例19 | 禽 | 今 | 群 | 見 | 侵 | 侵 | |
| 10 | 例20 | 盧 | 虍 | 來 | 曉 | 魚 | 魚 | |
| 11 | 例22 | 鼻 | 畀 | 並 | 幫 | 質 | 質 | |
| 12 | 例25 | 草 | 早 | 清 | 精 | 幽 | 幽 | |
| 13 | 例26 | 齒 | 止 | 昌 | 章 | 之 | 之 | |
| 14 | 例32 | 雞 | 奚 | 見 | 匣 | 支 | 支 | |
| 15 | 例33 | 𧆛 | 魚 | 曉 | 疑 | 魚 | 魚 | |
| 16 | 例36 | 壹 | 吉 | 影 | 匣 | 質 | 質 | |
| 17 | 例38 | 覎 | 生 | 曉 | 匣 | 陽 | 陽 | |
| 18 | 例39 | 羕 | 羊 | 匣 | 余 | 陽 | 陽 | |
| 19 | 例41 | 𦥑 | 用 | 影 | 余 | 東 | 東 | |
| 20 | 例43 | 耤 | 昔 | 從 | 心 | 鐸 | 鐸 | |
| 21 | 例44 | 鑄 | 𨱋 | 章 | 定 | 幽 | 幽 | |
| 22 | 例46 | 履 | 眉 | 來 | 明 | 脂 | 脂 | |
| 23 | 例47 | 霸 | 帛 | 幫 | 並 | 鐸 | 鐸 | |
| 24 | 例52 | 闢 | 辟 | 並 | 幫 | 錫 | 錫 | |

| 25 | 例57 | 鹽 | 監 | 余 | 見 | 談 | 談 | |
| 26 | 例58 | 瑟 | 必 | 山 | 幫 | 質 | 質 | |
| 27 | 例59 | 纜 | 翼 | 章 | 余 | 職 | 職 | |
| 28 | 例66 | 孳 | 子 | 來 | 精 | 之 | 之 | |
| 29 | 例67 | 薑 | 妻 | 從 | 清 | 脂 | 脂 | |
| 30 | 例68 | 獻 | 犬 | 疑 | 溪 | 元 | 元 | |
| 31 | 例69 | 彝 | 勹 | 明 | 並 | 職 | 職 | |
| 32 | 例75 | 畝 | 久 | 匣 | 見 | 之 | 之 | 畝字，據畋字所從之又聲 |

## （三）聲同韻近

鳳、觀、必、寮、裘、氐、矤、戠、備、歂

共有十字，被注字與增繁聲符詳細的上古聲紐韻部如：

| | 本文例字序號 | 例字 | 增繁聲符 | 被注字聲母 | 增繁聲符聲紐 | 被注字韻部 | 增繁聲符韻部 | 備註 |
|---|---|---|---|---|---|---|---|---|
| 1 | 例1 | 鳳 | 凡 | 並 | 並 | 冬 | 侵 | |
| 2 | 例2 | 觀 | 兄 | 並 | 曉 | 冬 | 陽 | |
| 3 | 例10 | 必 | 八 | 幫 | 幫 | 脂 | 職 | |
| 4 | 例18 | 裘 | 求 | 群 | 群 | 之 | 幽 | |
| 5 | 例28 | 氐 | 毛 | 端 | 端 | 魚 | 宵 | |
| 6 | 例45 | 寮 | 呂 | 來 | 來 | 宵 | 魚 | |
| 7 | 例51 | 矤 | 勹 | 幫 | 幫 | 侯 | 幽 | |
| 8 | 例60 | 戠 | 止 | 章 | 章 | 職 | 之 | |
| 9 | 例70 | 備 | 凡 | 並 | 並 | 職 | 侵 | |
| 10 | 例79 | 歂 | 欠 | 溪 | 溪 | 元 | 談 | |

## （四）聲近韻近

翌、膚、旂、娶、閵、肄、絕、舀、竈、復、翱、隱、嬬、圩、旐、覿、醫

以上共有十七組，被注字與增繁聲符詳細的上古聲紐韻部如：

| | 本文例字序號 | 例　字 | 增　繁聲　符 | 被注字聲　母 | 增繁聲符聲紐 | 被注字韻　部 | 增繁聲符韻部 | 備　　註 |
|---|---|---|---|---|---|---|---|---|
| 1 | 例6 | 翌 | 立 | 余 | 來 | 職 | 緝 | |
| 2 | 例8 | 虡 | 庀 | 疑 | 曉 | 元 | 魚 | |
| 3 | 例21 | 旂 | 斤 | 影 | 見 | 元 | 文 | |
| 4 | 例31 | 斐 | 文 | 來 | 明 | 眞 | 文 | |
| 5 | 例48 | 閔 | 門 | 幫 | 明 | 元 | 文 | |
| 6 | 例53 | 肂 | 先 | 精 | 心 | 眞 | 文 | |
| 7 | 例54 | 絕 | 卩 | 從 | 精 | 月 | 質 | |
| 8 | 例55 | 䎃 | 小 | 余 | 心 | 幽 | 宵 | |
| 9 | 例63 | 寶 | 畐 | 幫 | 並 | 幽 | 職 | |
| 10 | 例64 | 復 | 勹 | 幫 | 並 | 覺 | 職 | |
| 11 | 例71 | 鋼 | 勹 | 明 | 並 | 之 | 職 | 鋼字，上古音根據每聲 |
| 12 | 例72 | 隰 | 析 | 從 | 心 | 脂 | 錫 | |
| 13 | 例73 | 嬭 | 日 | 泥 | 日 | 脂 | 質 | |
| 14 | 例74 | 竚 | 主 | 書 | 章 | 幽 | 侯 | |
| 15 | 例77 | 旒 | 肰 | 見 | 影 | 月 | 元 | |
| 16 | 例78 | 覩 | 兄 | 見 | 曉 | 東 | 陽 | |
| 17 | 例80 | 醯 | 臽 | 溪 | 匣 | 元 | 談 | |

　　而被注字與所增繁音符的語音比較，可突顯上古音的幾個現象：

### 1、複輔音確實存在於上古

　　如覩字的被加注字為「龏」，龏字從龍得聲，用字者為了強調龏字聲母讀為*k-，而非*r-，因此加注兄聲產生覩字。又如䎃字為余母，卻加注見母的監旁為聲符，依據前文引龔煌城之說法，則證明上古複輔音*kl 的存在。（龔煌城2002：35）又如斐字，是在來紐的叩字上加注明紐的文聲而成，可證明上古複輔音*ml-的說法。

### 2、可證明楚地方音特色

　　楚地眞、文二部來往密切。（李玉 1994：109）如曾侯乙墓編鐘的肂字，

是在眞部的𦎫字上，加注文部的先聲而成的注音形聲字。又如郭店簡〈老子甲〉8簡的𡟪字，則是在眞部的𡠑字上，加注文部的文聲而成的注音形聲字。

## 第七節　結　語

　　本章透過注音形聲字產生年代的比較，隨著漢字形聲結構比重的增加，注音形聲字數量亦隨之成長。次者，透過注音形聲字存廢的觀察，認爲被注字爲形聲結構之字，容易被後世所淘汰。再次，認爲注音形聲字和被注字能夠皆被保留下來，最大原因是兩者已由異體關係分化爲兩字，再次，分析注音形聲字產生後，被注字構形也會隨之演變，其演變可區分爲（一）義近替換、（二）形近類化、（三）形符簡化、（三）形符異化。

# 第六章 結 論

## 第一節 本文研究成果總結

　　本文針對「注音形聲字」這一項主題進行討論，所得成果主要可歸納為四大類：其一對「注音形聲字」概念的義界，其二較為全面蒐集古文字中的注音形聲字，其三對注音形聲字以不同角度觀察如產生、存廢和被注字與注音形聲字的關係加以爬梳，其四，對前輩學者提出的注音形聲字加以檢討，提出獻疑。以下針對前三項所得成果作較詳細說明。

　　一、本文認為注音形聲字定義為：在既有的字上加注標音偏旁構成的一個音義無別的異體字。被注字可以是表意結構或形聲結構。其加注標音偏旁後由形、音、義完整的字淪為表義功能的形符，原先具有的表音功能則由加注的標音偏旁取代。

　　二、本文所認定的注音形聲字共有：

　　鳳、觀、星、禥、巛、翌、粤、虜、萑、必、夜、參、盾、薔、惑、刑、衰、裘、禽、盧、旅、鼻、罔、閔、草、齒、訇、死、歸、釀、嬰、雞、鹽、蛸、罕、壹、吳、蚍、羡、絜、皇、寶、耤、鑄、寮、履、霸、鬧、罨、發、旬、開、肄、絕、昏、埜、鹽、瑟、顳、戠、樂、邊、籲、復、鼇、孳、鼉、獻、鬻、備、綢、隓、嬎、庤、猷、鐺、旃、飄、歠、鼈等字，共有八十例。

### 三、對注音形聲字之觀察可區分爲下列諸項：

（一）注音形聲字隨著漢字形聲比重的逐漸加重，注音形聲字產生數量亦隨之增加。

（二）被加注性質爲形聲結構的注音形聲字，就平面結構而言，有違形聲字一形一聲的正例，所以被淘汰率遠高於被注字是表意結構的注音形聲字。

（三）注音形聲字和被注字在使用一段時間過後，有時會由一字異體分化爲兩個不同的字。

（四）注音形聲字和被注字構形能夠同時保留下來，最大原因就在於兩字由異體關係分化爲兩個不同的字。

（五）注音形聲字產生後，被注字構形往往跟著進行調整，其構形演變可區分四大類：1.義近替換、2.形符類化、3.形符簡化、4.形符異化。

## 第二節　本文研究的檢討

本文礙於個人能力、學識不足，有許多方面需要檢討之處：

一是上古音韻運用的缺失。本文判斷例字上古聲紐韻部主要根據郭錫良《上古音手冊》，本文討論被注字與增繁音符的語音關係時，理應要全部建立在此語音構擬的系統下進行，因爲構擬語音系統時，聲紐和韻部關係是互相牽連的，但囿於本人能力不足無法構擬出一套適用於本文的語音系統，並對所有上古音現象能有深入的判斷，因此本文有時徵引其他學者如李方桂、董同龢、龔煌城等人的研究成果，但背後潛藏學者構擬語音系統互相牴觸的危險，甚至是對某些音理基本看法的歧異。總之，本文對上古音韻運用有待改進之空間。

二是新出土材料的掌握不足。本文雖力求收集所有古文字資料中的注音形聲字，但礙於個人能力不足與時間匆促，無法對上博簡、新蔡葛陵簡等新出土材料有適當的處理與發掘，可能遺漏了存在於其中的注音形聲字，只得待日後再行整理，亦是本文不足之處。

除了上述兩項不足之處，囿於個人學識、能力不足仍有許多疏漏，仍待學者對本文不吝賜教。

## 第三節　未來的展望

　　本文整理形聲結構的注音形聲字，應能釐清這一類形聲結構性質與特性，填補漢字形聲結構研究的空缺，本文撰寫暫告一段落後，除了希冀未來能對新出土材料中的注音形聲字進行探索、討論外，亦深感學界對漢字形聲結構的討論，仍缺乏全面性，如「變形音化」、「音符替換」等途徑產生的形聲字，雖然這類方式產生的形聲字數量不多，仍應加以收集，並且進行全面、系統性的研究，當所有類型的形聲結構都皆有系統、深入研究後，漢字形聲結構的理論方能真正完整的建構起來。而本文整理的注音形聲字，只是其中一項工作，希冀對未來形聲結構理論的建立有所裨益。

# 徵引資料書目簡稱表

| 全　　　　名 | 簡　　　稱 |
| --- | --- |
| 《甲骨文字詁林》 | 《甲詁》 |
| 《殷墟甲骨刻辭類纂》 | 《類纂》 |
| 《戰國古文字典——戰國文字聲系》 | 《戰典》 |
| 《甲骨文合集》 | 《合集》 |
| 《英國所藏甲骨集·下編》 | 《英藏》 |
| 《殷墟花園莊東地甲骨》 | 《花園》 |
| 《殷周金文集成》 | 《集成》 |
| 《古璽彙編》 | 《璽彙》 |
| 《古幣文編》 | 《古幣》 |
| 《古陶文字徵》 | 《陶徵》 |
| 侯馬盟書 | 《侯馬》 |
| 新鄭出土戰國銅兵器 | 新鄭 |
| 隨縣曾侯乙墓編鐘 | 曾編鐘 |
| 隨縣曾侯乙墓竹簡 | 隨縣 |
| 楚帛書 | 帛書 |
| 信陽楚一號墓簡 | 信陽一 |
| 信陽楚二號墓簡 | 信陽二 |
| 望山一號楚墓簡 | 望山一 |
| 望山二號楚墓簡 | 望山二 |
| 仰天湖楚簡 | 仰天湖 |

| | |
|---|---|
| 包山二號楚墓竹簡 | 包山 |
| 包山二號楚墓木牘 | 包牘 |
| 郭店楚墓竹簡・老子甲 | 郭店・老甲 |
| 郭店楚墓竹簡・老子乙 | 郭店・老乙 |
| 郭店楚墓竹簡・老子丙 | 郭店・老丙 |
| 郭店楚墓竹簡・太一生水 | 郭店・太 |
| 郭店楚墓竹簡・緇衣 | 郭店・緇 |
| 郭店楚墓竹簡・窮達以時 | 郭店・窮 |
| 郭店楚墓竹簡・五行 | 郭店・五 |
| 郭店楚墓竹簡・唐虞之道 | 郭店・唐 |
| 郭店楚墓竹簡・忠信之道 | 郭店・忠 |
| 郭店楚墓竹簡・成之聞之 | 郭店・成 |
| 郭店楚墓竹簡・尊德義 | 郭店・尊 |
| 郭店楚墓竹簡・性自命出 | 郭店・性 |
| 郭店楚墓竹簡・六德 | 郭店・六 |
| 郭店楚墓竹簡・語叢一 | 郭店・語一 |
| 郭店楚墓竹簡・語叢二 | 郭店・語二 |
| 郭店楚墓竹簡・語叢三 | 郭店・語三 |
| 郭店楚墓竹簡・語叢四 | 郭店・語四 |
| 上海博物館藏楚竹書・孔子詩論： | 上博・詩論 |
| 上海博物館藏楚竹書・性情論 | 上博・性 |
| 上海博物館藏楚竹書・緇衣 | 上博・緇 |
| 上海博物館藏楚竹書・容成氏 | 上博・容 |
| 香港中文大學文物館藏簡牘 | 香港 |
| 睡虎地秦簡・秦律十八種 | 睡・秦律 |
| 睡虎地秦簡・日書甲種 | 睡・日甲 |
| 睡虎地秦簡・日書乙種 | 睡・乙種 |
| 睡虎地秦簡・為吏之道 | 睡・為 |
| 睡虎地秦簡・法律問答 | 睡・法 |
| 睡虎地秦簡・封診式 | 睡・封 |

# 徵引書目

1. 于省吾，〈從甲骨文看商代的農業墾殖〉，《考古》1972 年第 4 期，頁 40-41、45。

2. 于省吾，《甲骨文字釋林》（北京：中華書局，1979 年）。

3. 于省吾，〈牆盤銘文十二解〉，《古文字研究》第 5 輯，1981 年，頁 1-16。

4. 于省吾，〈釋「能」和「嬴」以及從「嬴」的字〉，《古文字研究》第 8 輯，1983 年，頁 1-8。

5. 于省吾，〈釋「矣」和「亞矣」〉《社會科學戰線》1983 年第 1 期，頁 107-109。

6. 于省吾主編，《甲骨文字詁林》（北京：中華書局，1999 年）。

7. 于豪亮，〈釋青川秦墓木牘〉，《于豪亮學術文存》（北京：中華書店，1985 年），頁 163-166。

8. 山西省文物工作委員會編，《侯馬盟書》（北京：文物出版社，1976 年）。

9. 中國社會科學院考古研究所編，《殷周金文集成》（上海：中華書局，1984 年）。

10. 中國社會科學院考古研究所編，《殷墟花園莊東地甲骨》（昆明：雲南人民出版社，2003 年）。

11. 孔仲溫，〈楚鄒陵君三器銘文試釋〉，中興大學《第六屆中國文字學全國學術研討會論文集》1995 年，頁 213-223。

12. 方濬益，《綴遺齋彝器考釋》（臺北：臺聯國風出版社，1976 年）。

13. 王力，《同源字典》（北京：商務印書館，1982 年）。

14. 王國維，《觀堂集林》（石家莊：河北教育出版社，2002 年）。

15. 王輝，〈由「天子」、「嗣王」、「公」三種稱謂說到石鼓文的時代〉，《中國文字》新廿期（臺北：藝文印書館，1995 年），頁 135-166。

16. 王輝，〈由「天子」、「嗣王」、「公」三種稱謂說到石鼓文的時代一文補記〉，《中國文

字》新廿一期（臺北：藝文印書館，1996 年），頁 51-60。

17. 王輝，〈殷墟玉璋朱書「式」字解〉，《于省吾教授百年誕辰紀念文集》（長春：吉林大學出版社，1996 年），頁 64-67。

18. 王輝，〈殷人火祭說〉，《一粟集——王輝學術文存》（臺北：藝文印書館，2002 年），頁 1-26。

19. 史宗周，《中國文字論叢》（臺北：國立編譯館，1978 年）。

20. 白於藍，〈《包山楚簡文字編》校訂〉，《中國文字》新廿五期，（臺北：藝文印書館，1999 年）頁 19。

21. 朱歧祥，《殷墟甲骨文字通釋稿》（臺北：學生書局，1992 年）。

22. 朱芳圃，《殷周文字釋叢》（臺北：學生書局，1772 年）。

23. 朱活，《古錢新探》（濟南：齊魯書社，1984 年）。

24. 朱德熙，〈古文字考釋四篇〉，《古文字研究》第 19 輯，1992 年，頁 15-22。

25. 朱德熙，〈戰國記容銅器刻辭考釋四篇〉，《朱德熙文集》第五卷（北京：商務印書館，1999 年），頁 24-30。

26. 朱德熙、裘錫圭，〈平山中山王墓銅器銘文的初步研究〉，《朱德熙文集》第五卷（北京：商務印書館，1999 年），頁 3-18。

27. 朱德熙、裘錫圭，〈戰國文字研究（六種）〉，《朱德熙文集》第五卷（北京：商務印書館，1999 年），頁 31-53。

28. 朱德熙、裘錫圭，〈壽縣出土楚器銘文研究〉，《朱德熙文集》第五卷（北京：商務印書館，1999 年），頁 91-108。

29. 朱德熙、裘錫圭，〈戰國時代的「斗」和秦漢時代的「半」〉，《朱德熙文集》第五卷（北京：商務印書館，1999 年），頁 115-120。

30. 何琳儀，〈中山王器攷釋拾遺〉，《史學集刊》1984 年第 3 期，頁 5-10。

31. 何琳儀，〈古璽雜釋〉，《遼海文物學刊》1986 年第 2 期，頁 138-143、10。

32. 何琳儀，〈古璽雜釋續〉，《古文字研究》第 19 輯，1992 年，頁 470-489。

33. 何琳儀，《戰國古文字典——戰國文字聲系編》（北京：中華書局，1998 年）。

34. 何琳儀，〈漫談戰國文字與齊系貨幣銘文釋讀〉，《古幣叢考》（增訂本）（合肥：安徽大學出版社，2002 年），頁 1-6。

35. 何琳儀，《戰國文字通論》（訂補）（南京：江蘇教育出版社，2003 年）。

36. 何琳儀，〈逨盤古辭探微〉《安徽大學學報》（哲學社會科學版）2003 年第 27 卷第四期，頁 9-14。

37. 吳振武，〈戰國貨幣銘文中的「刀」〉，《古文字研究》第 10 輯，1983 年，頁 305-326。

38. 吳振武，〈古文字中的「注音形聲字」〉，《中央研究院第三屆國際漢學會議論文集文字學組——古文字與商周文明》（臺北：中央研究院歷史語言研究所，2002 年），頁 223-236。

39. 李天虹，〈釋郭店竹簡《成之聞之》篇中的「肘」字〉，《郭店竹簡《性自命出》研究》

（武漢：湖北教育出版社，2003 年），頁 236-245。

40. 李方桂，《上古音研究》（北京：商務印書館，1980 年）。

41. 李玉，《秦漢簡牘帛書音韻研究》（北京：當代中國出版社，1994 年）。

42. 李玉珍，《《說文》後起形聲字考辨》（桃園：中央大學中國文學系碩士學位論文，1993 年）。

43. 李存智，《秦漢簡牘帛書之音韻學研究》（臺北：臺灣大學中國文學系博士學位論文，1995 年）。

44. 李守奎，《楚文字編》（上海：華東師範大學出版社，2003 年）。

45. 李孝定，《甲骨文字集釋》（臺北：中央研究院歷史語言研究所，1965 年）。

46. 李孝定，〈從六書的觀點看甲骨文字〉，《漢字的起源與演變論叢》（台北：聯經出版社，1986 年），頁 1-42。

47. 李孝定，《金文詁林讀後記》（臺北：中央研究院歷史語言研究所，1992 年）。

48. 李圃，《甲骨文選注》（上海：上海古籍出版社，1989 年）。

49. 李家浩，〈戰國官印考釋兩篇〉，《于省吾教授百年誕辰紀念文集》（長春：吉林大學出版社，1996 年），頁 166-169。

50. 李國英，《小篆形聲系統研究》（北京：北京師範大學出版社，1996 年）。

51. 李運富，《楚國簡帛文字構形系統研究》（長沙：岳麓書社，1997 年）。

52. 李運富，〈楚簡「𦣞」字及相關諸字考釋評議〉，簡帛研究網：2003 年 1 月 22 日。

53. 李運富，〈楚簡「𦣞」字及相關諸字考辨〉，簡帛研究網：2003 年 1 月 24 日。

54. 李零，〈郭店楚簡校讀記〉，《道家文化研究》17 輯，1999 年，頁 455-540。

55. 李零，《郭店楚簡校讀記》（北京：北京大學出版社，2002 年）。

56. 李瑾，〈釋自——論「自」與「鼻」之音義關係及其語音發展〉，《華夏考古》1994 年第 1 期，頁 99-110。

57. 李學勤，〈大盂鼎新論〉，《李學勤集：追溯·考据·古文明》（哈爾濱：黑龍江教育社，1989 年），頁 155-164。

58. 李學勤，〈論西周金文的六師、八師〉，《李學勤集：追溯·考據·古文明》（哈爾濱：黑龍江教育社，1989 年），頁 206-216。

59. 李學勤，〈論多友鼎的時代及意義〉，《新出土青銅器研究》（北京：文物出版社，1990 年），頁 126-133。

60. 李學勤，〈論賓組胛骨的幾種記事刻辭〉，《英國所藏甲骨集·下編》，（北京：中華書局，1992 年），頁 161-184。

61. 李學勤，〈樂書缶釋疑〉，《中國古代文明研究》（上海：華東師範大學出版社，2004 年），頁 193-196。

62. 李學勤、齊文心、艾蘭，《英國所藏甲骨集·下編》（北京：中華書局，1992 年）。

63. 沈建華，〈甲骨文釋文二則〉，《古文字研究》第 6 輯，1981 年，頁 207-209。

64. 周法高主編，《金文詁林》（香港：中文大學，1977 年）。

65. 周祖謨,〈漢代竹書與帛書中的通假字與古音的考訂〉,《音韻學研究》(北京:中華書局,1984 年),頁 78-91。

66. 周鳳五,〈讀上博〈性情論〉小箋〉,《齊魯學刊》,2002 年第 4 期,頁 13-16。

67. 周輝,〈淺說「夕」與「夜」〉,《文物研究》,1999 年第 12 輯,頁 218-220。

68. 孟憲武、李貴昌,〈殷墟出土的玉璋朱書文字〉,《華夏考古》,1997 年第 2 期,頁 72-77。

69. 季旭昇,〈談甲骨文中「耳、戊、巳、士」部中一些待商的字〉,《第三屆國際中國古文字學研討會論文集》(香港:香港中文大學),1997 年,頁 193-203。

70. 季旭昇,〈說金文中的「在」字〉,《訓詁論叢》第四輯(臺北:文史哲出版社,1999 年),頁 125-141。

71. 季旭昇,〈從戰國文字中的「」字談詩經中「之」字誤爲「止」字的現象〉,發表於第四屆詩經國際學術研討會,1999 年。

72. 季旭昇,〈古璽雜識二題〉,《第十一屆中國文字學全國學術研討會論文集》,頁 223-230,2000 年。

73. 季旭昇,《說文新證》上冊(臺北:藝文印書館,2002 年)。

74. 季旭昇,〈談覃鹽〉,龍宇純先生七秩晉五壽慶論文集編輯委員會編,《龍宇純先生七秩晉五壽慶論文集》(臺北:文史哲出版社),2002 年,頁 255-267。

75. 季旭昇,《甲骨字根研究》(臺北:文史哲出版社,2003 年)。

76. 季旭昇,《說文新證》下冊(臺北:藝文印書館,2004 年)。

77. 屈萬里,《殷墟文字甲編考釋》(臺北:聯經出版事業公司,1984 年)。

78. 林宏明,《戰國中山國文字研究》(臺北:五南出版社,2003)年。

79. 林郁屏,《《說文》無聲字聲化研究》(高雄:國立高雄師範大學國文教學碩士班碩士論文,2003 年)。

80. 林清源,《楚國文字構形演變研究》(臺中:東海大學中國文學系博士學位論文,1997 年)。

81. 林清源,〈釋「參」〉,《古文字研究》,2002 年第 24 輯,頁 286-290。

82. 林澐,〈古文字轉注舉例〉,《林澐學術文集》(北京:中國大百科出版社,1998 年),頁 35-43。

83. 林澐,〈讀包山楚簡札記七則〉,《林澐學術文集》(北京:中國大百科出版社,1998 年),頁 19-21。

84. 河南省文物研究所,《信陽楚墓》(北京:文物出版社,1986 年)。

85. 金祥恆,〈楚繒書「雹」解〉,《金祥恆先生全集》(臺北:藝文印書館,1990 年),頁 643-660。

86. 金鐘讚,《許慎說文會意字與形聲字歸類之原則研究》(臺北:臺灣師範大學國文系博士學位論文,1991 年)。

87. 姚孝遂,《甲骨文字詁林》按語(北京:中華書局,1999 年)。

88. 姚孝遂主編,《殷墟甲骨刻辭類纂》(北京:中華書局,1992 年)。

89. 約齋，《字源》（臺北：藝文印書館，1992 年）。

90. 胡平生，〈說包山楚簡的「𡍬」〉，《第三屆國際中國古文字學研討會論文集》（香港：香港中文大學，1997 年），頁 663-670。

91. 唐蘭，《古文字學導論》（《增訂本古文字學導論‧殷虛文字記》）（臺北：學海出版社，1986 年）。

92. 唐蘭，《殷虛文字記》（《增訂本古文字學導論‧殷虛文字記》）（臺北：學海出版社，1986 年）。

93. 唐蘭，〈論周昭王時代的青銅器銘刻〉，《唐蘭先生金文論集》（北京：紫禁城出版社，1995 年），頁 236-333。

94. 唐蘭，《天壤閣甲骨文存并考釋》（北京：北京圖書館，2000 年）。

95. 夏淥，〈釋差字的形義來源〉，《中國語文》1978 年第 1 期，頁 62-64。

96. 孫海波，《甲骨文編》（北京：中華書局，1965 年）。

97. 孫常敘，〈假借形聲和先秦文字性質〉，《古文字研究》第 10 輯，1983 年，頁 327-349。

98. 孫常敘，〈麥尊銘文句讀試解〉，《孫常敘古文字學論集》（長春：東北師範大學出版社，1998 年），頁 144-162。

99. 孫常敘，〈隹雈一字形變說〉，《孫常敘古文字學論集》（長春：東北師範大學出版社，1998 年），頁 19-32。

100. 孫詒讓，《籀膏述林》（台北：廣文書局，1971 年）。

101. 容庚，《金文編》（北京：中華書局，1985 年）。

102. 徐中舒，〈試論周代田制及其社會性質——並批判胡適并田辨觀點和方法的錯誤〉，《四川大學學報》1955 年第 2 期，頁 51-90。

103. 徐中舒，《漢語古文字字形表》（臺北：文史哲出版社，1982 年）。

104. 徐中舒，《甲骨文字典》（成都：四川辭書出版社，1989 年）。

105. 徐中舒、伍仕謙，〈青川木牘簡論〉，《古文字研究》第 19 輯，1992 年，頁 282-289。

106. 徐在國，〈戰國官璽考釋三則〉，《考古與文物》1999 第 3 期，頁 82-84 年。

107. 徐在國、黃德寬，〈《上海博物館藏戰國楚竹書（一）緇衣‧性情論》釋文補正〉，《古籍整理研究學刊》2002 年第 2 期，頁 1-5。

108. 徐寶貴，〈石鼓文《田車》篇第一章考釋〉，《韶關學院學報》2004 年第 10 期，頁 84-89。

109. 秦光豪，《說文解字形聲字形符考辨》（臺北：中國文化大學中國文學系碩士學位論文，1985 年）。

110. 荊門市博物館，《郭店楚墓竹簡》（北京：文物出版社，1998 年）。

111. 袁家麟，〈漢字純雙聲符字例證〉，《南京師大學報》（社會科學版）1988 年第 2 期，頁 85-89。

112. 郝士宏，《古漢字同源分化研究》（合肥：安徽大學博士學位論文，2002 年）。

113. 郝本性，〈壽縣楚器集胆諸銘考試〉，《古文字研究》第 10 輯，1983 年，頁 205-213。

114. 郝本性，〈新鄭出土戰國銅兵器部分銘文考釋〉，《古文字研究》第 19 輯，1992 年，

頁 15-22。

115. 郝茂,《秦簡文字研究》(烏魯木齊:新疆大學出版社,2001 年)。

116. 馬承源,〈孔子詩論〉釋文考釋,《上海博物館藏戰國楚竹書》(一)(上海:古籍出版社,2001 年),頁 119-168。

117. 馬承源主編,《商周青銅器銘文選》第四卷(北京:文物出版社,1990 年)。

118. 馬承源主編,《商周青銅器銘文選》第四卷(北京:文物出版社,1990 年)。

119. 馬承源主編,《上海博物館藏戰國楚竹書》(一)(上海:古籍出版社,2001 年)。

120. 高田忠周,《古籀篇》(臺北:大通書局,1982 年)。

121. 高鴻縉,《中國字例》(臺北;三民書局,1992 年)。

122. 商承祚,《殷虛文字類編》(臺北:文史哲出版社,1979 年)。

123. 商承祚,《戰國楚竹簡匯編》(濟南:齊魯書社,1995 年)。

124. 崔憲,《曾侯乙墓編鐘鐘銘校釋及其律學研究》(北京:人民音樂出版社,1997 年)。

125. 張日昇,《金文詁林》按語(香港:中文大學,1977 年)。

126. 張世超、孫凌安、金國泰、馬如森,《金文形義通解》(京都:中文出版社,1996 年)。

127. 張光裕、袁國華,《郭店楚簡研究‧第一卷‧文字編》(臺北:藝文印書館,1999 年)。

129. 張守中,《睡虎地秦簡文字編》(北京:文物出版社,1994 年)。

129. 張守中,《包山楚簡文字編》(北京:文物出版社,1996 年)。

130. 張守中,《郭店楚簡文字編》(北京:文物出版社,2000 年)。

131. 張再興,《西周金文文字系統論》(上海:華東師範大學出版社,2004 年)。

132. 張亞初,〈甲骨金文零釋〉,《古文字研究》第 6 輯,1981 年,頁 157-170。

133. 張亞初,〈殷周青銅鼎器名、用途研究〉,《古文字研究》第 18 輯,1992 年,頁 271-315。

134. 張建葆,〈說文中的加形加聲字〉,《魯實先先生學術討論會論文集》(臺北:萬卷樓圖書股份有限公司,1993 年),頁 83-107。

135. 張政烺,〈釋「因蘊」〉,《張政烺文史論集》(北京:中華書局,2004 年),頁 664-675。

136. 張政烺,〈中山王𧊒壺及鼎銘考釋〉,《張政烺文史論集》(北京:中華書局,2004 年),頁 468-500。

137. 張政烺,〈中山王國胤嗣壺釋文〉,《張政烺文史論集》(北京:中華書局,2004 年),頁 501-513。

138. 張美玲,《甲骨文形聲字現象研究》(臺北:臺灣師範大學國文系在職進修碩士學位班碩士學位論文,2003 年)。

139. 張頷,《古幣文編》(北京:中華書局,1986 年)。

140. 張達雅,《說文諧聲字研究》(臺中:私立東海大學中國學系碩士學位論文,1979 年)。

141. 曹錦炎,〈東陲鼎蓋考釋——兼釋「層」字〉,《古文字研究》第 14 輯,1986 年,頁 45～50。

142. 曹錦炎,《鳥蟲書通考》(上海:上海書畫出版社,1999 年)。

143. 梁東漢，《漢字的結構及其流變》（上海：上海教育出版社，1959 年）。

144. 莊舒卉，《《說文解字》形聲考辨》（臺南：成功大學中國文學系碩士學位論文，1999 年）。

145. 許文獻，〈戰國疊加聲符構形研究〉，《第十一屆中國文字學全國學術研討會論文集》，2000 年，頁 205-222。

146. 許文獻，《戰國楚系多聲符字研究》（彰化：彰化師範大學國文學系碩士學位論文，2001 年）。

147. 許文獻，〈先秦楚系文字聲符替換結構初探〉，《第十三屆全國暨海峽兩岸中國文字學學術研討會論文集》（臺北：萬卷樓出版有限公司，2002 年），頁 259-284。

148. 許育龍，《《說文》亦聲字研究》（臺北：淡江大學中國文學系碩士學位論文，2004 年）。

149. 許學仁，〈楚文字考釋〉，《中國文字》新七期（臺北：藝文印書館，1983 年），頁 83-154。

150. 許學仁，〈戰國楚簡文字研究的幾個問題——讀戰國楚簡《語叢四》所錄《莊子》語暨漢墓出土《莊子》殘簡瑣記〉，《古文字研究》第 23 輯，2002 年，頁 121-137。

151. 郭子直，〈戰國秦封宗邑瓦書銘文新釋〉，《古文字研究》第 14 輯，1986 年，頁 177-196。

152. 郭沫若，《卜辭通纂》（臺北：大通書局，1976 年）。

152. 郭沫若，《金文叢考》收錄於《郭沫若全集·考古編》（第五卷）（北京：科學出版社，2002 年）。

154. 郭沫若，《甲骨文字研究》收錄於《郭沫若全集·考古編》（第一卷）（北京：科學出版社，2002 年）。

155. 郭沫若，《西周金文辭大系圖錄考釋》收錄於《郭沫若全集·考古編》（第八卷）（北京：科學出版社，2002 年）。

156. 郭沫若，《石鼓文研究、詛楚文考釋》收錄於《郭沫若全集·考古編》（第九卷）（北京：科學出版社，2002 年）。

157. 郭沫若，《殷契粹編考釋》收錄於《郭沫若全集·考古編》（第三卷）（北京：科學出版社，2002 年）。

158. 郭若愚，《戰國楚簡文字編》（上海：上海書畫出版社，1994 年）。

159. 陳立，《戰國文字構形研究》（臺北：臺灣大學中國文學系博士學位論文，2004 年）。

160. 陳松長，〈「與」字索源〉，《于省吾教授百年誕辰紀念文集》（長春：吉林大學出版社，1996 年），頁 265-262。

161. 陳昭容，《秦系文字文究》（臺北：中央研究院歷史語言所，2003 年）。

162. 陳偉，《郭店竹書別釋》（武漢：湖北教育出版社，2003 年）。

163. 陳偉武，〈《古陶文字徵》訂補〉，《中山大學學報》（社科版）1995 年第 1 期，頁 118-130。

164. 陳偉武，〈雙聲符字綜論〉，《中國古文字研究》1999 年第 1 輯，頁 328-339。

165. 陳偉湛，〈甲骨文同義詞研究〉，《古文字學論集》（初編）（香港：中文大學，1983 年），頁 125-176。

166. 陳夢家，《殷墟卜辭綜述》（北京：中華書局，1988 年初版）。

167. 陳漢平，《屠龍絕緒》（哈爾濱：黑龍江教育出版社，1989 年）。

168. 陳漢平，《金文編訂補》（北京：中國社會科學院出版社，1993 年）。

169. 陳麗紅，〈說朋佣〉，《第十三屆全國暨海峽兩岸中國文字學學術研討會論文集》（臺北：萬卷樓圖書股份有限公司，2002 年），頁 241-257。

170. 喻遂生，〈兩周金文韻文和先秦「楚音」〉，西南師範大學學報（哲學社會科學版）1993 年第 2 期，頁 105-109。

171. 曾憲通，〈說繇〉，《古文字研究》第 10 輯，1983 年，頁 23-36。

172. 曾憲通，〈楚帛書文字編〉，饒宗頤、曾憲通編著《楚帛書》（香港：中華書局，1985 年）。

173. 湖北省文物考古研究所、北京大學中文系，《九店楚簡》，（北京：中華書局，2000 年）。

174. 湖北省荊沙鐵路考古隊，《包山楚墓》（北京：中華書局，1991 年）。

175. 湖北省博物館，《隨縣曾侯乙墓鐘磬銘辭研究》（香港：中文大學出版社，1985 年）。

176. 湖北省博物館，《曾侯乙墓》（湖北：文物出版社，1989 年）。

177. 湯餘惠，〈包山楚簡讀後記〉，《江漢考古》1993 年第 2 期。

178. 湯餘惠主編，《戰國文字編》（福建：福建人民出版社，2001 年）。

179. 雲惟利，《漢字演進過程中聲化趨勢的研究》（新加坡：南洋大學中國文學系碩士學位論文，1973 年）。

180. 黃天樹，〈殷墟甲骨文「有聲字」的構造〉，《歷史語言研究所集刊》，2005 年第七十六本，第二分，頁 315-349。

181. 黃文杰，〈說朋〉，《古文字研究》第 22 輯，2000 年，頁 278-282。

182. 黃婉寧，《《說文》誤形聲為會意字考》（臺北：臺灣師範大學國文系碩士學位論文，2002 年）。

183. 黃盛璋，〈司馬成公權的國別、年代與制衡問題〉，《中國歷史博物館館刊》1980 年第 2 期，頁 103-107。

184. 黃盛璋，〈當陽兩戈銘文考〉，《江漢考古》1982 年第 1 期，頁 43-44。

185. 黃盛璋，〈三晉銅器的國別、年代與相關制度問題〉，《古文字研究》第 17 輯，1989 年，頁 1-66。

186. 黃德寬，《古漢字形聲結構論考》（長春：吉林大學博士學位論文，1996 年）。

187. 黃錫全，《汗簡注釋》（武漢：武漢大學出版社，1990 年）。

188. 黃錫全，〈刷、服考辨〉，《江漢考古》1991 年第 1 期，頁 63-72。

189. 黃錫全，〈「大武闢兵」淺析〉，《古文字論叢》（臺北：藝文印書館，1999 年），頁 393-400。

190. 黃錫全，〈利用《汗簡》考釋古文字〉，《古文字論叢》（臺北：藝文印書館，1999 年），頁 413-431。

191. 黃錫全，〈楚簡「講」簡釋〉，《簡帛研究 2001》（桂林：廣西師範大出版社學，2001 年），頁 6-13。

192. 黃麗娟，《戰國楚系形聲字研究》（臺北：臺灣師範大學國文系博士學位論文，2005

年）。

193. 楊樹達，〈文字中的加旁字〉，《積微居小學述林》（台北：大通書局，1971 年），頁 202-207。

194. 楊樹達，《中國文字學概要》，《楊樹達文集之九：中國文字學概要、文字形義學》（上海：上海古籍出版社，1988 年）。

195. 楊樹達，《文字形義學》，《楊樹達文集之九：中國文字學概要、文字形義學》（上海：上海古籍出版社，1988 年）。

196. 楊樹達，《積微居金文說》（增訂本）（北京：中華書局，1997 年）。

197. 葉玉森，《殷虛書契前編集釋》，收錄於《甲骨文研究資料匯編》31 卷（北京：北京圖書館，2000 年）。

198. 葛英會，〈包山楚簡釋詞三則〉，《于省吾教授百年誕辰紀念文集》（長春：吉林大學出版社，1996 年），頁 175-177。

199. 董作賓，《殷曆譜》（臺北：中央研究院歷史語言研究所，1992 年）。

200. 董蓮池，《金文編校補》（長春：東北師範大學出版社，1995 年）。

201. 董蓮池，〈釋楚簡中的「辯」字〉，《古文字研究》第 22 輯，2000 年，頁 200-204。

202. 裘錫圭，〈釋殷墟卜中的「卒」和「裨」〉，《中原文物》1990 第 3 期，頁 8-17 年。

203. 裘錫圭，〈讀安陽新出土的牛胛骨及其刻辭〉，《古文字論集》（北京：中華書局，1992 年），頁 331-335。

204. 裘錫圭，〈甲骨文中所見的商代農業〉，《古文字論集》（北京：中華書局，1992 年），頁 154-189。

205. 裘錫圭，〈釋「柲」〉，《古文字論集》（北京：中華書局，1992 年），頁 17-34。

206. 裘錫圭，〈西周銅器銘文中的「履」〉，《古文字論集》（北京：中華書局，1992 年），頁 364-370。

207. 裘錫圭，〈說「勿」「發」〉，《古文字論集》（北京：中華書局，1992 年），頁 70-84。

208. 裘錫圭，〈談談隨縣曾侯乙墓的文字資料〉，《古文字論集》（北京：中華書局，1992 年），頁 405-417。

209. 裘錫圭，〈釋喦、嚴〉，《古文字論集》（北京：中華書局，1992 年），頁 99-104。

210. 裘錫圭，〈戰國璽印文字考釋三篇〉，《古文字論集》（北京：中華書局，1992 年），頁 469-483。

211. 裘錫圭，〈釋殷墟甲骨文裏的「遠」、「○」（迥）及有關諸字〉，《古文字論集》（北京：中華書局，1992 年），頁 1-10。

212. 裘錫圭，〈戰國文字中的「市」〉，《古文字論集》（北京：中華書局，1992 年），頁 454-468。

213. 裘錫圭，《文字學概要》（臺北：萬卷樓圖書股份有限公司，1993 年）。

214. 裘錫圭，《郭店楚墓竹簡》注釋按語，荊門市博物館《郭店楚墓竹簡》（北京：文物出版社，1998 年）。

215. 裘錫圭、李家浩，〈曾侯乙墓鐘磬銘文釋文說明〉，《隨縣曾侯乙墓鐘磬銘辭研究》（香

港：中文大學出版社，1985 年），頁 149-156。

216. 裘錫圭、李家浩，〈曾侯乙墓竹簡釋文與考釋〉，《曾侯乙墓（上）》（北京：文物出版社，1989 年），頁 487-531。

217. 裘錫圭、李家浩，〈談曾侯乙墓鍾磬銘文中的幾個字〉，《古文字論集》（北京：中華書局，1992 年），頁 418-428。

218. 裘錫圭、李家浩，〈江陵望山二號墓竹簡釋文與考釋〉，《望山楚簡》（北京：文物出版社，1995 年），頁 107-133。

219. 詹鄞鑫，〈釋辛及與辛有關的幾個字〉，《中國語文》1983 年第 5 期，頁 369-373。

220. 詹鄞鑫，《漢字說略》（臺北：紅葉文化事業有限公司，1995 年）。

221. 詹鄞鑫，〈《魚鼎七》考釋〉，《中國文字研究》2001 年第 2 輯，頁 1752-179。

222. 睡虎地秦墓竹簡整理小組編，《睡虎地秦墓竹簡》（北京：文物出版社，2001 年）。

223. 趙平安，〈釋參及相關諸字〉，《語言研究》1995 年第 1 期，頁 168-173。

224. 趙誠，〈《中山壺》、《中山鼎》銘文試釋〉，《古文字研究》第 1 輯，1979 年，頁 247-272。

225. 趙學清，《戰國東方五國文字構形系統研究》（上海：上海教育出版社，2005 年）。

226. 劉心源，《奇觚室吉金文述》（上海：古籍出版社，1999 年），續修四庫全書 no.903。

227. 劉志成，〈楚方言考略〉，《語言研究》1991 年增刊。

228. 劉承修，《《說文》形聲字形符綜論》（臺北：東吳大學中國文學系碩士學位論文，2001 年）。

229. 劉雨，〈信陽楚簡釋文與考釋〉，《信陽楚墓》（北京：文物出版社，1986 年），頁 124-136。

230. 劉信芳，〈郭店簡《緇衣》解詁〉，《郭店楚簡國際學術研討會論文集》（武漢：湖北人民出版社，2000 年），頁 165-181。

231. 劉信芳，《簡帛五行解詁》（臺北：藝文印書館，2000 年）。

232. 劉信芳，《包山楚簡解詁》（臺北：藝文印書館，2003 年）。

233. 劉釗，〈釋、諸字兼談甲骨文「降永」一辭〉，《殷墟博物苑苑刊》1989 年創刊號，頁 169-174。

234. 劉釗，〈卜辭所見的軍事活動〉，《古文字研究》第 16 輯，1989 年，頁 67-139。

235. 劉釗，《古文字構形研究》（長春：吉林大學博士學位論文，1991 年）。

236. 劉釗，〈甲骨文字考釋〉，《古文字研究》第 19 輯，1992 年，頁 461-467。

237. 劉釗，〈利用郭店楚簡字形考釋金文一例〉，《古文字研究》第 24 輯，2002 年，頁 277-281

238. 劉釗，《郭店楚簡校釋》（廈門：福建人民出版社，2003 年）。

239. 劉釗，〈談包山楚簡中有關「煮鹽於海」的重要史料〉，《出土簡帛文字叢考》（臺北：古籍出版社，2004 年），頁 33-34。

240. 劉國勝，〈曾侯乙墓六一號漆箱書文字研究──附「瑟」考〉，《第三屆國際中國古文字學研討會論文集》（香港：中文大學，1997 年），頁 691-710。

241. 劉彬徽，《楚系青銅器研究》（武漢：湖北人民教育出版社，1995 年）。

242. 劉彬徽、彭浩、胡雅麗、劉祖信，〈包山二號楚墓簡牘釋文與考釋〉，《包山楚墓》（北

京：文物出版社，1991 年），頁 348-349。

243. 劉翔、陳抗、陳初生、董琨，《商周古文字讀本》（北京：語文出版社，2002 年）。

244. 劉雅芬，《《說文》形聲字構造理論研究》（臺南：成功大學中國文學系碩士學位論文，1997 年）。

245. 潘慧如，《晉國青銅器銘文探研（附〈晉國青銅器銘文字形表〉）》（香港：青文書屋，1999 年）。

246. 蔡信發，〈「象形兼聲」分類之商兌〉，《說文商兌》（臺北：萬卷樓圖書股份有限公司，1999 年），頁 101-112。

247. 鄭佩華，《說文解字形聲字研究》（臺北：臺灣師範大學國文系碩士學位論文，1997 年）。

248. 魯實先，《假借遡源》（臺北：文史哲出版社，1973 年）。

249. 戴家祥，《金文大字典》（上海：學林出版社，1995 年）。

250. 濮茅左，〈〈性情論〉釋文考釋〉，《上海博物館藏戰國楚竹書（一）》（上海：古籍出版社，2001 年），頁 215-277。

251. 謝佩霓，《郭店楚簡《老子》訓詁學辨疑》（南投：暨南大學中國語文系碩士學位論文，2002 年）。

252. 謝信一，〈甲骨文中之鳳飇、颶說〉，《中國文字》1965 年第五卷，頁 1965-1984。

253. 闕蓓芬，《《說文》段注形聲會意之辨》（桃園：中央大學中國文學系碩士學位論文，1993 年）。

254. 羅振玉，《增訂殷墟書契考釋》（臺北：藝文印書館，1981 年）。

255. 羅衛東，《春秋金文構形系統研究》（上海：上海教育出版社，2005 年）。

256. 饒宗頤，〈隨縣曾侯乙墓鐘磬銘辭研究〉，《隨縣曾侯乙墓鐘磬銘辭研究》（香港：中文大學出版社，1985 年），頁 1-67。

257. 饒宗頤、曾憲通，《隨縣曾侯乙墓鐘磬銘辭研究》（香港：中文大學出版社，1985 年）。

258. 饒宗頤、曾憲通，《楚帛書》（香港：中華書局，1985 年）。

259. 權東五，《甲骨文形聲字形成過程研究》（臺南：成功大學中國文學系碩士學位論文，1991 年）。

260. 龔煌城，〈從漢藏語的比較看上古漢語若干聲母的擬測〉，《漢藏語研究論文集》（臺北：中央研究院語言所籌備處，2002 年），頁 31-47。

# 附錄一　注音形聲字索引

# 附錄二　疑似注音形聲字索引

# 附錄三　待考注音形聲字著錄資料 [註1]

| 序號 | 字例 | 字例出處 | 學　者　意　見 | 備註 |
|---|---|---|---|---|
| 1 | 牆 | 牆盤 | 「小臣𤔲」或加爿聲又作「小臣牆」。（劉釗 1989：74-75） | 人名 |
| 2 | 貍 | 𤔲尊 | 𤔲字是在貍字初文上追加「里」聲而成。古音貍、里皆爲來紐之部字，故貍可從里的聲。（劉釗 1991：119） | 人名 |
| 3 | 俯 | 伯要俯簋 | 金文有字作 𤔲，是在勹字上疊加「府」聲而成（或在府上疊加勹聲），（劉釗 1991：132） | 人名 |
| 4 | 𧤪、𧤪 | 𧤪簋、𧤪父簋 | 金𠳿文𧤪字從害從夫，是在害字上加注夫聲而成。又作𧤪，增加了一個「巨」旁，此「巨」應爲疊加聲符。（劉釗 1991：133） | 人名 |
| 5 | 袁 | 合集 27756 | 㠯應該就是他的初文，「○」則是追加的聲旁，是「袁」字加注聲旁的形式。「袁」本義也應該是『擐』的初文。（裘錫圭 1992i：3-4） | 人名 |
| 6 | 𩫖 | 𩫖尊 | 𩫖字金文贅加聲符高，則此字可當已釋爲哮爲是。（陳漢平 1993：231-232） | 人名 |
| 7 | 藜 | 十鐘 3・29 | 藜，从　，來爲疊加音符。（何琳儀 1998：2） | 人名 |
| 8 | 竃 | 陳竃戈 | 竃，從穴，墨聲，北爲疊加音符。（何琳儀 1998：5） | 人名 |
| 9 | 國 | 陶彙 4・1 | 从口，或聲。或之繁文。……燕系文字疊加亓爲音符。（何琳儀 1998：19） | 人名 |
| 10 | 耴 | 璽彙 3008 | 耴，日移耳孔外移，或疊加音符（耳、日均屬泥紐）。（何琳儀 1998：75） | 人名 |

[註1]　本表例字出處、隸定根據主張該說的學者；次者，本表字例出處僅列一例。

| 11 | 秋 | 璽彙 0824 | 戰國文字均省蟲之龜旁，六國文字加日表示季節。燕系文字上加屮（艸）爲疊加音符。（何琳儀 1998：228） | 人名 |
|---|---|---|---|---|
| 12 | 愬 | 包山 267 | 愬，從心，召聲，疊加早聲。（何琳儀 1998：304） | 人名 |
| 13 | 焦 | 韓氏厶官鼎 | 焦，从火，从隹，會以火燒鳥之意。戰國文字或上加小爲疊加音符。（何琳儀 1998：318） | 人名 |
| 14 | 瀆 | 陶彙 3·645 | 瀆，從涌，肉疑爲疊加音符。涌、定紐，肉、泥紐。均屬舌音。（何琳儀 1998：424） | 人名 |
| 15 | 圅 | 璽彙 0582 | 圅，從固，丰爲疊加音符。圅、丰均見系。（何琳儀 1988：474） | 人名 |
| 16 | 鼓 | 璽彙 2356 | 鼓，從戈，豈聲。疑戈爲疊加聲符。（何琳儀 1988：479） | 人名 |
| 17 | 㼌 | 璽彙 2867 | 㼌，從瓜，戶爲疊加音符。疑瓜之繁文。（何琳儀 1988：482） | 人名 |
| 18 | 罕 | 陶彙 3·237 | 罕，從畕，于爲疊加音符。疑畕之繁文。（何琳儀 1988：483） | 人名 |
| 19 | 靷 | 陳靷匜 | 靷，從宰，且聲。又疑宰爲且之疊加聲符。（何琳儀 1998：575） | 人名 |
| 20 | 䂂 | 十五年上郡守壽戈 | 䂂，從鬲，規省聲。或說，規爲疊加音符。（何琳儀 1998：739） | 人名 |
| 21 | 軋 | 璽彙 2086 | 軋，從早， 聲……晉系文字早旁或加皿爲音符。（何琳儀 1998：967） | 人名 |
| 22 | 䩵 | 侯馬 105 | 䩵，從弓，軋聲。疑軋之繁文。弓疑疊加音符（軋、弓喉牙通轉）。（何琳儀 1998：968） | 人名 |
| 23 | 奐 | 師奐父簋 | 奐字，從人從穴，从，會从它人宅有所取之意。兀亦聲（疊加音符）。（何琳儀 1998：982） | 人名 |
| 24 | 牨 | 珍秦 57 | 牨，從番，半爲疊加音符。番之繁文。（何琳儀 1998：1062） | 人名 |
| 25 | 䢼 | 璽彙 0537 | 䢼，從貴，釆爲疊加音符。（何琳儀 1998：1069） | 人名 |
| 26 | 繗 | 璽彙 0772 | 繗，從米，弁聲，釆爲疊加聲符。疑繗之繁文。（何琳儀 1998：1069） | 人名 |
| 27 | 眞 | 伯眞甗 | 眞，西周金文從鼎，匕聲。珍之初文。……伯眞甗下加丁爲疊加音符。（何琳儀 1998：1115） | 人名 |
| 28 | 昏 | 陶彙 5·117 | 昏，從申，氏爲疊加音符。申，透紐；是，定紐。定、透均屬舌音。（何琳儀 1998：1121） | 人名 |
| 29 | 嚣 | 璽彙 0481 | 嚣，從命，吅（鄰）爲疊加音符。疑命之繁文。（何琳儀 1998：1148） | 人名 |

| 30 | 虵 | 上海 34 | 《說文》:「虵,虵以注鳴。《詩》曰:『蝃為虵蜥。从虫,兀聲』,虫疊加聲符兀則為虵,實唯一字之孳乳。(何琳儀 1998:1174) | 人名 |
|---|---|---|---|---|
| 31 | 髓 | 包山 226 | 髓,从臀,出為疊加音符。(何琳儀 1998:1193) | 人名 |
| 32 | 祂 | 璽彙 3081 | 祂,從示,史聲。或說,示為疊加音符。(何琳儀 1998:1217) | 人名 |
| 33 | 矠 | 璽彙 0991 | 矠,从邪,它為疊加音符。(矢、它均屬舌音),邪(地)之繁文。(何琳儀 1998:1223) | 人名 |
| 34 | 奰 | 璽彙 2529 | 奰,从畀,癹為疊加音符。(何琳儀 1998:1298) | 人名 |
| 35 | 鼺 | 包山 92 | 鼺,从畀,黽(下加日為飾)為疊加音符。(何琳儀 1998:1298) | 人名 |
| 36 | 鱕 | 包山 163 | 鱕,从畀,番為疊加音符。(何琳儀 1998:1298) | 人名 |
| 37 | 鼻畀 | 包山 125 | 鼻畀,从畀,鼻為疊加音符。(何琳儀 1998:1298) | 人名 |
| 38 | 劻 | 璽彙 3168 | 劻,从力,匡聲。或說,力為疊加音符。(何琳儀 1998:1385) | 人名 |
| 39 | 龑 | 璽彙 2086 | 龑,從龑,疊加吅聲。(何琳儀 1998:1472) | 人名 |
| 40 | 皝 | 皝簋 | 皝簋之「皝」字,當即「兄」之加「皇」聲者,與「兄」、「貺」為異體。(張世超等 1996:2163) | 人名 |
| 41 | 遣 | 郘造寺遣鼎 | 東周郘造寺遣鼎的遣字,是在形聲結構的遣上又加注音符「欠」。(吳振武 2002:230) | 人名 |
| 42 | 番 | 番生簋 | 古文字釆;番應為一字之孳乳分化。小篆宷又作審可證。番字是在釆字上又累加田聲而成。(劉釗 1991:128) | 地名 |
| 43 | 裛 | 𢾅方簋 | 裛字復從京應為疊加的聲符。(劉釗 1991:134) | 地名 |
| 44 | 乒 | 陶彙 3·941 | 乒,从丘,丌為疊加音符。丘之繁文。(何琳儀 1998:36) | 地名 |
| 45 | 陵 | 長陵盉 | 《說文》:「陵,大𨸏也。从𨸏,夌聲。」,六國文字多加土旁繁文。秦國文字右下均加二,與西周金文散盤、三年瘒壺一脉相承。其中二(冰)疑為疊加音符,陵、冰均屬蒸部。(何琳儀 1998:153) | 地名 |
| 46 | 鄦 | 鄦之造戈 | 《說文》:「鄦,炎帝太嶽之胤,甫侯所封在潁川。从邑,無聲。讀若許」,或疊加网聲。(何琳儀 1998:613) | 地名 |
| 47 | 衖 | 璽彙 196 | 衖,从邑,襄省聲,行為疊加音符。疑鄉之繁文。(何琳儀 1998:691) | 地名 |
| 48 | 魏 | 魏鼎 | 魏,鬼為疊加聲符。委本義為委隨柔弱,引申為美貌。《廣雅·釋詁》:「魏,好也」。(何琳儀 1998:1169) | 地名 |

| 49 | 鄔 | 貨系 1850 布方 | 鄔，从祁，氏爲疊加音符。疑祁之繁文。或疑「祁氏」合文。（何琳儀 1998：1246） | 地名 |
|---|---|---|---|---|
| 50 | 桑 | 璽彙 0614 | 桑字的桑、相二旁均是聲符，二字古音同屬心紐陽部。應釋爲相，桑可是爲疊加的聲符。（徐在國 2002：317~318） | 地名 |
| 51 | 夌 | 夌姬鬲 | 夌字人下或加冰聲。（季旭昇 2002：465） | 地名 |
| 52 | 顏 | 九年衛鼎 | 顏字是在顏字初文上追加彥聲而成。（劉釗 1991：129） | 姓氏 |
| 53 | 臺 | 貨系 2479 布孔 | 臺，秦系文字从喬（或高），从至，會至于高處之意。晉系疑文字疊加止聲或者聲。（何琳儀 1998：62） | 姓氏 |
| 54 | 戴 | 十鐘 3·23 | 戴字，從異，弋爲疊加音符。異之繁文。（何琳儀 1998：72） | 姓氏 |
| 55 | 禺 | 王蔑鼎 | 禺，从禺，廾爲疊加音符。禺之繁文。禺、疑紐侯部；廾、見紐東部。疑、見均屬牙音，侯東陰陽對轉。（何琳儀 1998：352） | 姓氏 |
| 56 | 監 | 璽彙 3086 | 監，从皿，瓹之繁文，皿爲疊加音符。（何琳儀 1998：700） | 姓氏 |
| 57 | 樊 | 樊夫人龍嬴盤 | 樊，从棥，屮爲疊加音符。（何琳儀 1998：1062） | 姓氏 |
| 58 | 屍 | 璽彙 240 | 屍，从述，尸爲疊加音符。疑述之繁文。（何琳儀 1998：1244） | 姓氏 |
| 59 | 弼 | 包山 139 | 弼，从弼，勹爲疊加音符。疑弼之繁文。（何琳儀 1998：1295） | 姓氏 |
| 60 | 枀 | 侯馬 357 | 枀，从，未聲。或說丩與一往往相混，一則爲疊加音符。未、一均屬明紐。（何琳儀 1998：1307） | 姓氏 |
| 61 | 黿 | 邾公華鐘 | 黿字此實象蛛在網上之形，契文爲象形，金文小篆則後起形聲字也。李孝定（2004：3960-3964） | 國名 |
| 62 | 異 | 異侯婦乙簋 | 異字起先是爲了異國國名所造的專字，因此在其字上加注己聲〔註2〕。 | 國名 |
| 63 | 無 | 《古璽文徵》附錄 35 | 戰國刻銘多假借亡爲有無之無，無字是在亡字上又加注無聲。（吳振武 2002：233） | 單字 |
| 64 | 龏 | 璽彙 3390 | 龏，从埭，龍省聲。龏之繁文。《說文》：「龏，給也。从共，龍聲」，或以爲从共，龍爲疊加音符。（何琳儀 1988：428） | 單字 |
| 65 | 黿 | 合集 36417 | 甲骨文黿字或加束聲。金文黿字改束聲爲朱聲，即將束聲改換成與其形體相近並可代表「黿」字讀音的朱字。（劉釗 1991：137） | 詞義不明 |

〔註 2〕此說出自王獻唐，轉引自《金文詁林》頁 8064。